国家社会科学基金教育学青年课题“不同类型流动青少年心理健康教育的衔接与贯通研究”（编号：CBA120108）研究成果

XUEXIAO XINLI JIANKANG JIAOYU KECHENG YUANLI YU CAOZUO

学校心理健康教育课程原理与操作

王道阳◎著

安徽师范大学出版社

责任编辑：李俊峰　何章艳　　责任校对：潘　安
装帧设计：丁奕奕

图书在版编目（CIP）数据

学校心理健康教育课程原理与操作/王道阳著．—芜湖：安徽师范大学出版社，2014.2（2018.7重印）
ISBN 978－7－5676－0982－2
Ⅰ．①学…　Ⅱ．①王…　Ⅲ．①学生—心理健康—健康教育　Ⅳ．①G479

中国版本图书馆CIP数据核字（2013）第230168号

学校心理健康教育课程原理与操作

王道阳　著

出版发行：安徽师范大学出版社
芜湖市九华南路189号安徽师范大学花津校区　　邮政编码：241002
网　　址：http：//www. ahnupress. com/
发 行 部：0553－3883578 5910327 5910310（传真）E-mail：asdcbsfxb@126. com
经　　销：全国新华书店
印　　刷：虎彩印艺股份有限公司
版　　次：2014年2月第1版
印　　次：2018年7月第2次印刷
规　　格：700×1000　1/16
印　　张：18. 25
字　　数：280千
书　　号：ISBN 978－7－5676－0982－2
定　　价：58.00元

前　言

2011 年 5 月教育部办公厅印发了《普通高等学校学生心理健康教育课程教学基本要求》，该文件对高校学生心理健康教育课程的课程性质与教学目标、主要教学内容、课程设置与教材使用、教学模式与教学方法、教学管理与条件支持，以及组织实施与教学评估等都作出了明确规定。这是高校顺利实施心理健康教育的指导方针。2012 年 12 月在《中小学心理健康教育指导纲要》颁布十周年之际，教育部对原指导纲要进行了修改，并颁布了《中小学心理健康教育指导纲要（2012 年修订)》。该文件出台是为了深入贯彻党的十八大精神，落实中共中央、国务院《关于进一步加强和改进未成年人思想道德建设的若干意见》和《国家中长期教育改革和发展规划纲要（2010—2020 年)》的要求。该文件虽然把学校开设心理健康教育课作为开展心理健康专题教育的重要内容，但对中小学心理健康教育课程实施并未作出明确要求。因此，进一步阐释心理健康教育课程的课程性质、教学目标、教学内容、教学模式、教学方法等有着尤为重要的意义。

本书是构建学校心理健康教育课程教学理论体系的一次有益尝试，是关于学校心理健康教育课程的基本知识、基本理论的阐释和论述，主要包括对心理健康教育课程的性质、理论依据、目标与内容、教学设计、教学过程、教学策略、实施的原则和技术、教学评价以及教学保障等基本问题的探讨。

本书是作者主持国家社会科学基金教育学青年课题“不同类型流动青少年心理健康教育的衔接与贯通研究”（编号：CBA120108）、教育部哲学社会科学研究重大课题委托研究项目“高校突发危机事件中大学生心理应激及其干预”（编号：08FD3042）、安徽高校省级人文社会科学研究重点项目“流动青少年心理干预的长效机制与创新模式研究”（编号：SK2013A080）等课题研究的成果之一，同时也是作者从事“学校心理健康教育”、“心理健康教育课程教学论”等课程教学工作的总结和概括，还有一些是作者开展心理健康教育实践的心得与思考。

在撰写过程中，作者阅读了国内外大量文献资料，引用了诸多有关研究成果，谨向所有的相关作者致以衷心的感谢。齐越、沈艳红、门金泽、胡玥、朱键军等同学为本书撰写搜集了大量资料，对他们的帮助表示衷心感谢。还要感谢安徽师范大学出版社的编校人员，他们对本书提出了宝贵的修改意见。最后感谢我的导师姚本先教授，本书得到了姚老师悉心指导，本书也是姚老师研究学校心理健康教育理论成果的延续。

王道阳

2013 年 10 月 1 日

目　录

第一章　学校心理健康教育课程概述

心理健康教育课程是学校心理健康教育专门途径之一。学校心理健康教育的专门途径有两条：一条是对全体学生开设心理健康教育课程，另一条是对有心理困扰的学生进行心理咨询与辅导。在学校心理健康教育体系中，心理健康教育课程是其中最核心的组成部分，是学校心理健康教育最主要的工作内容。它以课程的形式，向学生传授心理保健的知识、训练学生的心理素质、陶冶学生的心理品质，以达到全面提高学生心理健康水平的目的。心理健康教育课程能促进个体身心健康，以个体经验为载体，以活动为中介，使学生获得学习、生活、社会适应与发展的技能。它以个体的发展为基本出发点，可以极大地调动学生学习的主动性和创造性。

第一节　学校心理健康教育课程的概念

学校心理健康教育课程的概念是伴随着“心理健康教育”概念的确立而确定的，而“心理健康教育”概念是经历一段曲折才最终被政府以文件的形式确定下来的。

一、心理健康教育名称的确立

自20世纪80年代以来，全国各地有许多大中小学开展了心理健康教育，虽然内容、目标、形式和方法等都是一致的，但是提法各异。比较常见的、至今仍在使用的有：心理卫生教育、心理品质教育、心理素质教育、心理健康教育（简称为心育）。这类提法涵义基本一致，即离不开“心理”二字，但最终落实还在于教育。还有一类提法也比较普遍，如心理咨询、心理辅导、心理治疗、心理诊断、心理卫生等，这类提法沿用了专业的心理咨询、心理治疗的术语，但涵义十分广泛，多指心理健康教育。

在党和国家的重要文件和法规中，有关提法也在不断发展变化。1988 年 12 月，《中共中央关于改革和加强中小学德育工作的通知》中提出“对学生的道德情操、心理品质要进行综合的培养和训练”，这是现在可以发现的、较早的一种关于心理健康教育的提法。1993 年 2 月，中共中央、国务院颁发的《中国教育改革和发展纲要》明确提出学生的心理素质是受教育者全面发展的标准之一，要求“中小学要由‘应试教育’转向全面提高国民素质的轨道，面向全体学生，全面提高学生的思想道德、文化科学、劳动技能和身体心理素质，促进学生生动活泼地发展”。1994 年 8 月，《中共中央关于进一步加强和改进学校德育工作的若干意见》中第一次正式使用了“心理健康教育”语词，指出：“通过多种方式对不同年龄层次的学生进行心理健康教育和指导，帮助学生提高心理素质，健全人格，增强承受挫折、适应环境的能力。”1998 年 4 月，《中小学德育工作规程》中指出：“德育即对学生进行政治、思想、道德和心理品质教育”。1999 年 1 月，国务院批转教育部制定的《面向 21 世纪教育振兴行动计划》，在“实施‘跨世纪素质教育工程’，提高国民素质”中指出：“继续加强爱国主义、集体主义、社会主义理想教育，遵纪守法和社会公德教育，进行中华民族优秀传统和革命传统教育，实施劳动技能教育以及心理健康教育。”1999 年 6 月，中共中央、国务院《关于深化教育改革全面推进素质教育的决定》中，再一次明确指出：“针对新形势下青少年成长的特点，加强学生的心理健康教育，培养学生坚韧不拔的意志、艰苦奋斗的精神，增强青少年适应社会生活的能力。”至此，大中小学、新闻媒介、重要文件法规以及领导人讲话中，“心理健康教育”这一术语的使用，逐渐增多并统一起来。

1999 年 8 月，教育部第一次就学校心理健康教育问题专门颁发了《关于加强中小学心理健康教育的若干意见》，文件中正式提出了“心理健康教育”的概念，这对大中小学规范、统一使用这一术语起到了十分重要的作用。2001 年 1 月，中共中央办公厅、国务院办公厅颁发的《关于适应新形势进一步加强和改进中小学德育工作的意见》中指出：“中小学校都要加强心理健康教育，培养学生良好的心理品质。”2001 年 3 月，第九届全国人民代表大会第四次会议通过的《中华人民共和国国民经济和社会发展第十个五年计划纲要》中也明确要求：“大力倡导社会公德、家庭美德和职业道德，特别是加强青少年的思想政治、道德品质、心理健康和法制教育”。这是我国第一次把青少年的心理健康教育列入国民经济和社会发展的五年计划之中。2001 年 4 月，教育部颁发了《关于加强普通高等学校大学生心理健康教育工作的意见》，这是继 1999 年 8 月教育部就中小学生心理健康教育问题专门颁发文件后，又一次针对大学生心理健康教育问题专门颁发文件，两个文件都正式提出了“心理健康教育”这一名称。2001 年 6 月，《国务院关于基础教育改革与发展的决定》中明确指出：“加强中小学生的心理健康教育。”2002 年 8 月，教育部颁发的《中小学心理健康教育指导纲要》中明确要求：“各地应根据中央和教育部的文件精神，对此项工作统一规范称为‘心理健康教育’。”2004 年 10 月，中共中央、国务院《关于进一步加强和改进大学生思想政治教育的意见》中明确指出：“要重视心理健康教育……要制定大学生心理健康教育计划，确定相应的较学内容和教学方法。”2005 年 3 月，教育部、卫生部、共青团中央在《进一步加强和改进大学生心理健康教育》中提出了大学生心理健康教育的总体要求。由此看来，“学校心理健康教育”这一术语和名称已被越来越多的人所接受，并有逐步统一的趋向①。

但是，从现实情况来看，也存在特殊性。在具体的理论研究和实践操作中，有关提法因人们的理解和认识水平及角度而有所差异。例如，心理健康教育是相对德、智、体、美、劳等“五育”提出的，心理素质教育是基于素质教育的内涵及思想道德素质、科学文化素质、身体素

① 姚本先．学校心理健康教育基本概念辨析［J］．课程·教材·教法，2001（6）：64－67．

质等提出的，心理卫生教育是相对生理卫生教育提出的，心理品质教育是相对思想道德品质教育提出的，等等。这些名称和术语反映了人们对心理健康教育的性质、目标、任务、内容、方式等方面的认识不同，但就其总的倾向而言，与国外的学校心理健康教育一样，都重视心理咨询与辅导，维护学生的身心健康，开发学生的身心潜能，促进学生素质的全面提高。当然，作为一门学科或技术，学校心理健康教育中的一些基本术语和概念都尚未定论，众说纷纭，缺乏必要的科学研究范式，这说明这门学科或技术在我国理论研究和实践应用的水平尚不够理想，属于初始阶段，需进一步发展。同时，这一现状也反映了广大理论和实践工作者积极探索和勇于创新的学术氛围。当前，较常使用的概念有“学校心理健康教育”和“学校心理教育”。总的来看，有逐步统一的趋势和需要。

因为名称不尽相同，所以相应名称的涵义也有所差异。就当前使用的学校心理健康教育这一名称来说，很有必要明确其涵义。《中共中央关于进一步加强和改进学校德育工作的若干意见》以及中共中央、国务院《关于深化教育改革全面推进素质教育的决定》等重要文件中，对学校心理健康教育的目的、任务、目标都进行了不同程度的阐述，这些构成了学校心理健康教育概念的重要内涵。教育部《关于加强中小学心理健康教育的若干意见》更为明确地对学校心理健康教育进行了定义：“中小学心理健康教育是根据中小学生生理、心理发展特点，运用有关心理健康教育方法和手段，培养学生良好的心理素质，促进学生身心全面和谐发展和素质全面提高的教育活动；是素质教育的重要组成部分；是实施《面向21世纪教育振兴行动计划》，落实‘跨世纪素质教育工程’，培养跨世纪高质量人才的重要环节。”这一定义比较现实、准确和科学地反映了当前我国学校心理健康教育的内涵。

二、心理辅导

辅导（guidance），在汉语里，“辅”是帮助、佐助、辅助的意思，“导”是指引、带领、传导、引导的意思。英语里辅导泛指有关专业人员对当事人的协助与服务。心理辅导（psychological guidance）是学校教育者和辅导人员根据学生心理发展的特点与规律，在一种新型的、建设性的人际关系中，运用心理学等专业知识和技能，设计与组织各种教育性活动，为学生提供适合其需求的协助和服务，帮助学生准确地认识自己，适应环境，设立符合自身实际情况并且有助于自身发展的目标，在成长的过程中克服困难，增强自身各方面的适应能力，从而形成良好的心理素质，充分发挥个人潜能，进一步提高心理健康水平的过程。近年来，有些学者开始使用这一词“心理辅导”这个术语，其涵义具有广泛性，多数情况下，就是指心理健康教育。

三、团体心理辅导

团体心理辅导是从英文“group counselling”翻译而来的。“group”译为小组、团体、集体，“counselling”较多地译为咨询、辅导。目前，我国心理辅导工作者经常使用团体咨询、集体咨询、小组辅导、团体心理辅导等多种概念，其含义基本相同。但在推行学校心理辅导的过程中，“团体心理辅导”的叫法更为通俗，更易让教师们接受，故将“group counselling”译为“团体心理辅导”。团体心理辅导是在团体的心理环境下为成员提供心理帮助与指导的一种辅导形式，即以团体为对象，运用适当的辅导策略或方法，通过团体内人际的交互作用，促使个体在交往中通过观察、学习、体验等认识自我、探讨自我、接纳自我，调整和改善与他人的关系，学习新的态度与行为方式，提高适应能力，以预防或解决问题并激发个体潜能的心理辅导过程。从定义上看，我们可以从两个方面对其加以理解：第一，它是心理辅导的一种形式；第二，它是通过“团体”的方式去辅导他人。在团体中，个人实际上改变了平时的生活规则，转而进入一个新的角色，发掘真实的自我，此时的交流是真实自我之间的交流。团体是社会的缩影或反射，被一些学者称为“微型社会”。

团体辅导的特点是：第一，它在团体情境下提供心理帮助与指导。以领导者为中心，有一定的组织和形式，具有共同的目标，成员了解并体验到自己是被其他人支持的，教育资源被广泛利用，近似于社会情境，并有很强的感染力。第二，它是通过团体内人际交互作用来促进个体发展良好适应性的一种助人自助的过程。主要通过讨论、评鉴和判断以及指导者的评价，促使团体成员增进自我了解、自我抉择、自我发展，进而自我实现，有助于培养成员的社会性，学习社会规范，适应社会生活。第三，它适用于正常人，其目的在于为正常人提供一种可以促进其人格进一步成长的学习机会和学习环境。讨论的问题多半属于知识性问题，可增进对知识的了解，特别注重团体本身的利益与学习，帮助成员得到充分发展，清除成长发展中的障碍，提供预防问题发生的最佳策略。

四、班级团体心理辅导

班级团体心理辅导是以团体心理辅导及相关理论与技术为指导，以学生个体发展取向为主导，通过班级中的合作互动活动方式，促使学生自我探索、体验与感悟，从而激发每个学生的主动性，促进学生认识自我、开发自我潜能、获得自主能力，解决学生成长中的问题，促进学生健康人格形成的团体辅导课程。

我国学者李坤崇教授认为，班级团体辅导以全班学生为对象，运用适切的辅导策略或方法，借助团体互动，协助学生重新评估自己的思想、情感和行为，调整认知与增进应用能力，以便预防或解决问题并激发学生潜能。徐西森教授认为，许多辅导工作者努力将团体动力的精神与内涵、团体辅导的理论与方法融入班级情境中，形成“班级团体辅导”、“班级经营”的理念。吴武典教授认为，实施班级团体辅导的基本原则是使学生的个性充分发展，同时不损及群体性。换言之，要使个人在“大我”中完成“小我”，完成“小我”又能促进“大我”，使“大我”与“小我”和平相处而并进。要使班级团体做到这一点，必须了解班级团体心理，运用团体辅导策略。另外，吴增强教授认为，所谓班级心理辅导，是指以团体心理辅导及相关理论与技术为指导，以解决学生成长中的问题为目标，以班级为单位的集体心理辅导活动。刘华山教授认为，心理辅导是根据学生的身心发展特点和社会需要，有目的地对学生施加旨在促进其更有效地适应学校学习和社会生活的一种教育，它的表现形式可以称为活动或课程。

五、学校心理健康教育课程

心理健康教育课程是指学生在学校情境中获得的关于心理健康发展、心理素质提高方面的全部教育性经验。心理健康教育课程是以发展和提高学生的心理品质为目标，是全体学生主动参与的辅导活动课。广义上心理健康教育课程包括心理健康教育学科课程、心理健康教育活动课程、心理健康教育环境课程和心理健康教育融合型课程等。狭义上心理健康教育课程仅仅指心理健康教育活动课程。本书采用狭义的理解。

在实践中，心理健康教育活动课有不同的称谓，有的称为“学校心理课程”，有的称为“心理辅导课程”，有的称为“心理健康教育活动课程”，有的则不愿称其为课程，代称为“心理素质培养”或“心理健康教育活动”。这些称谓很相似，但在实际运用中，不同的人对其赋予不同的内涵。目前主要存在三种观点：一是认为心理健康教育活动课是新增加的，同一般学科课程一样，主要向学生讲授心理学知识，比如，一些学校把改版的七年级思想政治课变成了普通心理学知识传授课，或将普通心理学知识以讲座形式教给学生。这种倾向的存在，主要是因为对心理健康教育缺乏全面的、深刻的认识，不了解心理健康教育活动课的实质。二是认为心理健康教育活动课主要是针对学生的问题开展团体辅导和个别辅导，把辅导内容局限于学生的问题，把辅导形式局限于团体辅导与个别辅导，把辅导的对象局限于个别学生，使心理健康教育目标问题化。三是认为心理健康教育活动课是一种面向全体学生的、以正面教育为主的活动课程，辅导目标重在发展、预防。我们倾向于第三种认识。开展心理健康教育活动课，并不是要新增加一门学科，而是使其自身的特点在其他教育形式中加以明确和突出，以便更好地发挥心理健康教育的实效。实践证明，心理健康教育活动课成了最受学生欢迎的课，丝毫不加重学生的负担，反而促进了学生的学习。

2012 年，教育部《中小学心理健康教育指导纲要（2012 年修订）》中规定：“心理健康教育课应以活动为主，可以采取多种形式，包括团体辅导、心理训练、问题辨析、情境设计、角色扮演、游戏辅导、心理情景剧、专题讲座等。心理健康教育要防止学科化的倾向，避免将其作为心理学知识的普及和心理学理论的教育，要注重引导学生心理、人格积极健康发展，最大限度地预防学生发展过程中可能出现的心理行为问题。”心理健康教育课程已被列入中小学现行教学计划内“活动课程”板块，在“校本课程开发”中占有重要的地位，不是可有可无或临时性的辅导。班级心理辅导活动课既是学校心理健康教育的最佳途径，又是当前学校“心育”工作深入开展的“瓶颈”。有专家认为，必须把专门的心理健康教育课程纳入课程体系之中，这是加强心理健康教育、优化课程体系、促进心理素质发展、带动整体素质全面和谐发展的一条根本出路。其特点是：第一，它是以班级为辅导单位、以同龄学生成长需要为辅导目标的团体辅导形式，强调以互助、自助为机制，是面向全体学生的，因此，能满足每个正常学生发展的需求，而且省时省力。它与班主任工作联系密切，适合于组建一支以班主任为骨干的心理辅导队伍。第二，它以学生的情意活动为主要内容，以学生自我探索为主要形式，强调学生的自我体验与感悟，而不是系统地向学生传授心理学知识，它的专业化要求略低于矫治性辅导，因此，也适合于兼职教师操作。第三，它着重体现了学校教育“以人的发展为本”的教育理念，体现了“心育”的教育性、发展性和预防性功能，与学校常规的教育教学活动有很高的同一性，是营造学校心理健康教育氛围最有效的手段之一。第四，它受课时限制，只能致力于一个切口较小的发展性辅导主题。心理辅导活动课已被认为是将心理辅导普及、服务于所有学生的最佳途径之一。

第二节　学校心理健康教育课程的特点

学校心理健康教育课程有其自身独特的性质、特征，这就决定了它与一般学科课程在课程目标、课程内容、课程形式、课程氛围、课程评价等多方面存在较大的差异。

一、学校心理健康教育课程与一般学科课程的区别

心理健康教育课程完全是基于学生的心灵成长而设计与运作的，与

一般学科课程相比，有以下区别：

（一）课程目标不同

一般学科课程目标强调认知性、封闭性和预成性，传统课程中教师与学生只能顺应既定的方案，课程实施的结果是可预料的。心理健康教育课程的目标是要提高全体学生的心理素质，充分开发他们的潜能，培养学生乐观、向上的心理品质，促进学生人格的健全发展。因此，心理健康教育课程的目标更注重个体心理的体验性，所指向的是人的内心世界，它对每一个学生都具有不同的意义，需要每一个个体带着自身的体验去解读。在心理健康教育过程中，每一个个体都有鲜活的心理世界，并以此来理解课程目标和内容，影响课程实施的进程。可见，心理健康教育课程的目标并非“预成”的，而是在课程中不断生成、自主建构的。

（二）课程内容不同

一般学科课程侧重人类积累的学科知识的传授，注重知识的内在逻辑性及其相应的技能培养，比如，数学课主要通过数学教学活动，向学生传授有关数学的概念、定义、定理，训练学生的基本数学运算、推理能力，在这个过程中，虽然包括对学生的注意、记忆、想象、思维等品质的培养，但这是有机地融于教学之中的，心理健康教育的内容显得弥散，而且侧重对学生智力的培养，主要目的是为学生掌握知识服务。而心理健康教育课程不是单纯的心理学知识的传授，也不是单项心理品质的训练，它以学生个人的直接经验为中心，在学生没有学习知识的压力下，为学生提供了一个放松心情的缓冲地带，使学生在这里能够重新审视自我、认识自我、悦纳自我，为更好地发展自我奠定基础。它以直接经验为基础，学生参与课程内容的商定、建构和运作。心理健康教育课程涉及学生知、情、意、行的整体发展，尤为注重学生人格的养成与提升，因而传统的以认知序列为核心组织编制的“教材”无法表达心理健康教育课程的内在精神。心理健康教育课程是以师生双向建构为基础的教育进程，课程内容是不断生成、建构的，在本质上不同于传统教材“一锤定音”式的“计划”或“方案”。

（三）课程形式不同

学科教育以讲授为主要形式，即使是活动式教学，也是学生单个活动居多，比如，学生看书自学、进行实验操作等，学生之间、师生之间的交流互动不足，讨论局限于讲授的知识，参与讨论的学生范围有限。心理健康教育课程以活动为主要形式，在班级中一般以小组为单位开展各种活动。活动主要有游戏、情景创设、角色扮演、讨论等方式。

（四）课程氛围不同

课程氛围最核心的就是师生关系。一般学科知识教学过程中，教师对知识拥有权威性，虽然随着新型教育观念的变革、信息的飞速发展，这一权威性有所削弱，但总体上，应试教育中教师发展的职能仍是传统意义上的传道、受业、解惑，教师的主体地位比较明显，学生处于相对被动的地位。师生关系纯粹是一种给予与接受的“壶与杯”式的关系①。心理健康教育课程中的师生关系是一种新型的人际关系，师生之间的活动是一种合作的、民主的、商谈式的交往活动，教师不是代替学生解决问题，而是协助学生解决问题。心理健康教育课程不是以“教”为轴心，而是围绕学生心灵的成长来展开的，是师生之间交流、对话的过程。这里的游戏、活动不同于学生的那种自发游戏，也不同于一般意义上的活动。心理健康教育活动课中的游戏和活动是根据学生年龄和心理特点，以及心理健康教育的目标选择设计的，它有主题、有活动形式和方法、有设计方案，能控制活动的过程、能评价活动的结果。

（五）课程评价不同

一般学科课程的评价主要是以考试作为主要形式，对学生知识掌握状况做客观定量评价。一般学科课程的评价重视的是对预定目标和计划的达成程度，即对客观目标达成程度的一种外在评价。而心理健康教育课程的实施效果（即学生的心理品质得到何种程度的发展）很难通过考试完整地反映出来，考试的评价结果并不能真正代表心理健康教育课程实施的结果以及学生心理品质的发展状况。因而心理健康教育的评价

① 潘洪建．当代知识观及其对基础教育课程改革的启示［J］．教育研究，2004（6）：56－61.

更加强调动态性评价、质性评价、情境性评价和协商对话式评价，以心理测验、问卷调查等方式对学生进行综合评价。

总之，心理健康教育课程与一般学科课程不同。心理健康教育课程内容以学生的直接经验为中心，形式以学生活动为主，要求学生主动探究，注重过程经验，师生关系以学生为中心，评价方法以主体综合评价为主，心理机制注重学生的情绪和情感的唤起。

二、学校心理健康教育课程的性质

（一）体验性

体验性是心理健康教育课程的基本特征，其课程能否取得实效很大程度上取决于主体内在是否产生真切的体验以及体验的程度。体验所指向的不是活动的结果，而是活动的过程。心理健康教育课程是以学生为主体、以活动为轴心来进行的，但是学生不能为活动而活动，心理健康教育课程追求的不是活动本身，而是借助活动这一载体来丰富学生的心理体验。只有经历学生主体内在的心理并使学生在情感交流和思维碰撞中产生深刻的情绪和情感体验的心理健康教育课程，才能真正促进学生的心理品质和心理能力的发展。

心理健康教育课程注重学生自身的体验性不仅是一种学习方式，也是外在的物质力量内化为学生心理品质的基础。体验是情境陶冶与内心感悟的有机融合，是基于经验与直觉的内在提升。体验不是获取答案的手段，体验过程就蕴含着答案，心理健康教育课程将体验作为心理建构的桥梁，关键在于它能激发心理的内化机制，在内化过程中生成与建构，促进心灵的成长。因此，教师应确立学生在课程中的主体地位，多营造和创设健康的、能让学生“亲身经历”的体验活动，促使学生去体悟、琢磨、探究，从而促进其心理的反思和建构。

（二）学生本位性

学生对前人积累的心理知识的理解是在他们已有经验的基础上主动建构的，心理健康教育课程实施的过程就是教师促进学生自己主动建构心理知识的过程。在此过程中，教师的作用在于为学生理解和建构心理知识搭起一个“脚手架”。因此，课程实施必须从学生的经验出发，通过建立一定的情境开展小组合作活动，促使他们的原有经验发生转化和新理解的形成。心理健康教育课程不是一种静态课程，而是一种不断生成的动态课程。在这个意义上心理健康教育课程是一种“学生本位课程”①，是融学科课程与活动课程于一体的新型课程。

心理健康教育课程是在学生高度自主的前提下进行的，强调学生是课程的中心。课程进行的过程就是学生主动探索和积极创造的过程，课程的结果也难有统一的答案，这就为个性化学习和个性发展提供了充分的可能性，当然这都是以学生的“自动自觉”为前提的。心理健康教育课程的产生是传统课程的一种变革，将人的心理作为课程设计的对象，以人的心理品质的发展作为课程发展的目标，这是与传统课程具有本质区别的新型课程，这一课程无法沿用传统学科课程的运作方式，而学生本位课程的理念正好能够适应心理健康教育的要求。在学生本位课程思想的指引下，心理健康教育课程的展开充分凸显了学生的主动性和心理的自主建构，这种课程成为直接塑造主体自身的实践活动。

（三）生成性

心理健康教育课程否定了泰勒的循序渐进的直线式课程设计模式，批判预先设计好课程的行为目标，认为课程目标和内容不仅可以先于活动，而且可以在活动中产生。课程目标是教育要求的一个方向，但是在具体的课程实施中又不能不注意灵活的变通，这也就体现了心理健康教育课程目标的不确定性和建构性。随着课程的进行，教师和学生之间不断地互动，学生与教材之间相互作用，在这个过程中，课程目标也得到越来越明确的诠释。教师和学生通过活动进行情感交流，使彼此思维不断地发生碰撞，这也是课程目标在活动中不断调整和完善的一个重要因素。心理健康教育课程的服务对象是全体学生，课程的目的是帮助学生解决成长过程中遇到的各种发展性问题，充分开发学生的潜能，促进全体学生的心理在原有的基础上得到可持续的、全面的发展。

心理健康教育课程强调学生自身作为一个开放的系统所具有的自组

---

① 丁邦平，顾明远．学科课程与“活动课程”：分离还是融合——兼论“学生本位课程”及其特征［J］．教育研究，2002（10）：31－35.

织特性，把学习看做主体对自身的心理结构的主动建构过程，主体的发展就体现在建构过程之中。所以，课程不应该是事先设定好的静止物或一件成品，而是“一个不断前进的过程”。学生心理建构的过程就是自我不断生成的过程，自我的生成又不断地促进心理建构。因此，心理健康教育课程是不可以在事前借助现存资源和答案进行“完备”设计的，教师也不能真正控制课程的进程。对于学生来说，当其进入心理健康教育过程时，也并不希望听命于某种固定的程序，而是期待某种发现、感悟或帮助，希望能够尽情表达心灵深处的情感。因此，心理健康教育课程的设计是一个生成（而非预成）的过程，是教师与学生借助现实活动进行协作的过程。

（四）回归生活世界

科学世界与生活世界是既相互联系又相互区别的两个范畴。胡塞尔认为，生活世界是一个“奠基性”、“直观性”的世界；在哈贝马斯看来，生活世界是交往行为的基础，认为“在一定方式下，生活世界，即交往参与者所属的生活世界，始终是现实的；但是只是这种生活世界构成了一种现实的活动的背景”①。生活世界是我们生活于其中的心物统一的世界，也是实体世界与关系世界相统一的世界。而科学世界是植根于生活世界又超越了生活世界的超主观、超经验、超相对的客观世界，也是用各种符号来表征客观世界的抽象世界。由于科学世界的抽象化，它要求人们用理智来探求世界的内在本质，并以认知限定了人的活动方式。科学主义课程观正是科学世界的一种映射。

“回归生活世界”是现代教育的走向，心理健康教育的凸显可视为教育回归生活世界的一个侧面。心理健康教育课程从学生的心理实际出发，在生活世界中选择适合学生心理特点的典型材料，在具有生活化的活动情境中通过学生自主的认知、体验、反省来提升心理品质。从这个意义上说，心理健康教育课程是发端于生活世界又依附于生活世界的一种新型课程，其课程内容并不追求文本的知识性、学术性和结构性，而

① ［德］哈贝马斯．交往行动理论：第二卷——论功能主义理性批判［M］．洪佩郁，蔺青，译．重庆：重庆出版社，1994：171.

是注重心理生活场景的设计和情境的渲染，呈现具有生活气息的心理空间。

三、学校心理健康教育课程的特征

（一）活动性

学校心理健康教育课程以现代活动课程理论为依据，寓心理健康教育于活动之中。马克思主义实践理论是活动课程最坚实的理论基础。马克思主义实践理论揭示了人的发展与实践的关系，有助于我们认识设置活动课程的意义。人的心理发展是在人与人的相互交往、人与环境互动的实践活动过程中实现的，实践活动是将心理学知识转化为心理品质的中介环节。因此，活动性是心理健康教育课程的突出特征，表现为教师根据心理知识并围绕学生生活组织相应的活动，使学生在活动中获得心理体验、发展心理素质。人的一切活动都必须有心理活动参与，都有培养某方面心理品质的作用，但人的心理品质是一个整体，通过单项或某类活动难以解决全部心理品质的培养问题，同时各科教学与各种教育活动都有其特有的教学与教育目的和训练内容，它们不能代替以提高学生心理素质为直接目的的心理健康教育课程。从这个意义上讲，心理健康教育课程是以学生活动为主，不同于以普及知识为主的学科课程。

（二）系统性

马克思主义实践理论揭示了人的实践活动的本质特点，认为人的实践活动具有客观现实性、社会历史性和主观能动性，这为我们科学地设计活动课程提供了理论依据。因此，我们在设计心理健康教育活动课程时，要把社会的需要和学生心理素质全面协调发展统一起来，要有明确的活动目的，不能为活动而活动；活动的内容应该丰富多彩，形式应多种多样、生动活泼，以适应学生成长的多样性要求。心理健康教育课程是一种有计划、有组织、有系统地安排与实施的活动，其内容是由许多个主题按一定顺序结合而成的，活动时间也是事先安排好的，具有系统性和组织性。从这个意义上讲，它有明确的活动目的和系统的活动内容，且有教师指导，不同于临时组织的班级活动及学生自发性的游戏。

（三）主体性

学校心理健康教育课程是以现代心理学理论为基础的。现代心理学理论认为，人的心理活动来源于客观世界，强调认识起源于主客体之间的相互作用，活动是认识的中介。心理健康教育课程是以活动为中介的课程形式，通过课程实施让每个学生在活动中感受、体验，接受训练和启示，让学生在活动中找到认识的来源，找回个性的位置。实施活动时，强调学生的参与意识、实践意识、主动意识，学生始终是以主体活动者的角色出现，充分发挥学生的主体性是心理健康教育课程的优势所在。这主要表现在学生在活动中能充分发挥其能动性、自主性和创造性。能动性表现为学生可以根据自己的需要和课程的目标自己设计活动形式，在活动中，每个学生都可以依照自己原有认知结构，主动地感受所创设的活动环境的影响，或吸收、或排斥、或改造，借以实现自身认知结构的重建与改造。自主性表现为学生在活动中具有明确的活动目的和自觉活动的态度。教师予以宏观指导，学生能主动地支配和调节自己的活动，协调与他人的关系，发展、完善自己。创造性表现为团体在活动中不断涌现新的思想意识、方法，活动过程处于“活”的状态，学生能够在“接受和产生”的思想碰撞中实现对自身的“重组”和“刷新”。

（四）互动性

学校心理健康教育课程是以群体动力学理论为基础的一种集体心理辅导模式。群体动力学理论认为，影响人的行为的因素有环境和个性两大方面，而且人际环境尤为重要。人与环境的相互作用将直接影响行为的产生，学生之间良好的人际环境，必然有利于学生良好行为的产生，从而促进其良好个性的形成和发展。学生之间由于年龄相近，心理特点相仿，往往有更多的共同语言，容易理解沟通。心理健康教育课程能调动学生自身的教育资源，在平等协商对话中有效地培养学生的温暖感、信赖感、亲切感，形成互相尊重、独立自主等人际关系和良好人格，发挥积极的双向互动的群体动力效应。

（五）开放性

构成心理健康教育课程及其实施过程所涉及的要素不是封闭的，它集中体现在活动目标的开放、活动内容的开放、活动时间的开放、活动空间的开放、活动中师生关系的开放五个方面。

第一，活动目标的开放：活动目标重在发展和预防。它是一个方向目标，对每个学生而言不是一致的，不同的学生可以根据自己的实际去发展，因此，活动目标从某种意义上讲又是多元的、开放的。

第二，活动内容的开放：心理健康教育课的内容选取的是学生最关心的自身心理问题以及与之发生关联的社会问题。最终的目的在于增强学生的社会适应能力，因此，活动的内容、创设的情境都是开放的，同时又充分满足学生内在的心理需要。活动有时也没有统一的、固定的答案，活动结果也呈现出开放性。

第三，活动时间的开放：活动的设计和组织实施不拘泥于一般课堂教学的时间限制，其本身可长可短，视具体情况而定，具有一定的灵活性。

第四，活动空间的开放：它不拘泥于教室，可根据活动内容的需要选择教室、校园、公园、野外等社会空间作为自己的活动空间。即使是教室内的活动，也可以打破教室座位顺序，或者没有固定的桌椅，围成一圈，“U”型、“V”型、“O”型排列均可。

第五，活动中师生关系的开放：没有传统意义上的教师“居高临下”、“专断”、“独言”，师生关系是彼此尊重、平等、民主、和谐、合作式、开放型的，活动过程是师生互长的过程，不存在一方灌输另一方的问题。

第三节　学校心理健康教育课程的意义

开设学校心理健康教育课程是学校心理健康教育的发展方向和趋势，符合现代学校心理健康教育工作的发展模式，是学校心理健康教育的主要途径和重要保证，是课程改革的重要补充。

一、有利于优化学校课程结构

（一）心理健康教育课程是学校心理健康教育的重要组成部分

学生健康心理形成的复杂性，决定了学校心理健康教育的开展不仅需要运用多种途径与形式，而且需要将这些途径与形式有机地构成一个完整的心理健康教育的运行系统。当前对于学校心理健康教育途径的看法还多有争论，在解决学校心理健康教育途径问题之前需要明确两点：其一，要区分心理健康教育的途径与学校心理健康教育的途径，心理健康教育的途径不仅通过学校心理健康教育来实施，而且需要开展家庭心理健康教育、社会心理健康教育。其二，学生心理健康“病因根植于家庭，病象显现于学校，病情恶化于社会”①，因此，学校心理健康教育的途径离不开家庭心理健康教育、社会心理健康教育的支持。基于这两点，学校心理健康教育的途径应该分为专门途径、渗透途径与支持途径，其中，专门途径主要指开设学校心理健康教育课程和开展学校心理咨询与辅导，渗透途径是指心理健康教育在学校学科教学中渗透、在学生管理中渗透、在课外活动中渗透和在校园环境中渗透，支持途径是指家庭心理健康教育和社区心理健康教育。从学校心理健康教育的途径来讲，专门途径是重心，而心理健康教育课程又是专门途径的重要组成部分，因此，心理健康教育课程是学校心理健康教育的重要组成部分。

（二）心理健康教育课程是学校学科课程的重要补充

《中小学心理健康教育指导纲要（2012 年修订）》强调：“中小学心理健康教育，是提高中小学生心理素质、促进其身心健康和谐发展的教育，是进一步加强和改进中小学德育工作、全面推进素质教育的重要组成部分。”传统课程结构的弊端是要素不全，内部关系不协调，缺乏整体性和协同性，没有心理健康教育课程，没有心理健康教育教材，这

① 张春兴．教育心理学［M］．杭州：浙江教育出版社，1998：152.

样就容易导致学生心理素质发展不良，最终使学生心理素质片面畸形地发展。1993 年，中共中央、国务院颁布的《中国教育改革和发展纲要》针对我国基础教育发展和改革的实际，明确指出："中小学要从'应试教育'转向全面提高国民素质的轨道，面向全体学生，全面提高学生的思想道德、文化科学、劳动技能和身体心理素质，促进学生生动活泼地发展，办出各自的特色。"心理素质在各种素质中居于重要的地位，是各种素质发展的基础与核心，而当前以课程形式提升心理素质并没有完全落到实处。提高学生心理素质的一个重要举措就是在学校中开设心理健康教育课程。课程结构应符合社会需求、学科体系及学生发展三大要素，如果说传统课程结构更注重前两个要素的话，那么心理健康教育课程的开设，则是加强了学生发展的权重，使三大要素逐步达到动态平衡，进而使课程结构更趋合理。传统课程结构中学科课程的主要功能是将社会文化和知识传递给学生，以知识为载体，以知识传递为中介，使学生获得智慧和技能，它是以社会发展为基本出发点的。它的局限在于常常难以顾及个体发展的差异性、情意性和需要，难以发挥个体主动性、积极性和创造性。而心理健康教育活动课程的主要功能是促进个体心理健康发展，以个体经验为载体，以活动为中介，使学生获得学习、生活、适应社会与发展的技能，它是以个体发展为基本出发点的，可以极大地调动学生学习的主动性、积极性和创造性，而这恰恰是对学科课程的改革和补充。

二、有利于促进学生身心发展

艾里克森的个性发展理论认为，人的心理发展具有阶段性，每一阶段都有其特殊的目标、任务和冲突。每个阶段的发展中，个体均面临一个发展危机，每个危机都涉及一个积极选择与一个潜在的消极选择之间的冲突。个体解决每一个危机的方式对个体的自我概念及社会观有着深远的影响。马西亚等人研究发现，个体面临这些冲突和选择时会产生四种可能情况：第一种是获得角色同一性。这意味着个体在充分考虑各种可能的机会和自己的情况后做出了自己的选择，并为自己的目标而努力，但只有少数中学生属于这种情况。第二种是同一性排斥。即个体并未充分考虑自己的各种体验和各种可能的选择，而是把选择的权利交给父母或其他权威人士，完全接受他人对自己提出的要求和为自己树立的目标及生活方式。第三种是同一性迷乱。有些个体未能成功地选择或没有严肃地考虑这些选择，对自己的社会角色和人生目标未能形成定论，产生迷乱。第四种是同一性延迟。即由于内心斗争而导致未能在本时期获得同一性，导致同一性危机。因此，学生在成长过程中很需要人帮助他们处理种种危机。协助学生正确认识自我、他人及所承担的任务，发挥学生的自主性，把选择的权利交给学生，可以使绝大多数学生较顺利地度过这些危机。

注重人的主体性发展是现代教育的重要特征，而人的主体性又集中体现在自主性、能动性、独特性与创造性等心理层面，因此，人的主体性需要心理健康教育来培养。尊重学生的主体地位，发展学生的主体性，通过各学科和活动课程融合心理健康教育内容是现代课程思潮的重要表现形式之一。心理健康教育融合型课程还表现为一种课程目标。课程目标是教育目的的转化形式，它是指导课程实施的规范和准则。心理健康教育对课程目标的作用就在于课程编制和实施过程中注重学生的心理层面，充分考虑学生的认知特征及需要、动机、情感、个性等非认知因素，并结合各学科课程和活动课程的实施发展学生的心理潜能、提高学生的心理素质。心理健康教育融合型课程更表现为一种实施策略。各学科和活动课程如何实施都有其特定的结构和目标体系，各学科和活动课程融合心理健康教育是对其实施结构的积极建构，是课程实施策略的改进和提升，能兼顾课程的情意、人格目标，从而拓展了课程的视野。

而现有的教育并没有很好地为学生提供这方面的指导和服务，相反，学校教育的过重负担、家长的过高期望、不当的教育方式常常像一面哈哈镜，扭曲了学生的本来面目，使学生认识自我产生偏差，从而形成不良的自我观念。不良的自我观念，带来学生许多个性的偏差、人际关系的适应不良，而这些反过来又影响他们的学习和生活。我们在一味地要求学生取得好分数的同时，恰恰忽略了学生正常的内心需要。他们渴望认识自我，渴望在认识自我的探索中得到尊重，渴望在遇到各种心理冲突时有人能够做他们的朋友，了解他们、理解他们，为他们提供符合他们当前实际心理需要的有关常识，为他们创设学习各种课本以外人生经验的情境，使他们能够放下学业的重负，有机会倾诉自己、表现自己；他们渴望了解他人，学习如何与人交往，学习处理各种冲突的方法，以切实可见的东西而非空洞的说教来扶植他们的成长。心理健康教育活动课成了适应他们自身发展需要的良师益友。

三、有利于推进心理健康教育工作

我国学者指出："课程，作为任何一种教育体制的'心脏'，它从属于教育的根本目的，又是实现目的的动力机制，它始终处于教育体制的中心地位，教育体制中的任何一个侧面，包括师资、设备乃至管理、评价的策略，都是围绕着课程的实现而展开的。"① 由此可见课程在教育中的核心地位。课程最能发挥学校教育的优势。学校心理健康教育主要是面向全体学生的共性问题进行的以发展和预防为主的教育，目的在于提高全体学生的心理素质。心理健康教育课程有专门的教材和翔实的教学指导用书，教师在学习一定理论的基础上，经过培训、研讨、实践、总结、提高等一系列环节后，有可能把握心理健康教育课程的基本要求，这就为学校心理健康教育的顺利开展提供了必要的保证。

长期以来，中小学教育过于关注学生的智力发展，学生的精神压力越来越大。教育要从根本上打破陈旧的教育模式，必须着眼于人的全面发展，关注学生的心理健康与心理发展，了解学生的心理特点，尊重学生的主体地位，培养学生良好的心理素质，提高其心理能力，为其整体素质的提高奠定良好的基础。这个目标的实现，仅仅靠分科课程是不够的，必须要有系统的心理课程训练，为学生策划心理品质和心理能力的培养目标，设计各种形式的心理健康教育活动，在生动活泼的活动中充分发挥学生的主体作用，培养学生的个性，引导学生的心理发展，为其心理导航。当一个人能够感受到他人的尊重、理解，主体性得以焕发时，就会以主动积极的态度来对待学习和生活。因此，心理健康教育活

① 吴增强，沈之菲．学校心理辅导研究［M］．上海：上海科学技术文献出版社，2000：169.

动课成为解决当前教育问题的突破口。

21 世纪的社会竞争更加激烈，充满机遇与挑战，我们目前培养的学生能否适应 21 世纪的人才要求，能否抓住机遇，迎接挑战，全看我们现在给予他们什么样的教育。在新世纪的较量中，只依靠背书本知识、依靠文凭、依靠父母的臂膀，注定是要失败的。人才的竞争，更多的是能力和心理素质的竞争。这种能力最重要的是：学习的能力，即对已有知识重组和改造的能力及对未知知识的探索学习能力，实质是一种创造学习能力；适应能力与生存能力，即适应复杂多变的社会的能力，及时调整与环境的关系，找到最佳结合点，包括与人合作的能力、应对各种冲突和压力的能力，这些能力的提高又都有赖于心理素质的提高，其基础是良好的自我认识、协调的人际关系、合理的情绪调控、较强的耐挫力。这些能力的培养恰恰就是心理健康教育课的教育目标。

第二章　学校心理健康教育课程教学的理论依据

教学理论既要研究教学的现象、问题，揭示教学的一般规律，也要研究利用与遵循规律解决教学实际问题的方法和技术。由于学校心理健康教育课程理论、教学理论发展不够成熟，当前学校心理健康教育课程教学的理论依据更多依赖于教育心理学、咨询心理学、社会心理学等相关学科的理论。具体来说，学校心理健康教育课程教学的理论依据主要包括课程理论、团体动力理论和群体心理理论。

第一节　学校心理健康教育课程教学的课程理论依据

学校心理健康教育课程是学校心理健康教育的“心脏”，学校心理健康教育课程结构设计是否合理，内容建设是否精当，实施是否有效，都直接决定着心理健康教育教学的质量。因而，课程的基本理论为学校心理健康教育课程设计、开发和改革等提供了相关的理论依据。

一、课程概念的界定

（一）课程的词源分析

“课程”一词，在我国最早见于唐朝。唐孔颖达在《五经正义》里为“奕奕寝庙，君子作之”作疏为：“教护课程，必君子监之，乃得依法制也。”宋朱熹在《朱子全书·论学》亦有“宽着期限，紧着课程”“小立课程，大作功夫”等句。这里的“课程”含有学习的范围、进程、计划的程式之义。在西方，“课程”一词最早出现在英国教育家斯宾塞《什么知识最有价值》（1859 年）一文中。它是从拉丁文派生出来的，意为“跑道”（race-course）。根据这个词源，课程定义通常是指“学习的进程（course of study）”，简称“学程”。课程的概念可以引申出两种不同的含义：当采用名词形式“跑道”时，人们顺理成章地把课程理解为给不同学生设计的不同轨道，从而引出传统意义上的课程；而将之理解为动词形式“奔跑”时，对课程的界定又着眼于个体认识的独特性和经验重构。

（二）课程的含义

在近几十年里，由于课程理论的发展，人们对“课程”含义的认识也日益多样化，形成了不同的观点。

国内对课程概念有代表性的观点有：“学科说”，认为课程有广义、狭义之分，广义指所有学科的总和或学生在教师指导下进行的各种活动的总和，狭义指一门学科；“进程说”，认为课程是一定学科有目的有计划的教学进程，不仅包括教学内容、教学时数和顺序安排，还包括规定学生必须具有的知识、能力、品德等的阶段性发展要求；“教学内容”说，将列入教学计划的各门学科和它们在教学计划中的地位、开设顺序等总称为课程①。

国外的表述有：美国学者奥利弗把“课程”的不同界定按广义到狭义的顺序，列出 7 种解释：①儿童所具有的全部经验；②在学校指导下学生所经历的全部经验；③由学校提供的全部学程；④对某种学程的系统安排；⑤在特定学科领域内所提供的学程；⑥学校中的某项专业教学计划；⑦个体所修习的科目②。

美国的经验主义教育论主张，“所谓课程，是指旨在实现教育目标，学校所准备的经验的总体”，强调“经验与活动的教育性组织与计划”。注重学习对象及其内容本身的逻辑和独特意义的课程论，则视“课程”为“系统的知识、知性技能及情意内容的复合物”。1974 年，经济合作与发展组织的下属机构教育研究与革新中心倡导包含了教育目标、教育内容、教材、教学活动及评价方式在内的广义的概念，把“课程”界

① 顾明远．教育大辞典［M］．上海：上海教育出版社，1997：892.
② 顾明远．教育大辞典［M］．上海：上海教育出版社，1997：893.

定为涵括了“显性课程”（overt or manifest curriculum）与“潜在课程”（hidden or latent curriculum）在内的赋予学习者的“学习经验的总体”。

美国学者斯科特曾指出，课程是一个用得最普遍却定义最差的术语。的确如此，不同学者立足于不同的基本假设和价值取向，给课程以不同的界说。一般说来，课程有广义和狭义的理解：广义的课程是指学习者在学校情境中获得的全部经验；狭义的课程是指各级各类学校为实现培养目标而规定的教育内容及其进程，它包括整体规划（即教学计划）、课程标准、课程内容（即教材）。

综观上述观点，我们可以看出课程自身的含义正在不断拓展和深化，这种变化表现出如下趋势和特点，同时也是我们实施新课程所应具备的课程观念：①从强调学科内容到强调学习者的经验和体验。强调经验的过程并不意味着排斥源于文化遗产的学科知识，而是在学生现实经验的基础上整合学科知识，使学科知识和学生经验共同成为学习者的发展资源。②从强调目标、计划到强调过程本身的价值。这并不是不要目标、计划，而是把目标、计划整合于教学情境之中，使之促进人的创造性的发挥，发挥教育教学过程本身非预测性因素的无穷教育价值。③从强调教材的单因素到强调教师、学生、教材、环境多因素的整合，进而强调课程的会话本质。把课程视为教师、学生、教材、环境等多因素之间持续交互作用的动态会话情境，课程由此变成一种动态的、生长性的“生态系统”和完整文化，这意味着课程观念的重大变革。④从强调显性课程到显性课程与隐性课程并重。将学校教育中有计划、有组织实施的显性课程与学生在学习环境中学习到的非预期性、非计划性的隐性课程（包括知识、观念、规范和态度的学习）并重，要求学校以更全面更开放的观念设置和对待课程。

二、课程理论的流派

（一）经验主义课程论

19 世纪末，世界范围的儿童研究运动蓬勃发展，人们对儿童的兴趣、儿童的智力发展进行了大量的研究，有人说这是个“发现”了儿童的时代。在这样的背景下，强调以“儿童为中心”的杜威实用主义教育学的出现就不足为奇了。杜威是20世纪美国乃至世界影响最大、最负声望的教育家之一，也是争议最多的教育家，甚至到今天，每当教育改革时，都会涉及杜威的教育思想及其影响的问题。杜威批判赫尔巴特的教育主张，并把它称为“传统教育”，其特点是“三中心”，扼杀了孩子的兴趣和创造力，提出自己的儿童中心说。以杜威为代表的经验主义课程论流派主张：以学科为中心的传统课程不足取，应被以儿童的活动为中心的课程取代；课程的组织应心理学化。

杜威认为传统学校教育所教授的知识越来越脱离学生校外生活，脱离生产生活的实践，由此导致的结果就是“知识”变得“无用”。也就是说，知识并没有为儿童所真正接受。杜威建议从儿童的经验出发设计课程，“儿童是起点，是中心，而且是目的，儿童的发展、儿童的生长，就是理想所在”，“决定学习的质和量的是儿童，而不是教材”。

杜威认为，课程必须与儿童的生活相联系，应该以儿童为出发点、为中心、为目的。他认为教育中将引起的改变是重心的转移。这是一种变革，一种革命，是哥白尼在天文学中从地球中心转移到太阳中心一类的革命。在这里，儿童变成了太阳，教育的一切措施要围绕他们而组织起来。理想的课程应该促进儿童的生长和发展，这也是衡量课程价值的标准。课程的内容不能超出儿童经验和生活的范围，而且课程要考虑到儿童的需要与兴趣，否则不能引起儿童学习的动机，也就不会有自发的活动。为此，杜威曾在芝加哥大学实验学校实践了以诸如烹饪、园艺、缝纫、印刷、纺织、油漆、绘画、唱歌、演剧、讲故事、阅读、书写、木工等儿童已经在其生活中熟悉的活动为中心的课程。

自人类社会出现教育现象以来，实施课程的最基本形式就是讲授。到了杜威这里，开始形成了一种全新的课程实施方式，即“从做中学”，是通过学生自主性的活动实现的。教师不能强制儿童静坐听讲，闭门读书，而是要“从做中学”、“从经验中学”。

（二）学科中心主义课程论

这一课程流派是以苏联人造卫星上天为契机出现的，其理论基础主要有要素主义和永恒主义。要素主义学派的代表人物是巴格莱，强调课程的内容应该是人类文化的“共同要素”，尤其是自然科学和新的技术等人类经验的基本要素，借此可提高国民的基本学术素养。它提出课程设置原则中首先要考虑的是国家和民族的利益。如巴格莱在1938年对当时美国“课程改革”运动提出严厉批评，他认为当时课程改革理论不能满足国家或民族对于学校教学内容的需求，这实际上否定了课程内容在全国人民的基础文化中（特别是在民主社会中）所需要的共同因素。巴格莱认为，要给学生提供分化的、有组织的经验，最有效能和最有效率的方法就是学科课程。这种课程的重要特点在于，它是由若干门学科组成的，而每一门学科都有自己特定的组织，从而充分发挥智力训练的作用①。

永恒主义学派的代表人物有美国教育家赫钦斯、阿德勒等。该学派认为，中小学课程过去、现在和未来都应当是“不变的学问”，教育的内容是“包含有关人类思想的永恒价值的理念和原理”。永恒主义者主张教育要用永恒科学进行理性训练。

要素主义者和永恒主义者是“同一肤色的兄弟”。他们都信奉通过学科知识来训练智力——形式训练说。然而，在关于什么知识是最有价值的认识上出现了分歧。永恒主义者更喜欢宣扬西方古典传统的理性美德，通过开设人文学科的教学，阅读经典的伟大著作培养永恒的品质：美德、真理、正义、公平等。而要素主义者更关注现代学术性学科。

学科中心主义课程论与实践的主要代表人物有布鲁纳和施瓦布，其基本观点是：知识是课程的核心；学校课程应以学科分类为基础；学校教学以分科教学为核心，以学科基本结构的掌握为目标；学科专家在课程开发中起重要作用。不足之处在于重知识轻经验、重学科逻辑轻心理逻辑、重学术性轻实用性，且具有浓厚的精英主义色彩。

（三）社会改造主义课程论

康茨在20世纪30年代写的《学校敢于建立一种新的秩序吗》一书使社会改造主义为人们所认识。他主张学校和学校的课程应成为社会变革的先锋，课程应关注社会问题及其解决途径。这种理论不太关注学科

① 周逸先，黄晓珠．走出新与旧：重读巴格莱——从与杜威比较的视角看巴格莱的知识观与课程知识观［J］．河北师范大学学报：教育科学版，2011（12）：20－25.

的知识体系，而认为课程应该围绕当代重大的社会问题来组织，帮助学生在社会方面得到发展。其核心观点是：课程不应该帮助学生去适应社会，而是要建立一种新的社会秩序和社会文化。主要代表人物之一布拉梅尔德认为，教育的主要目的是推动社会的变化。其基本观点是：第一，社会（改造）是课程的核心。第二，学校课程应以建造新的社会秩序为方向，应该把学生看做社会的一员。第三，课程知识应该有助于学生的社会反思；课程的价值既不能根据学科知识本身的逻辑来判断，也不能根据学生的兴趣、需要来判断，而应该有助于学生的社会反思，唤醒学生的社会意识、社会责任和社会使命。

（四）后现代主义课程论

20 世纪下半叶，欧洲大陆上兴起了以反现代、反本质、反整体性为特征的后现代主义思潮。这一变革潮流深刻地影响着文学、艺术等社会的各个领域，使其发生了看似平常其实很不平常的变化。后现代主义对教育的影响主要表现为教育课程专家将后现代主义的思想观点引入课程理论研究，关心在后现代状态下，如何构建一种新的课程，以摆脱现代主义教育所带来的弊端。后现代课程观是多元的课程观，它不再像泰勒只关注课程的目标及其实现，而是关注学习过程中的个人发展；对课程本身来说，不仅仅关注课程的规划、设计、实施和评价，而且注重理解课程在文化、历史、政治、生态平衡、美学等方面对人类状况、社会结构、生态领域的影响。后现代主义课程论以美国路易斯安那州立大学教育学院教授、课程理论专家小威廉姆 E・多尔的后现代主义课程观最引人注目，这种课程观也代表了后现代主义课程论的最新发展。多尔在他的《后现代课程观》一书中，从混沌学原理出发，吸收了皮亚杰的生物学世界观，自然科学中不确定原理、非线性观点以及杜威经验主义思想，勾画出其后现代主义课程理论的框架。多尔认为后现代主义课程应该是建构性的和非线性的，建构主义的课程是透过参与者的行为和相互作用而形成的，不是那种预先设定的课程。作为一种模体，它自然没有起点和终点，但它有界限，有交叉点或焦点。因此，建筑在模体基础上的课程模式是非线性、非序列性的，但它由各种交叉点予以界定，充满相关的意义网络。课程越丰富，交叉点越多，建构的联系性越多，随之意义也就越深化。后现代主义课程应该是形成性的而非预先界定的课程，是不确定的但有界限的课程，是一种探索并不断扩展的意义网络所构成的课程，具有丰富性、回归性、关联性和严密性特征。

三、课程的基本类型

关于课程的类型，不同国家、不同时期、不同教育家，各自持有不同的分类标准，因此，对课程所划分的类别也不同。因本书的主题是心理健康教育活动课，所以，这里重点阐述学科课程与活动课程的优缺点。

（一）学科课程

学科课程是以学科知识为基础、根据学科逻辑而编排的课程。学科课程是一种古老的和基本的课程形式。这种课程类型的优点是：第一，从易到难地排列教材，符合学生身心发展的阶段和认识发展的规律，能够有序地发展学生的心智技能。第二，按照学科体系或自身逻辑组织课程，能够以最有逻辑、最经济、最实用、最真实也最容易消化的形式来阐述知识。学科逻辑包含学科的主要理论系统和概念系统、基本事实、研究方法等。学科课程的设计最初是由该学科的学者专家们完成的，如早期的文学史就是由文学家编写的；早期的化学教材，如著名的结构化学教材的作者就是诺贝尔奖的获得者鲍林；历史学家范文澜曾编写《中国通史》教材等。学科专家编写教材的优点是一般会比较尊重该学科的客观知识，能够反映该学科的知识体系和最新研究成果。学科课程最大的优越性就是可以保存人类文化知识的理智性的和整体性的特征，并系统地传递这些文化遗产。

上述两点就决定了据此展开的教学有规律可循，并易于评价，因此，深受广大教师欢迎。而且各学科的教师们也主要是在这样的课程方案下培养而成的，对这种学科课程能够较好地掌握和驾驭。事实证明，大量的学科英才正是通过学科课程培养出来的，尤其在自然科学领域。然而，过于强调学科的知识结构导致过于专业化，造成了各学科之间的隔离，不利于发展学生综合性地认识世界的能力。

（二）活动课程

活动课程，又称生活课程、经验课程或儿童中心课程，是以儿童的主体性活动经验为中心组织的课程。它源于卢梭时代，卢梭曾经强调“世界以外无书籍，事实以外无教材”，就是说所有的教育都可以通过学生亲身感受到的世界和事实来进行。只有通过观察和经验所获得的知识才最正确，印象也最深刻，这些观察和经验是构成所有知识、思想、价值观等的基础。活动课程在杜威时代得到充分发展。杜威的实用主义教育哲学首先反对的就是传统学校的课程，认为教育不是为未来生活做准备，更不是仅仅为了过学术生活，教育就是生活，学校就是社会，那么课程就要满足学生的兴趣和需要。他要求学校组织和设计各种具有典型性的情景，让学生在这些情景中获得经验，在做中学，边学边用。这种课程在20世纪30年代由于陶行知的大力倡导，在我国也曾产生一定影响。陶行知根据社会生产和学生生活的需要，设计了“棉花种植”、“施农药”、“如何打井”等主题活动课程。

活动课程的优点都是针对学科课程的缺点来说的，具体有：第一，综合性。活动课程强调真实的生活情境，以生活题材为学习单元，这就打破了传统的学科框架，克服了学科被割裂所产生的问题。第二，实用性。能有效培养学生在实际生活中所需要的技能。在综合性的任务情境中，解决问题需要各种技能的实际参与，如读、写、算、观察、讨论、交际、决策等技能都需要充分地加以发挥，从而使这些技能有了练习与运用的机会。第三，主体性。以学生的自身兴趣和需要为基础，尊重学生的主动精神，适应学生的个别差异。教师的任务在于发现学生的兴趣和需求，帮助学生选择最合适的经验来解决问题。第四，本土性。以儿童所处社区、学校、家庭等在生产生活中提出的课题为学习题材。

活动课程的缺点是：第一，缺乏系统性。它完全从学生本身的兴趣和需要出发，不能给学生以系统的文化科学知识，不利于传递人类文化遗产。甚至像读、写、算这样的基本技能都不能按部就班、有条不紊地帮助儿童掌握。第二，缺乏对学生进行严格的智力训练。通过直接经验所获得的知识零散、简单、感性、抽象性差，不利于培养学生的理性思维。第三，实践上难操作。分科教学培养出的教师很难适应综合性的实践活动课程所需的多才多艺。

第二节　学校心理健康教育课程教学的团体动力理论依据

团体动力理论是当代西方社会心理学发展史上的一个里程碑，它发端于20世纪40年代，成为整个社会科学界所关注的中心。虽然它作为一种自觉的运动至70年代已趋于低潮，但它的内在活力，它的理论、方法和心理观，仍在很大程度上影响着当代西方社会心理学的研究和发展。

一、团体动力理论的缘起

1939年，库尔特·勒温在发表的《社会空间实验》一文中首次使用了“团体动力理论”这个概念，借以表明他要对团体中各种潜在动力的交互作用、团体对个体行为的影响、团体成员之间的相互依存关系等作一种本质性的探索。1945年，勒温在美国麻省理工学院创办了“团体动力理论研究中心”，团体动力理论作为一种专业和学科得以建立。在其后的二十年间，团体动力理论得到了迅速发展，其影响几乎涉及社会生活的各个领域。

（一）团体动力理论的定义

从历史的角度来反观团体动力理论，它本身具有三个层次的意义：其一，它属于一种意识形态，即关于团体应如何组织与管理的方法和态度。在这种意义上，团体动力理论十分强调民主领导的重要性，强调成员参与决策以及团体内合作气氛的意义。其二，它是一套管理技术，如角色表现、团体过程中的观察和反馈等。在这种意义上，团体动力理论被广泛应用于人际交往培训，领导干部培训，以及工厂、企业、学校和政府部门的管理。其三，它是一种对团体本质的心理学研究，旨在探索团体发展的规律，团体的内在动力，团体与个体、其他团体以及整个社会的关系等。这第三层次的意义是团体动力理论真正的心理学的意义，也是勒温及大部分团体动力理论家一致赞同的对团体动力理论的定义。

它并不依赖于前两个层次的意义，事实上，为意识形态和管理实践提供一个更好的科学基础，正是团体动力理论的基本目标之一，但科学地理解团体生活的本质，却是团体动力理论的根本目的。

（二）团体动力理论产生的历史根源

团体动力理论产生于20世纪40年代的美国，当时那里已经具备了一个促使这一新学科出现的社会环境。30年代前后，美国的工业生产得到迅速发展，这是以富尔敦、爱迪生等人的创造发明的具体应用为标志的。它使人们看到了科学、文化和教育的巨大力量，知识与技术从而被赋予了极高的价值。同时，世界大战和与西方工业发展结伴而行的经济萧条，使美国的一些社会问题，如移民问题、黑人问题、青少年犯罪问题和儿童教育问题等变得日益尖锐，通过社会学家和心理学家的努力，人们对心理测验、科学管理和儿童福利等已产生普遍信任，科学研究可以促进社会问题的解决这一观念已逐渐被人们所接受。团体曾一度被看做是调节工厂和集体冲突的关键，家庭和一些目的性社团则被认为是战争动乱之后复兴社会生活的必要手段。同一时期兴起的集体心理治疗、社团福利工作，由杜威倡导的新教育，以及范围更为广泛的社会管理工作等，都要求对团体和团体生活有一种科学的根本性的认识和理解。这种时代精神召唤出了一个代表性的人物——来自德国的犹太人库尔特·勒温，他从一个侧面体现时代的要求，引起了团体动力理论研究的大潮流。

（三）团体动力理论的基本特征

团体动力理论家们有两个基本信念：一是社会的健全依赖于团体的作用；二是科学方法可用以改善团体的生活。从某种程度上说，这也是团体动力理论之所以产生的两个必要前提。唯有当人们理解并接受了这两个信念，认识到经验的研究可应用于团体和社会，重要而复杂的社会现象和社会事件可以进行测量，团体和社会的诸种变量可以为实验所操纵，支配团体和社会生活的规律可以被发现和揭示时，团体动力理论作为一种新兴学科才能得以产生和发展。在这种意义上，可以把团体动力理论的基本特征归纳为以下几个方面。

第一，经验性。从学术传统上进行分析，团体动力理论应属于经验主义范畴。以观察、定量、测量和实验为基础来研究团体，正是团体动力理论家有别于涂尔干、弗洛伊德和黎朋等侧重以思辨来研究团体的显著标志。但是团体动力理论又不同于社会科学中极端的经验主义，它从一开始就十分重视理论的意义和价值，在实践中把理论建构和经验研究完整地结合起来。

第二，动力性。动力性研究是团体动力理论最基本的特征，它不满足于对团体性质的一般描述，或对团体类型与团体行为的一般归类，而是要研究所观察的对象是如何相互依存的。团体中各种力的交互作用以及影响团体行为的潜在动力、变化、对变化的抵制、社会压力、影响、压制、权力、内聚力、吸引、排斥、平衡、不稳定性等，都是团体动力理论中动力性研究的基本术语，它们可以表示心理力及社会力的操作，在团体动力理论中起着重要的作用。

第三，交叉性。严格地说，团体动力理论不属于传统社会科学中的任何一门学科，但它与心理学、社会学、文化人类学和经济学等都保持着较为密切的关系，各学科的发展也有助于团体动力理论的研究。实际上，团体动力理论既是一种多学科的交叉性研究，也是社会科学中的一次新的综合。

第四，应用性。应用性是团体动力理论的突出特征，大部分团体动力理论家的研究都是为了发展团体的功能以及促进团体对个体和社会的作用。尤其是随着“行动研究”和“敏感性训练”的推广，团体动力理论的研究成果已被企业管理、教育、心理治疗、政府与军事等许多领域广泛采用。

二、团体动力理论诞生的理论基础

如上所述，团体动力理论是 20 世纪 30 年代末与 40 年代初西方社会科学中的一次综合，其本身又是一种跨学科的交叉性研究，所以团体动力理论中的理论取向较为广泛，如交互作用论、系统论、精神分析理论等，但是大部分团体动力理论家在选择这些不同的理论和进行具体的研究时，都有着一个共同的内在的理论基础，那就是场论。

（一）勒温与场论

库尔特·勒温出生于波兰莫吉尔诺的一个犹太人的家庭。由于犹太人一向重视子女的教育，勒温小学毕业便被送往德国，他在波森读了高中，在柏林修大学课程。《人论》的作者卡西尔是他的哲学老师，著名心理学家斯顿夫指导过他学习心理学。1914 年，24 岁的勒温从斯顿夫手中获取了心理学的哲学博士学位。

就在勒温获取博士学位的那一年，第一次世界大战爆发了，勒温作为一个德国公民应征入伍。战场似乎是特地为青年人所准备的，不久以前他们可能还手握吉他唱着自己的初恋，争论着前途和生活的意义，可现在却放下吉他拿起了步枪，一种激情、新奇和冒险的精神鼓动着大家。然而，战场却远非人们想象的样子，那血与火的气氛，那惨不忍睹的事实，深深震撼着每一个人的心灵。许多事物的性质在战场上都全然改变了，一切价值在战争中都具有了完全不同的意义。有感于此，勒温于 1917 年写了一篇论文——《战场景象》，勒温的心理学由此诞生了。在这篇论文中，他分析了人的心理承受力和人的行为动机，这是他的“心理紧张系统论”的最早表露；他描述了一个人从后方安全处所来到前方生死关头时，环境及其意义的改变在这里产生了“生活空间”这一概念，为他以后的拓扑心理学学说打下了基础；他阐述了情景或人与环境的交互作用决定人的心理事件和行为意义的观点，这就是他的场论的雏形。在战场上，人性和良心要重新定义，人的个性和个人的善恶都不起作用了，每个人都随着他所属的集团而被定性：是敌方的，便是坏的；是己方的，便是好的。个人的性格和品行都被这简单的好与坏所取代。这种体验和对这种体验的思考，深深地影响了他以后的社会心理学研究和他的团体动力理论。

1947 年 2 月 12 日，勒温逝世于美国，也就是他创建团体动力理论研究中心的第三年。他的一生在心理学史上写下了光辉的一页，场论是他对心理学理论的杰出贡献。

（二）场论与团体动力理论

场论是勒温一手创建的。由于他早期深受斯顿夫的影响，又长期与惠特海默、苛勒和考夫卡三人一起工作，基本上秉承了格式塔心理学的传统。但他从一开始就特别注意动机与意志方面的问题，对精神分析理论有独到的研究。他把心理学中的整体观和动力观在新物理学世界观的基础上做了有机的结合，形成了其素有“心理学中相对论”之称的场学说。

虽然勒温的早期研究主要是针对个体的，但由于他重视在生活环境中研究个体的行为，他的理论从一开始就隐含着对社会心理学的影响。1939 年，他提出“团体动力理论”这一概念后，又先后提出了“团体目标”、“团体气氛”等重要概念，以及“社会渠道说”和“准稳态平衡说”等理论观点，这表明他的整个研究已逐步转入了社会心理学和团体动力理论。对此舍伦伯格评论说：“勒温的场论为其转向团体行动研究提供了一个自然的理论基础。把环境包容于生活空间之中，就为统一团体概念铺平了道路，于是，团体的一些特殊功能就可以被看做是大部分个体之生活空间中的主要部分。因此，从研究个体的生活空间过渡到研究团体对行为的影响是较为容易的。”

在团体动力理论中，研究者一般都倾向于把小团体作为研究对象，把它看做是一个基本的实体。从场论的观点出发，可以把所研究的团体区分为结构和功能两个层次。结构方面适用于拓扑学的描述，即把团体作为研究对象时直观获得的一些印象，如团体内个体的位置、个体间的邻接或依存情况、外界的影响以及团体的核心人物等。区域、疆界、阻碍和引拒值等概念都可以应用在团体的结构性描述上。功能方面则主要涉及团体的潜在生活，常用移动、向量、紧张、目标和力场等概念。这些概念都可以用来解释团体的变化，而变化则被认为是团体生活的根本特征。勒温曾提出一种“解冻—流动—重冻”的社会变化模式，认为所有的团体生活都只能是一种准稳态平衡，如同一条河流，即使其速度与方向未变，河流中的所有元素却无时不发生变化。

依据场论的观点，团体的行为像个体的行为那样，也是以所有发生影响的相互依存的事实为基础的，这些事实的相互依存，构成了团体的本质。因而从根本上来说，团体并非个体的集合，而是一个包容诸个体的“格式塔”。作为团体，它不是由各个个体的特征所决定的，而取决于团体成员相互依存的内在关系。于是勒温认为，虽然团体的行动要由构成团体的成员来执行，但是，团体具有较强的整体性，对个体具有很大的支配力。因而一般来说，要改变个体应先使其所属团体发生变化，这要比直接改变个体来得容易。勒温在 1943 年做的关于“食物习惯”的研究，完全证实了这种观点。勒温指出，只要团体的价值观没有改变，就很难使个体放弃团体的标准来改变自己的意见，而一旦团体标准发生了变化，那么个体对变化的抵抗也会因依附于该团体而消失。

通过从 20 世纪 30 年代中期到 40 年代中期前后十余年的努力，勒温的研究成果被汇集成了两本专著：《解决社会冲突》和《社会科学中的场论》。它们以场论的基调，为团体动力理论奠定了理论基础。

三、团体动力理论的演变

（一）团体动力理论的确立

1945 年，勒温在马洛等人的协助下，在麻省理工学院经济与社会科学系创立了团体动力理论研究中心，团体动力理论的研究得以全面展开。虽然勒温在建立该中心的两年后便不幸病逝，但是团体动力理论的研究却由勒温的学生继续进行。卡特莱特、费斯汀格、利皮特和赞德等都属于第一代的团体动力理论家，道伊奇、凯利和蒂勃特等都是这个研究中心最早的一批博士研究生。勒温的思想在他的学生们的研究中继续发展，正如卡特莱特和赞德在总结团体动力理论的工作时所说：“勒温的理论对我们思想的深刻影响是显而易见的，根本无须具体指明。”据不完全统计，从 1945 年至 1950 年，这个研究中心共推出 113 项研究成果。1953 年卡特莱特和赞德共同主编了《团体动力理论：理论与研究》一书，团体动力理论的体系框架大致构成。它主要包括五个方面的内容：团体内聚力，团体成员之间的相互影响力，领导方式与团体生产力，团体目标与团体成员动机以及团体的结构性。团体动力理论被重新定义为：是一种对团体本质的研究，旨在探索团体发展的规律，团体的内在动力，团体与个体、与其他团体以及整个社会的关系等。另外，团体动力理论开始被作为一门大学课程，它的科学性得到普遍承认。勒温与他的学生们一起，共同促成了团体动力理论的形成和发展。对此托尔曼曾有一段评论，他说只有勒温所具有的天才和勇气，才能把关于用精确的控制性实验来研究团体的设想付诸实践。他与他的学生为心理学的研究开辟了这一全新的领域，永远值得人们称赞。

我们把团体动力理论基本体系的确立看做是勒温动力心理学思想的完整表现，它从心理紧张系统开始，以团体动力理论的形式为结束。虽然团体动力理论的体系形式是由勒温的学生最后完成的，但是它甚能代表勒温的思想，对它的发展作一种历史的分析和评价，有助于我们理解勒温的心理学及其影响。

（二）团体动力理论的兴起

1945 年至 1955 年是团体动力理论的繁荣时期。各种形式的团体动力理论研究机构纷纷建立，行动研究和敏感性训练被普遍应用，勒温的心理学思想得到了广泛传播。赞德在回顾这一时期团体动力理论的发展时指出，当时对团体的研究是社会心理学中最生动和最富有创造性的工作，并成了整个社会科学所关注的中心。如果作进一步的分析，团体动力理论的这种繁荣和发展是有其历史原因的。我们把团体动力理论主要看做是一种心理学的发展，并认为实验心理学与社会心理学的结合是团体动力理论发展的一种促进力量。社会心理学中的实验由特里普利特首开先河，莫德、穆尔和奥尔波特都曾为此作出了贡献，而谢利夫对社会规范的实验研究、纽卡姆对社会依从性的研究以及怀特对街头小团体的研究等则基本上被认为是团体动力理论的组成部分。勒温之前的这种社会心理学内部的历史积累是团体动力理论发展与繁荣的一个重要因素。此外，当时美国的社会环境尤其适于团体动力理论的生长，第二次世界大战和经济萧条所造成的美国的社会心态，体现了这一时期社会环境的基本氛围。人们普遍渴望一种团体归属以获得内在的安全感，家庭和社团被看做是战乱之后复兴社会生活的主要手段。人们普遍接受了这样一种信念：社会的健全有赖于团体的作用，科学方法可用于改善团体的生活。这种社会的需要以及社会的支持是团体动力理论发展与繁荣的主要原因，对此，卡特莱特曾评论说社会对团体动力理论的反应是勒温的理论与方法的最具特色的发展。团体动力理论的强大影响力已充分体现在教育、工业、政府以及团体生活的所有方面。团体动力理论的这种繁荣，象征着勒温在社会科学界和心理学界杰出地位的确立。玛格丽特·

米德说，勒温和他的学派代表了整个美国和整个社会科学的生机。科恩所做的一项广泛调查也表明，从1939年至1949年这十年间，勒温在心理学界的影响日益显赫，他与弗洛伊德、赫尔、托尔曼和斯金纳被认为是这一时期最著名的五位心理学家。

（三）团体动力理论的停滞

从20世纪60年代开始，团体动力理论的发展进入了一种“高原期”。团体心理学的研究在某种程度上被人类潜能运动所取代，社会的注意力转到了个体行为和个体生长上；社会对团体动力理论的关注大大减少，团体动力理论内部也发生了很大的变化，许多早期团体动力理论家都先后改行或退休，勒温的理论和思想也不像原来那样富有吸引力和影响力。正如赫尔姆莱希所说，此时许多团体动力理论家似乎都在追随“坏研究可以得出好结果”的格雷沙姆法则（Gresham Law），而忘却了勒温的“好理论最实际”的教诲。1960年至1980年，团体动力理论基本上处于一种停滞状态，而勒温的心理学也几乎被人淡忘，或至少是受到了很大的忽视。

（四）团体动力理论的复兴

从20世纪80年代开始，许多迹象表明团体动力理论开始摆脱它的“高原”状态，进入一个新的发展时期。1980年，脱离团体动力理论研究已近二十年之久的费斯汀格又领衔主编了一部颇有影响的专著：《社会心理学的回顾》。该书共有十位作者，他们是费斯汀格、阿隆森、巴克、道伊奇、凯利、尼斯比特、沙赫特、辛格、扎乔克和赞德。除尼斯比特和扎乔克之外，其余八人都是20世纪50年代著名的团体动力理论家，都是《团体动力理论：理论与研究》一书1960年版的作者。而扎乔克则是现任团体动力理论研究中心主任。该书的基调是重新发现勒温的潜力，振兴团体动力理论的研究。费斯汀格代表团体动力理论研究中心为本书写了前言，他说：“在过去的三十五年中，团体动力理论深刻地影响了社会心理学的发展，这是勒温的一块最好的丰碑。”他们把此书献给这一研究中心，希望团体动力理论继续向前发展。

团体动力理论从1980年起在美国确实有了引人注目的复兴趋势。1984年，美国东部心理学会在巴尔的摩召开了一次“团体行为的社会心理学理论”研讨会，会议的宗旨是“为了鼓励和促进当代的社会心理学在团体行为中的应用”。同年依阿华大学的劳勒主编了《团体过程的进展》丛书，至1988年已出了五本，1982年和1985年赞德的两本新著《发挥团体的作用》和《团体与组织的目的》问世，1987年亨德里克主编了《团体过程》和《团体过程与团体关系》。亨德里克在前一本书的简介中说：“继60和70年代对个体过程的过分强调之后，对团体过程的研究正经历着一种旺盛的复兴。”

如果作进一步的分析，我们可以看到团体动力理论在美国的这种复兴趋势是有一定条件的，主要是美国的社会条件已发生了某种变化。20世纪80年代一开始，以重视团体性为基础的日本式管理方式和东方的哲学思想越来越强烈地冲击着美国的传统文化，影响着美国人的思想，团体的心理学意义又重新引起他们的重视。

四、团体的意义与团体决策理论

从整体动力观出发，勒温把团体看做是一个动力整体，其中任何一个部分的变化都必将引起另一部分的变化。这种部分与部分或团体成员之间的相互依存关系，是勒温团体动力理论的要点。虽然勒温早期对个体行为的动力研究仍然是他进行社会心理学研究的基础，但是团体的动力必然不等于个体的动力，它具有团体自身的特点和意义。

（一）团体的意义

在勒温开始他的团体动力理论研究的时候，“团体”的一些基本属性还属于心理学领域中的忌讳，心理学家对“团体”的理解也莫衷一是。当时似乎存在着一种普遍的偏见，即认为“团体”的心理学意义是虚幻的，只有个体的心理学意义才是真实的。即使是早期注重对团体性进行研究的心理学家（如麦独孤和荣格等），也都倾向于在个体集合的水平上来理解团体，为团体性寻找生理学的注解。因而“团体心灵”与“集体无意识”等术语引起了激烈的争论，以奥尔波特为代表的一方坚持只有个体是真实的，竭力反对麦独孤等关于团体心灵的主张。双方的争论从20世纪20年代持续到30年代，直到勒温开始了团体动力理论研究，才对这一问题有了较为科学的解释。

勒温认为，关于团体之真实性的争论不但是一种涉及哲学的问题，而且具有十分重要的科学研究意义。因为否定团体的真实性就意味着把它排除在心理学的研究之外。在这个意义上，勒温认同麦独孤的意见，反对奥尔波特的主张，即认为不能把对团体的研究视为忌讳。但是勒温并不同意“团体心灵”这一概念，他认为麦独孤的团体心灵与厄梭费尔的“格式塔质”如出一辙，都把团体或整体的性质看做是某种超越的东西，带有严重的神秘主义色彩。勒温主张整体仅仅具有自身的特性，它并非多于部分之和，而是不同于部分之和。或者说，并不存在一种超越或神秘的整体价值（如团体心灵），整体与个体都是真实的。

在这个意义上，勒温把团体理解为一种具有心理学意义的动力整体。团体的本质在于其所属成员的相互依存，而不在于他们的相似或差异。也就是说，团体的结构特性是由成员之间的相互关系决定的，而不是由单个成员本身的性质决定的。这是卡西尔哲学的一个基本观点，也是勒温整体动力观的基本主张。它补充、发展了格式塔的理论，开创了格式塔社会心理学的传统。

另外，奥尔波特虽然极力反对麦独孤的主张，否认团体的心理学意义，但是他同时指出，这些问题的真实性我们目前还不能以实验研究的手段来解决，因而也就不应该坚持它们的真实性。以实验来解决争端正是勒温所做的工作，在这一点上他与奥尔波特是一致的。勒温明确提出，通过实验来处理某种社会实在，就可以最有效地突破阻碍人们信仰这一社会实在的忌讳。1937 年至 1938 年，勒温与利皮特和怀特一起做了著名的关于“领导方式”的实验，验证了团体气氛、团体目标和团体内聚力等团体性质的心理学意义，肯定了民主领导方式的优越性。勒温在总结这次实验时说，这次实验的目的是为了“创立一种结构，借以深入了解基本的团体动力理论”。这是勒温首次使用“团体动力理论”（group dynamics）这一术语，它的基本含义就是要把团体作为一种心理学的有机整体，并在这种整体水平上探求团体行为或人的社会的潜在动力。

因而团体动力理论与一般的社会心理学有所不同，它既不完全是从心理学的社会心理学出发单纯以个体为基础来进行人际关系的研究，也不是从社会学的社会心理学出发以团体机制研究来代替个体心理研究，而是把两者有机地结合起来。团体行为被认为是团体成员与社会环境相互作用的产物，而团体成员的情感思维和行为又依赖于其所属的团体本身，就连团体成员的人格也被这种他所属的团体塑造起来，团体被赋予了充分的心理学的意义。

（二）团体决策理论

勒温在“团体动力理论研究中心”成立时的演讲中曾对“团体动力”一词作了一番解释。他提到对团体生活的研究应该超越描述的水平，去研究团体生活的潜在因素，去研究促使团体行为变化和阻碍团体行为变化的各种力。这些力便是“团体动力”，因而勒温团体动力理论的研究重点是团体行为的变化或社会变化。

一般来说，变化总是从“非变化”开始的，并归结于一种“非变化”，从稳态动力论的基本观点出发，勒温把社会变化的这种开始和结束称为“准稳定平衡”，即一种心理学意义上的“稳态”。有两种方式可以引起这种准稳定平衡的变化：一种是增加团体行为的促动力，另一种是减少团体行为的对抗力。除此之外，团体本身还具有一种“内在的对变化的抵制”，勒温称之为“社会习惯”，它隐藏于个体与团体的关系中，维系着团体生活的固有水平。因而，单有团体成员的变化动机尚不能引起团体行为的变化，还必须要有一种足以打破社会习惯和解冻团体原有标准的力，勒温认为团体决策可以起到这种力的作用。他把团体决策看做是联系动机与行为的中介，是团体促使个体变化（或维护原来标准）的一种动力。用勒温的话来说，“决策把动机与行动联系了起来，同时具有解冻的效力”。勒温认为：“团体决策在社会变化的所有方面（即解冻—流动—重冻的整个过程）都具有团体意义上的普遍优势”。

勒温的团体决策理论具有三个方面的意义：第一，把“决策”作为动机与行动之间的中介是动机理论的一种新的发展。传统的观点把行为看做是动机的直接结果，忽视了行为者的主体意识性，而团体决策理论则提出了心理认知的动力意义。这可以看做是社会认知理论的先声，费斯汀格的认知失调论便受了团体决策理论的直接影响。第二，它把团体生活与个体心理学紧密地联系起来。团体成员的动机须经过团体决策才能更有效地促成团体行为的变化，这也是社会学的社会心理学与心理学的社会心理学的有机结合。第三，它表明了一种规律，即在整体（团体）的水平上改变个体的态度或行为比单独逐个改变个体更有功效。克里斯利奇曾对此做过一个实验，分别用团体决策和个别说服两种不同的方式来劝使一些母亲给孩子服用鱼肝油和橙汁。结果用团体决策所达到的效果几乎为个别说服所达到的效果的两倍。此外，团体决策最早起源于勒温与米德等人一起进行的“食物习惯”研究。它本身是一种整合性研究的产物，同时它（以及对它的一系列实验研究）也起到了整合社会科学的作用。勒温自己认为：“关于团体决策的研究还表明，这一类型的概念可以导向把文化人类学、心理学和社会学整合为一种社会科学的努力。”诚然，团体动力理论便是勒温心目中的这种整合的社会科学，团体决策理论在其中起到了极其重要的作用。

第三节　学校心理健康教育课程教学的群体心理理论依据

学校中的群体多种多样，有大有小，例如：学校方面的领导班子、教导处、政教处、学生处、教研组等；学生方面的小到二三人的兴趣小组、班委会，大到班级、年级，乃至整个学校所有学生。在学校这种特殊的环境中，学校中的各种群体对正处于身心快速发育阶段的学生来说影响是巨大的，直接关系到学生德、智、体、美、劳等整体素质的发展。同时，学生也通过群体活动对其他成员产生影响，以形成某种心理气氛，使群体发生相应的变化。群体与个体之间也相互影响。群体是人类活动的基本单位，是沟通个体和社会的桥梁。学校是一个大群体，它包含许多师生员工的各种小群体。为了有效地进行管理与教育，教育者不仅要了解学生个体心理发展的特征和规律，还要掌握群体心理的特点和规律，通过组织群体活动，促进个体心理的发展。同时，借助对群体的研究，进一步理解学生个体在群体中的特有行为和心理状态。在此基础上，加强对班集体的管理，遵循群体心理发展的特点和规律，根据班集体的具体情况，促进班集体的巩固和发展。

一、学校群体

（一）群体的概念

所谓群体，又叫社会群体，是两个以上的人在同一目标指引和同一规范的约束下，彼此影响、相互作用、共同活动的集合体，还可称为团体。群体是个体的集合，但不是一定数量个体简单偶然的集合，那些萍水相逢、偶然聚合的电影观众、街头围观者等，都不能称之为群体。作为群体应该具有以下特征：

1. 共同的目标

任何群体都有一定的目标，这个目标是群体所有成员进行活动的方向、目的及标准。没有目标，群体不仅失去动力，还会失去存在和发展的价值。也正是由于成员目标的一致，才使群体成员产生共同兴趣和愿望，从而联合在一起。群体目标可能是任务目标，也可能是社会情绪需要的目标。不论每个成员是否都清醒地意识到目标的价值及意义，都要通力合作实现目标。

2. 共同的情感

群体成员之间进行频繁的交往，他们相互影响，相互作用，相互认同，在心理上意识到对方及自己属于某个群体，从而建立起“我们同属一群”的“我们感”和“归属感”。群体成员在心理上产生共鸣，对成败荣辱有共同感受和体验，产生相应的情感和相互情感依赖关系。

3. 共同的价值规范

每个群体内都有共同的价值标准和行为规范，以及由此而形成的约束和控制群体成员的强大压力。群体中的每个成员在行为、思想、态度上都必须遵守这些规范准则，谁如果违反了这些规范准则将被孤立或惩罚，甚至被取消成员资格。

4. 一定的组织机构

在群体中，每个成员都占有一定的地位，扮演着相应的角色。其核心成员占据领导地位，掌握支配群体的权力，并指导控制群体的活动。而多数成员处于从属地位，扮演着相应的角色，且按角色的行为模式进行交往、活动等。

（二）群体的分类

1. 正式群体与非正式群体

按照群体内各种相互作用的目的和性质等不同，可以把群体分为正式群体和非正式群体。正式群体指有规定的正式结构、定员编制及特定的组织目标，根据正式文件和章程而建立的群体。如学校中各级党政组织、工青妇组织、学生班组等。非正式群体指自发形成的，没有明文规定和定员编制，成员之间以爱好、兴趣、需要等相容或一致为基础而形成的群体。如学生中自发结成的朋友群体、同乡群体、兴趣小组等。

2. 假设群体和实际群体

根据群体是否真实存在，可把群体分为假设群体和实际群体。假设群体指实际上并不存在，只是为了研究和分析的需要而划分的群体，又叫统计群体。如男性、女性群体，青年、老年群体，工人、学生群体等。实际群体指在一定时空范围内实际存在的，成员之间有直接和间接实际联系的群体，如学生的班、级、组等。

3. 大群体和小群体

这是根据群体的规模来划分的，大小是相对的，心理学上以成员之间是否有直接的个人之间的接触和联系作为划分大小群体的标准。所谓大群体，是指人数众多，成员之间只有很少或间接的联系，没有直接的交往与互动的群体。如一个国家、民族等都可称为大群体。而小群体是指人数较少，成员之间有直接交往和联系，关系密切，交往频繁的群体。小群体一般是指40人左右的群体，学校和企业的班、组都可看做小群体。

4. 松散群体、联合群体和集体

这是苏联心理学家彼得罗夫斯基根据群体发展水平和群体成员之间关系密切程度，对群体进行的一种独特分类。所谓松散群体，是指成员之间的关系不以共同活动的目的、内容、意义和价值为中介的人群集合体。如同室的病人、同车的乘客、同商店的顾客等。松散群体进一步发展有可能成为联合群体。其特点是成员之间有共同的活动，但这种活动只有个人意义，成员之间的关系是以对每个成员具有个别意义的群体活动为中介的。如为了比赛临时组合的球队。群体发展的高级阶段就是集体。集体中成员之间的关系以有个人意义和社会意义的群体活动内容为中介，也就是集体成员不仅认识到共同活动对个人和集体的利益，而且还认识到对整个社会的价值。

（三）学校群体的心理效能

1. 教育功能

学校群体是一种特殊的教育群体，它与社会中的其他群体最显著的区别在于，它具有教育的特定功能。在文明社会里，新生的一代要完成独立走向社会的准备过程，要形成适应现代社会要求的健全人格，主要依靠学校而不是社会的其他机构和部门，因为学校群体作为一种教育群体，它所具有的培养和塑造下一代的教育功能是社会其他任何群体都无法比拟和替代的。也正是在学校这一特定的群体中，青少年一代获得了正规、系统的教育，身心的整体素质得以充分发展和提高。

2. 归属功能

这是指学校群体能给个体情感上的依靠，使群体内各个成员在发生相互作用时，行为上表现为协调一致，彼此体会到大家同属某一群体，产生“我们是同班的”、“同校的”、“同一足球队的”等类似情感体验。归属感在一般情况下不一定表现得很强烈，只有当群体受到表扬与奖励、惩罚与攻击时，归属感才会增强。通常一个人同时隶属于许多不同的群体，如一个学生可能同时属于班集体、少先队、足球队、兴趣小组等，虽然他接受这些群体的影响会产生一定的归属感，但对自己某一个最主要的群体的归属感最为强烈。

3. 认同功能

这是指学校群体能对个体的认知提供知识和信息，使各个成员对一些重大事件与原则问题同学校群体保持共同的认识和评价。群体之所以具有认同功能，通常是由于这个群体自身具有一定的权威性、影响力和吸引力。个体对群体的认同，是其自愿接受群体影响并与之融为一体的心理基础，也是使学校这一群体保持内在整体性的心理基础。群体的认同感还会相互影响，这种影响是潜移默化的，尤其当个人对外界情况不明，情绪焦虑不安，判断能力不足时，更容易接受其他成员的影响。

4. 支持功能

当个体的思想、观点、情感、行为方式符合群体的规范、期望和利益时，群体就会给予他赞许和鼓励，以支持其行为，从而使他的行为得到进一步强化，使他的信心增强，行为持续进行，推动其前进。没有一个学生不希望从学校群体中获得肯定、鼓励和支持，而学习困难的学生更渴望从学校、班级和同学中获得理解和支持，以摆脱困境。群体对其成员的支持作用及程度，取决于两个方面：一是群体对成员有一定的吸引力，成员对自己所隶属的群体持肯定的态度，即热爱自己的群体；二是个人认为自己所属的群体在社会中有一定的影响、地位和威信，因此，个人希望群体来支持自己和表扬自己。缺乏这两个先决条件，即使群体要去支持成员的行为，也起不了多大的强化作用。

二、学生班级与班集体

（一）班级与班集体的含义

班级是学校教育教学活动的基本单位，也是学生学习、生活的基本组织形式。它是学校根据国家教育行政部门的规定，为完成组织赋予的任务，实现学校教育教学的共同目标，按照学生的年龄阶段和教育管理的需要组织起来的正式群体。班集体是班级群体进一步发展的高级阶段，它是在一般班级群体的基础上经过有意识、有目的、有计划的培养和建设而形成的一种高级社会群体。一所学校里有许多班级，但不一定都是已达到高级发展阶段的班级。作为班集体，它需具备自己的特征。

1. 班集体的目标特征

定向统一是班集体的目标特征。每个班集体都有自己的目标，它是所有集体成员共同努力所要达到的目的。集体活动的开展取决于集体的目标，没有集体的目标，集体本身就很难生存和发展。在集体中，学生能够把社会和学校明文规定的教育目标内化为自己的目标，达到群体成员之间目标的定向统一，个人目标和班级目标的定向统一。由于目标的定向统一，班集体就具有明确的发展方向。

2. 班集体的价值特征

集体主义取向是班集体的价值特征。班集体崇尚集体主义精神，但并不排斥个人的行动自由或否定个人的兴趣爱好。在班集体内，关心集体，爱护集体，遵守集体的规范，把集体的利益和荣誉放在第一位，是班级生活的主旋律。个人以自己为班集体的一员为荣，必要时能为了班集体而放弃自己的利益，改掉自己的缺点，这些都体现了集体主义的价值取向。

3. 班集体的行动特征

令行禁止是班集体的行动特征。在一般的班级里，由于存在着目标定向分歧等原因，有些想办的事常常可能议而不决，不了了之。而班集体则不同，它已经形成集体领导和决策的方式，只要认为是值得去做的事，一经决定就会立即去做。同样，班集体不认可的事，一经决定不做就得立即停止，即使个人有不同意见，也要服从。班集体的行动特征，充分反映了严格的行为规范及纪律约束，没有这一点，无法保证班集体的令行禁止。

4. 班集体的情感特征

彼此相悦相容是班集体的情感特征。学生生活在班集体中，彼此团结友爱，互相关心支持，因而感到十分愉快，这是社会上其他群体难以具备的特征。在班集体中，巨大的包容性可以满足各种个性不同的学生，不同的人都可从中得到关心、照顾和帮助，而不会遭排斥、受歧视，它给学生提供了许多积极的体验和感受。

5. 班集体的选择特征

选择特征指根据社会的结构和需要，将每个人按照他们自身不同的特点分配到社会上的不同位置，达到人尽其才、才尽其用的目的①。班集体的选择特征表现在多元价值观、多重社会角色及不同职业机构等方面，为学生提供选择的可能性和条件。在当今多元化的社会，接纳价值多元、职业多元已是时代的潮流。学生的个性各不相同，所以不能按照一个模式培养。如果班集体中不仅学习好的同学受尊重，其他如艺术、体育、管理、社交等方面优秀的同学也受到尊重，那么班集体就会更有凝聚力和亲和力。

---

① 方建移，张英萍．学校教育与儿童社会性发展［M］．杭州：浙江教育出版社，2005：89.

（二）班集体的分类

1. 简单聚合型

这样的班集体形式上聚合到一个班级，虽有一定的组织形式，但其成员仍然是缺乏联系的相对独立的个体。学生彼此之间生疏，缺乏交往，没有明确的集体目标，集体活动由学校和教师组织，班级对学生缺乏吸引力。这种类型的班集体多处在班集体形成和发展的前期，刚入学的新生班在一段时间内就是这种状况。

2. 初具雏形型

这样的班集体有四个主要标志：一是班集体中具有能把多数同学团结起来，协助班主任开展工作的学生骨干和班干部队伍。二是同学之间有了共同的感受和语言，交往频繁，相互关心，相互合作。三是班级大多数成员开始关心和参与班级活动，并且愿意为班级活动的成功付出努力。四是班级规范和班级舆论初步形成，班级的影响力、吸引力增大。但是班级的目标还尚未十分明确，学生的集体主义价值观也不太突出，班集体对成员的约束力和吸引力有限，凝聚力不高。这种类型的班集体多处于班集体形成和发展的中期阶段。

3. 理想成熟型

在一个理想的、成熟的班集体中，除初具雏形所具有的四个标志继续有更好的发展之外，更为突出的是它有高度的自主性和凝聚力。高度的自主性表现为学生的主体意识很强，创造性得到充分发挥，能够积极主动地提出新的班级发展目标，并采取相应的行动适应外界的多种要求和变化。高度的凝聚力体现在班集体对每个成员有强大的吸引力，集体舆论的质量很高，成员之间交往非常频繁，心理相容，争相为集体的发展贡献自己的力量。大家齐心协力，团结一致，具有优良的班风。这种类型的班集体是班集体形成和发展的成熟期，也是学生班集体建设的理想目标。

（三）班集体建设中的教师作用

1. 教师是班集体建设的教育者

教师不仅是知识的传授者，还是学生灵魂的塑造者；担负着培养学生优良品德，进行思想政治教育的重任。因此，教师可以利用自己的威信和由此而形成的核心地位，充当班集体的教育者。教师应建设一个良好的班集体并进行科学的管理，不断提高集体的力量，以此来教育集体中的每个学生。只有在良好的班集体这个小社会中，学生才会从小受到集体主义的熏陶。在集体的学习、生活、交往过程中，在与集体成员的相互接触和共同活动中，学生会逐渐认识到集体对个人成长的作用，从而爱集体爱国家，树立起为社会为国家利益献身的信念，逐渐学会如何处理民主与集中、自由与法律的关系，并积累这方面的经验；同时，逐渐熟悉社会主义制度下人与人之间应有的团结一致、互爱互助、共同进步的新型人际关系。这就是教师通过教育与管理班集体，并在班集体中培养学生的集体主义精神，进行思想品德教育的过程。

2. 教师是班集体建设和管理的组织者

为了使班集体的建设与管理有计划、有目的、有系统地进行，教师要充当班集体建设和管理的组织者，保证班集体健康、有序地发展。这要求教师运用教育科学的理论，在调查和研究的基础上，提出一种理想可行的班级模式和发展蓝图，作为建设和管理班集体的目标及实现目标的途径。教师在建设和管理班集体时，重要的是组织设计好目标，使目标不仅能体现学校德育工作和教育活动的总目标，还能体现时代和社会发展的新要求。当然教师应注意目标要适合班集体发展的水平，遵循班集体的客观发展规律，并且能够有计划、分阶段地将班级逐步培养成良好的集体。

3. 教师是班集体建设的领导者

领导是一种影响集体活动的行为或行为过程。教师的任务是对班级的个体活动和集体活动进行领导和指导，并使其协调一致，完成目标设置并实现目标。在班级实现目标的过程中，教师处在领导地位，这方面的技能较教学能力显得更加重要。教师的领导方式和领导风格直接影响良好班风的形成和学生个性、学习习惯的培养，甚至影响学生学习成绩。可以说教师在班级中从事的一切事务和活动，没有比领导才能与艺术更重要的了。教师在班集体中的领导功能具体表现为对班级学生的影响力，这种影响力有两个方面：一是教师的权威、地位、职权及其运用，这些构成了教师的职权影响力；二是教师的道德品质、知识经验、才能及个性等，这些构成了自然影响力。这两者相辅相成，是确立教师在班级学生心目中的崇高威望，使学生接受领导的重要因素。

4. 教师是班集体良好人际关系的创造者

教学班级是由数十名学生组成的一个独特的社会体系，从某种意义上讲，教育新人就是形成人与人之间的新关系。新时期社会主义教育的特点之一就是要建立个人与集体、个人与社会之间和谐的关系，以保证学生能适应社会发展的需要。因此，教师要悉心研究班级学生的人际关系，指导学生之间、师生之间及其与社会各层次人员的交往，对班级人际关系实施科学管理。教师研究和掌握班集体人际关系的特点及规律，目的是为了着手调整不利于班集体建设的各种人际关系，按照社会的要求，设计指导班级人际关系的新结构，创造良好的人际关系，使学生在愉快、轻松的气氛中学习和生活。为此教师要创设班级良好人际关系的最优化环境，掌握青少年学生人际交往的规律和基本特点，研究学生人际交往的现状，控制人际关系发展的趋势，改善班级的人际沟通，指导学生正常自然地交往，正确引导和管理班级内部非正式群体，防止学生人际关系紧张。

三、学生非正式群体

（一）非正式群体概念

非正式群体是指自发形成的、没有明文规定和定员编制的群体。其成员之间的关系带有明显的情绪情感色彩，以个人的爱好、兴趣、需要等心理相容或一致为基础自然而然地结成群体。如学生自发组织起来的各种课外活动小组、学习小组、兴趣小组，以及其他三五成群的小团体、小团伙等。而学校中存在的学生少先队、团组织、学生会、班级、班委会等则不属于非正式群体，而是正式群体。学生非正式群体具有下列特点：

1. 学生非正式群体规模小，人数少

学生非正式群体往往只是一个小团体、小团伙，一般来说，人数在5人左右，或更少。而正式群体则不同，绝大多数在10人以上，例如班集体、学生会、团组织等。这是因为正式群体是由组织正式组建的，可按需要形成较大的规模。而非正式群体，由于它的形成是自发的，是通过成员之间的相互交往而形成的，不可能有很大规模和较多人数，否则成员之间难以进行情感交流和人际交往，也就无法形成群体。据调查，无论学生自发组织的各种兴趣爱好小组，课外活动小组，还是一些帮派团伙，人数一般都在 10 人以下。

2. 学生非正式群体规范的无形性和较强的约束性

学生非正式群体不像正式群体那样有明文规定的规范（如条约、公约、守则、纪律、准则等），但这不等于它没有行为规范，只是这种规范是无形的、不成文的，是从他们各自共同利益、需要、情趣和爱好出发而自发约定俗成的，它对每个成员行为的指导和调节作用，有时比正式群体规范的作用更有效和显著。因为这些不成文的无形的规范，是群体成员共同心理特点的表现和反映，与成员内在心理需求相融合，加之非正式群体规模不大，很容易相互监督和参照，因而这些无形的规范就具有很大的约束力。

3. 学生非正式群体的情感维系性和心理凝聚性

一般说来，维系学生正式群体存在的主要因素是外部因素，如明确的组织制度、规范条约、定员编制、内部分工及相应的权利、义务、职责等。而学生非正式群体则不一样，维系存在的主要因素在内部，维系力量来自成员之间一致的利益，相同或相似的爱好、志向、个性等，以及相容的需要、情感、思想等，因而也就具有很强的凝聚力。这种强的凝聚力突出表现在非正式群体的自卫性和排外性上。

4. 学生非正式群体核心人物（领袖人物）的权威性

学生非正式群体也像正式群体中的班集体、学生会等一样有自己的核心人物，即领袖人物，不过并非像正式群体由上级组织或官方任命和派遣，也不是全体学生通过正式途径推举产生的，而是自然形成的，是凭借其本身固有的内在影响力（如知识、经历、特长、能力、品德、体力等）自发成为核心人物。这样的领袖人物在群体内有很高的威信，对成员有一种无形的吸引力。其领袖人物虽然没有学校班级赋予的正式职务和权力，但对周围的同学具有较大的影响力，可以左右小团体内每个同学的一言一行，小团体内的同学以他为中心，无条件地自愿接受他的指挥，服从他的安排。

5. 学生非正式群体内部信息传递的畅通性和随意性

学生非正式群体由于其规模较小，带有浓厚的情感色彩，成员之间的交往和关系极为密切，彼此之间的思想交流畅通，只要校内外、班级内外发生一点事情，小团体内的学生就会迅速传递和交流信息，直到人人知晓。与此同时，由于这种信息的传递带有明显的情感色彩，随意性较大，表现出明显的好恶倾向，因此，流动信息的客观性和真实性在质和量上均有一定的偏差。

（二）学生非正式群体的功能

1. 学生非正式群体的积极功能

第一，学生非正式群体能使学生获得心理上、精神上的满足。学生非正式群体是为满足自身心理需要而产生的。由于学生正式群体活动是为满足总体需要而组织的活动，这些活动无法满足每个学生丰富复杂的心理需要，于是为弥补这一不足，学生的非正式群体自然形成。

第二，学生非正式群体可以增强学生的群体意识，有助于正式群体的形成和巩固。任何群体的存在都以群体成员遵守一定的行为规范为前提。非正式群体的行为规范一般是由学生约定俗成的，无形的，但成员都能自觉遵守本群体的规范，没有强迫性。可是，如果谁违反了这种规范就会受到强烈的群体压力，甚至被孤立或抛弃，这就是学生非正式群体规范的非条文性、无形性以及较强的约束性特征。正是这一特征使非正式群体把群体信念和价值观念传递给每个成员，使之意识到自己是群体一员，而且必须以群体的利益为主，应该自觉遵守群体的行为规范，进而化群体的信念和价值观念为每个成员自己的信念和价值观。

第三，学生非正式群体可以为学生个体提供及时而彻底的物质和精神援助。当学生遇到困难挫折时，最先提供援助的就是各种类型的非正式群体，这是因为非正式群体有较高的情感维系性。在日常生活中，个人的烦恼、生活的困难等不可能都“依靠组织”来解决，正式组织也难以解决每日每地发生的大量此类问题。这些问题就得依靠具有浓厚情感色彩的非正式群体来消解。

第四，学生非正式群体有利于学生之间相互学习、相互提高，促使个性得到和谐发展，人格更加完善。学生在非正式群体中，彼此之间交往频繁，了解透彻，既可以看到群体内其他成员的能力、知识水平和品格个性的表现，又可以了解到别人对自己的评价。这会加深自己对别人的认识，也加深了对自己的认识，因此，易于及时发现自身的缺点和他人的长处，从而取长补短，不断进行自我完善和提高。

2. 学生非正式群体的消极功能

第一，学生非正式群体成员之间重情感而轻理智的特点，往往会产生不健康的、危害班集体和社会的行为。维系非正式群体生存的重要纽带是成员之间的情感，这点在学生非正式群体中表现得更为明显，因此，很容易导致他们的思想和行为具有深厚的情感色彩，重感情，重友谊，也重“江湖义气”，对事物缺乏理智冷静的分析判断，这样就不可避免地产生思想和行为的偏激、冲动和极端。

第二，学生非正式群体的高凝聚力可能削弱正式群体，有时会使正式群体处于松散状态。较强的凝聚力是学生非正式群体存在的一个重要特点，这又突出地表现在其自卫性上，他们一般非常警惕别的同学和师长对自己群体的介入，时时提防他人的介入和损害，有时甚至盲目地排斥群体外的一切人。学生非正式群体存在于学校、班级等正式群体中，如果这些正式群体中有若干个自卫性很强的非正式群体，就很容易出现各自为政、相互对立、互相排斥的局面。这样正式群体就成为一盘散沙，应有的凝聚力严重下降，应有的组织活动也难以维持和开展。

第三，学生非正式群体内部信息交流的畅通性、随意性，往往使之成为小道消息和谣言的传播者和制造者。非正式群体中成员频繁的交往和沟通，很容易传播和扩散信息，且受各个成员感情好恶的影响，很容易使流动的信息失去其真实性，直至成为谣言、流言，这在客观上又起到了谣言制造和传播的作用。这仅仅是无意的，还有为维护本群体的利益，故意制造传播一些小道消息和谣言。无论是以哪种形式流传的谣言，都会给正式群体埋下不安的种子，造成人心浮动，使正常信息的传播渠道产生障碍。

第四，学生非正式群体内核心人物的极大权威性，易造成群体心理与行为的整体偏离和失误。非正式群体中的核心学生，是自然形成的，具有极大的权威性，其他同学对他绝对拥戴和服从。因而当这些核心学生作出无论是对还是错的决策时，其他人在理智上和情感上都会无条件服从于他。一旦核心学生的意见和决策产生偏差，则这一群体内的所有成员就会随之产生行为偏差。这样非正式群体的行为就会让正式群体以至整个学校和社会蒙受重大损害。比如，曾经发生过的学生结群闹事、聚众斗殴、团伙犯罪等，都和少数权威学生的决策意见有直接关系。

第五，学生非正式群体与正式群体的冲突，产生“内耗”。由于学生非正式群体与正式群体同时客观地存在，就很容易使整个组织系统内部产生不必要的破坏性冲突，出现相互对立、消耗内能的现象。这在学校主要表现为以下几方面：非正式群体的利益和目标与班集体等的利益和目标发生冲突或不一致时，会对正式群体的利益和目标起破坏干扰作用；非正式群体的行为规范与正式群体的行为规范发生冲突时会削弱正式群体规范的威严和约束力；在群体活动上，当非正式群体与正式群体发生矛盾冲突时，会使正式群体的活动难以进行；群体领导成员之间也会发生冲突，少数领导成员的冲突，会使整个群体相互对立和攻击，从而造成大规模、大范围的“内耗”。

第六，少数学生非正式群体的消极破坏性质，已构成了危害班集体、学校和整个社会的事实。消极型和破坏型的非正式群体在学校较少，但绝非没有。这些非正式群体由于频繁交往、消极模仿、外来影响等因素，逐渐形成了其群体文化，如江湖义气、派帮意识，一些学生产生了畸形甚至错误的价值观念、生活态度、人生信仰和行为方式等，不听教师和家长的教育，不遵守校纪校规，缺乏学习热情和兴趣，追求吃喝玩乐的生活方式。这样的学生非正式群体若得不到及时的教育管理，就易发展成为对社会具有破坏性的群体，如学生中出现的少数流氓、盗窃等刑事犯罪团伙。

四、学校群体心理理论

群体由个体构成，但群体不只是个体的简单总和，群体因其成员个体的相互作用，超越了个体的总和。在群体中，个体的心理和行为会受到在场的他人的影响而发生变化。群体不仅能满足个体的各种心理需要，还能形成群体独特的心理，使个体在群体中的活动与在独处环境中的活动产生很大的差异。

（一）社会助长与社会惰化

1. 社会助长

社会助长是指因他人在场或与别人一起活动从而使个人的活动效率与水平提高的现象，也称为社会助长作用。与社会助长相反，如果别人在场或与别人一起活动，造成了行为效率下降，这种现象称为社会干扰或社会惰化现象。如赛跑、歌咏比赛，因有人观看或有拉拉队的助阵，往往比个人独自跑步和唱歌的效果更好些，我们称之为“共同行为者效应”。还有一些教师、演员等在观众很多的场合讲课或表演非常成功，而且观众越多，情绪和气氛越热烈，其讲课或表演的效果就越好，我们称之为“观众效应”。

特里普利特究发现，别人在场或群体性的活动会明显促进人们的行为效率。他让被试在三种情境下，骑自行车完成25千米路程。第一种是单独骑行计时，结果表明，单独计时情境下，平均时速为24英里（1英里=1.61千米）；有人跑步陪同，平均时速为31英里；而与其他骑车人同时骑行，平均时速为32.5英里。特里普利特在实验室条件下，让被试完成计数和跳跃等工作，也发现了同样的社会助长现象。

查荣克研究发现，对于那些简单的、熟练的行为，人们在有旁观者在场时通常能做得更好；但对于复杂的、未掌握熟练的活动，人们在有他人在场时则会表现得没有平时好。他认为这种效应至少部分来自他人在场时个体产生的唤醒状态，唤起能增强人的优势反应，减弱人的劣势反应。

2. 社会惰化

社会惰化是指个人与群体其他成员一起完成某种事情时，或个人活动时有他人在场，往往个人所付出的努力比单独时偏少，不如单干时出力多，个人的活动积极性与效率下降的现象，也称为社会惰化作用。另外，社会惰化也叫社会干扰、社会致弱、社会逍遥、社会懈怠。俗语“一个和尚挑水吃，两个和尚抬水吃，三个和尚没水吃”，正是这种社会心理现象的具体形象化。

瑞琼曼做了一个拔河比赛的实验，他要求被试分别在单独的与群体的情境下拔河，同时用仪器来测量他们的拉力。结果发现随着被试人数的增加，每个被试平均使出的力减少了。这种共同完成一项任务时，群体人数越多个人出力越少的现象，后来在其他人的实验中也得到证实。如有研究者让一组男生在特定时间内尽量的高声鼓掌欢呼，并假装告诉他们目的是为了测查公共场所人们能制造的最大噪音。实验小组有两人组、四人组、六人组。最后结果显示虽然随着人数增多噪音也会加大，但是每个人发出的声音却在降低。也就是说人数越多，个人付出的努力越少①。

关于社会惰化现象产生的原因，一个普遍认同的观点就是，个人的被评价焦虑减弱使个人在群体中的行为责任意识下降，行为动力也相应降低。还有一个原因就是，群体中的成员认为其他人可能会偷懒，根据公平理论，他自己也开始偷懒，因而付出的努力下降。不过，研究也发现，人们在以下几种情境下，倾向于较少出现社会惰化作用：群体成员之间关系密切；工作本身具有挑战性、号召性或能有效激发人们的卷入水平；以群体整体成功为目标的奖励引导；群体有鼓励个人投入的“团体”精神；个人相信群体成员也像自己一样努力；当个人知道自己在群体中的努力程度是可以被鉴别出来时；当感到任务艰巨而个人有责任多作贡献时；等等。从管理的角度来说，要想在学校群体中减少社会惰化现象，除了针对上述情境，创造有利条件或环境外，还必须在激发每个人的责任感和成就感的基础上，做到职责分明，优劣分明，勤懒分明，奖惩分明。因为社会性惰化最易产生在职责模糊、勤懒无法鉴别或不予鉴别、赏罚不明的情境之中。

（二）从众与服从

1. 从 众

从众是人们在真实的或想象的群体影响和压力下，放弃自己的意见而采取与大多数人一致行为的心理状态，即知觉、判断、信仰以及行为

① ［美］巴伦 R A，伯恩 D. 社会心理学：下册［M］. 10 版. 黄敏儿，王雪飞，等译. 上海：华东师范大学出版社，2004：622－623.

的表现与群体中多数人一致的现象。所谓的“随波逐流”、“人云亦云”就是从众的最好写照。

心理学家阿希关于知觉方面的从众实验最为著名。典型的实验材料是 18 套卡片，每套两张，一张画有标准线段，另一张画有比较线段。被试 7 人一组，其中 6 人是实验助手（即假被试），第 7 人是真正的被试。被试的任务是，在每呈现一套卡片时，判断 a、b、c 三条线段中的哪一条与标准线段 x 等长（见图 2 - 1）。

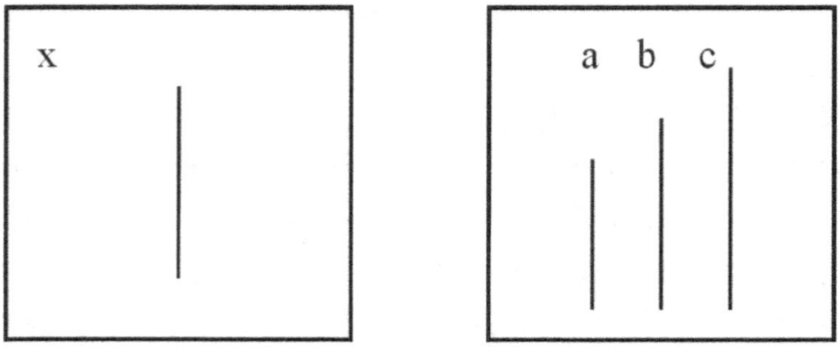

1. 标准线段　　2. 比较线段

图 2 - 1　从众实验用的卡片

实验开始前几次判断，大家都作出了正确的选择，从第 7 次开始，假被试（实验助手）故意作出错误的选择，实验者开始观察真被试的选择是独立还是从众。面对这一实验情境，真被试在作出反应前需要考虑以下三个问题：是自己的眼睛有问题，还是别人的眼睛有问题？是相信多数人的判断，还是相信自己的判断？在确信多数人的判断是错误时，能否坚持自己的独立性？

阿希从 1951 年开始进行实验，1956 年、1958 年又多次重复这项实验，结果发现：大约有四分之一到三分之一的被试始终保持独立性，无从众行为；约有六分之一的被试平均作了总数四分之三次的从众行为；所有被试平均作了总数三分之一的从众行为。

从众现象发生在包括学校群体在内的多种群体中，是哪些因素影响了人们的从众呢？其一，群体的一致性，这是构成群体压力的最重要因素。研究证实，无论群体的规模如何，只要群体出现了不一致，即使持不同意见的人没有任何权威，都会使从众的比例大大下降。其二，群体凝聚力①，一个群体如果凝聚力越强，成员从众行为发生的概率就可能越大。其三，个人在群体中的地位也影响从众，一般来说，地位高的人，不易出现从众行为，地位低者易出现从众行为。其四，个性特征，如一个人的能力、自信心、自尊心、独立性水平等与从众行为也有密切联系。其他如群体规模、个人的自我卷入水平、文化差异、性别差异等都会成为影响从众行为的因素。

从众具有积极和消极两方面的意义。从积极方面讲，从众对于个人适应社会具有非常重要的意义。任何一个社会，无论从哪方面来看，多数人的观念与行为保持一致是很有必要的。只有群体中成员的意见统一，才能够形成一个群体成员所必须遵从的社会规范，使对群体成员的必要的约束得以实现。从个人的角度来说，个人知识总是有限的，不可能适应他所遇到的任何情境，从众是获得信息的一个来源，尤其在背景陌生或模糊的情境下，采取必要的从众方式无疑可以使人能在最可靠的程度上迅速适应社会。因此，从众是必要的，有值得肯定的一面。从消极方面讲，传统中的某些消极意义的东西、社会不正之风也会产生压力，使人们产生从众心理或行为，甚至改变正确的观念和态度，与某些错误的行为和思想保持一致。这种从众就是消极的，会助长不良传统的巩固和歪风邪气的蔓延。

2. 服　从

服从是指个人按照社会要求、群体规范或他人的命令而作出的行为，这种行为是在外界的明确要求下而发生的。服从有两种情况：一种是在有组织的群体规范的影响下的服从，如学生对学校纪律的服从；另一种是对权威事物的服从。服从与从众既相似又有区别，都是在群体压力下采取与群体规范相符的行为。但服从是没有选择的对命令、观念和权威的服从，从众是自愿按他人的做法去做，是为了消除群体压力，求得心理的平衡。

心理学家米尔格拉姆所做的服从实验，是其一系列有影响的社会心

① ［美］戴维·迈尔斯．社会心理学［M］．8版．侯玉波，乐国安，张智勇，译．北京：人民邮电出版社，2006：168.

理学研究中最有影响的一个研究。

实验的被试是通过广告招聘来的40名职业不同的男性，每次实验付酬4.5美元。实验主试告诉被试，实验是为了研究惩罚对学生学习的影响。实验时，两人一组，一人当学生，一人当老师，师生角色由抽签决定。教师的任务是朗读配对的关联词让学生记忆，然后教师呈现某个词时，学生在四个备选中选择其中之一。如果选错，教师就按电钮给学生施以电击作为惩罚。电击强度从15伏到450伏，分30个按钮，电钮下方对应标明“弱电击”、“中等电击”、“特强电击”、“剧烈电击”、“极剧烈电击”、“危险电击”，最后两个用“××”标记。

由于事先的安排，实际上每组只有一个是真被试，另一个是实验者的助手，即假被试。抽签结果，真被试总是当教师，假被试总是当学生。另外，这些电击也是假的，但为了使作为“教师”的真被试深信不疑，实验前，首先让其接受一次强度为45伏的真电击，作为惩罚学生的体验。结果“教师”感觉虽然45伏电击微弱，但已感到难受。

实验开始，“教师”和“学生”分在两个房间，被墙隔开，相互看不见，可以用电讯传声的方式联系。然后在“学生”的胳膊上绑上电极，这是为了在学生发生错误选择时，可由教师施以电击惩罚。而且实验者把“学生”用带子捆在椅子上，向“教师”解释说是为防止他逃走。在实验开始时，“学生”故意出错，“教师”给予电击，当学生多次出错，“教师”电击的电压升到75伏时，有人开始呻吟。随着“学生”错误不断，“教师”电击的电压值不断升高，而“学生”则叫喊怒骂，哀求讨饶，踢打墙壁，最后停止叫喊，似乎已昏厥，这些声音只是放录音而已，而“教师”并不清楚。作为被试的“教师”不忍心继续做下去，问主试怎么办？实验主试严厉督促“教师”坚持做下去，并表示一切后果由实验主试承担，与“教师”无关。这时，充当“教师”的被试既要执行实验主试的惩罚命令，又要承受被惩罚者“学生”反抗的压力，内心冲突很厉害，出现了出汗、颤抖等现象，但即使如此，仍有65%的被试服从了命令，直到给予答错“学生”的电击高达450伏。另有35%的被试，作了种种反抗，拒绝执行命令，他们认为这样做太伤天害理。实验结束后，实验主试公开了真实情况和实验目的，以消除被试“教师”的紧张、焦虑和内疚。

米尔格拉姆的服从权威实验公布后，引起强烈的反响和广泛的争议。特别值得肯定的是实验的设计十分巧妙，假目的、假被试、假电击，使被试的自我防卫机制不能发挥作用，增加了实验的可靠性。但是对其实验涉及的伦理道德问题争议也很大，有人认为这项实验缺乏科学道德。但是这一实验毕竟是实验室中的实验，无法说明社会生活事件，尤其是无法说明历史事件。有人曾用这一实验结果说明纳粹分子屠杀犹太人时只是服从了上司的命令而已，其责任主要在于法西斯头子希特勒。这种解释是不能令人信服的，因为作为人都有一定的道德水准，放弃原则去做那些灭绝人性的事情，无法开脱其罪责。

影响服从的因素很多。其一，命令发出者的权威性对于执行命令者的服从行为有很大影响，有权威的人的命令，易被他人接受并作出服从行为；其二，命令发出者是否在场，是否有人监督命令执行，对于命令执行者的服从行为产生很大影响；其三，命令执行者的道德水平、人格特质、文化背景等因素影响其本人的服从行为；其四，情境的力量有时是很巨大的，当人们在一种特殊情境背景下，其行为特质会随着情境而有所改变。

（三）群体极化与去个性化

1. 群体极化

群体极化是指群体成员中原已存在的倾向性得到加强，使一种观点或态度从原来的群体平均水平，加强到具有支配性地位的现象。群体极化假设指出，群体的讨论可以使群体中多数人同意的意见得到加强，使原来同意这一意见的人更相信意见的正确性。这样，原先群体支持的意见，讨论后会变得更为支持；而原先群体反对的意见，讨论后反对的程度也更强，最终使群体的意见出现极端化倾向。而个人在参与群体讨论时，由于受群体气氛的影响，也会出现支持极端化决策的心理倾向。这种群体决策极端化的倾向可以区分为两种情况：一种叫冒险偏移，另一种叫谨慎偏移。如果群体成员中冒险激进者较多，则群体所作出的决策就会比个人决策更趋向冒险激进，这称为冒险偏移；如果群体成员中谨慎保守者较多，则群体所作出的决策就会比个人决策更为谨慎保守，这称为谨慎偏移。群体的观点、意见和决策向两个极端方向发展。

心理学家斯托纳曾设计一份两难问卷，问卷是一篇短文，大意是某位工程师，他有两份工作可选择：一份是薪水一般的大公司，这家公司有很好的医疗保险和退休保障；另一份是一家新开的风险较大的公司，该公司工资很高，如果新公司成功了，他将有美好前程。现在这一风险高、工资高的新公司盈利和成功的可能分别是1/10、3/10、5/10、7/10、10/10，斯托纳问被试至少要达到哪种概率才值得去接受这份新工作。他首先让被试在单独情况下独自选择，然后让其所属群体共同讨论如何选择，最后再让被试单独进行选择。两者比较发现，被试在群体讨论的情境下所提的决策意见更具冒险性，也就是所谓的冒险偏移。个人参与群体决策为什么会比单独决策表现出更大冒险倾向呢？主要原因有：第一，个人倾向于假设群体鼓励富有冒险性的见解，担心决策过于谨慎而被别人轻视和看不起。第二，责任分散。群体决策的背景，个人应承担的责任相应减少，从而减少了对不良后果的恐惧心理，因此，敢于提出冒险性建议，“法不责众”心理就是其典型表现。第三，个人单独决策时，由于掌握的信息有限，提建议便趋于谨慎，但经过群体讨论，拥有很多信息，因此，也不再谨慎而敢于进行冒险决策。第四，文化价值倾向对于高冒险性行为有较高评价，高冒险往往与英雄气概联系到一起，容易获得好评，从而使人们倾向于鼓励冒险。

学校群体中也会发生群体极化的现象。随着时间的推移，大学生群体之间最初的差异会被扩大化。如果X大学的学生最初就比Y大学的学生善于思考，那这种差异多半会在大学期间扩大。类似的，和各种群体以及姊妹会的成员相比，无党派人士更可能持自由主义的政治态度，这种差异是在大学生活中逐渐形成的。研究者认为这个结果在一定程度上是由于群体成员会强化他们彼此共有的倾向①。

为了实现群体目标，人们总是希望凡事应该大家共同讨论，集体决定，这种期望是合理的。但是群体极化现象的研究结果提示我们，追求

① ［美］戴维·迈尔斯．社会心理学［M］.8版．侯玉波，乐国安，张智勇，译．北京：人民邮电出版社，2006：223.

决策的一致性固然必要，但也应预防谨慎偏离、冒险偏移，否则会给工作带来不良的甚至严重的后果。这种群体极化所带来的决策失误，古今中外、大大小小的事情可以说不胜枚举。心理学家研究提出，导致决策失误的群体极化有以下八种表现：无懈可击错觉，合理化，对群体道德深信不疑，对对手的看法刻板化，从众压力，自我压抑，统一错觉，思想警卫等。为此要防范群体极化现象，耶鲁大学著名社会心理学家詹尼斯提出了一些预防方法和措施：使群体成员懂得群体极化现象及其产生原因和后果；领导者要保持公正，不要偏向任何立场；领导者应引导每一位成员对提出的意见进行批评性评价，应鼓励提出反对意见和怀疑；应该指定一位或多位成员充当反对者角色，专门提出反对意见；时常将群体分成小组，并让他们分组提出建议，然后再全体聚会交流分歧；充分研究一切警告性信息，并确认对手群体会采取的各种可能行动；形成预备的决定后，应再召开一次会议，并要求每个成员提出自己的疑问；在决议达成前，请群体外的专家与会并请他们对群体意见提出质疑；每个群体成员都应向可信赖的有关人士就群体决策交换意见，并将他们的反应反馈给群体；让几个不同的独立小组，分别同时就有关问题进行决议，在此基础上形成最后决议。

群体极化具有双重的意义。从积极的一面来看，它能促进群体意见一致，增强群体凝聚力和群体行为。从消极的一面看，它能使错误的判断和决定更趋极端，群体极化似乎很容易在一个具有强烈群体意识的群体内产生，也许是在这样的群体中，其成员对群体意见常做出比实际情况更一致和极端的错误决定。

2. 去个性化

去个性化是指个人在群体压力和群体意识影响下，似乎感到自己被淹没在群体之中，并丧失了自己的个人身份和责任感，产生一些个人单独活动时不会出现的行为。一旦人们处于去个性化状态，就表现出无自知性，行为与内在标准不一致，自制力低，结果便导致人们可能加入到重复的、冲动的、情绪化的，有时甚至是破坏性的行动中去。

津巴多研究发现，群体处于激励性的、充满令人心情紊乱的刺激状态下，尤其是群体中的成员不易被识别的情形下，易使成员产生去个性化。当群体成员穿着统一的服装时，个体被淹没了，被匿名了，就会发生制服效应。在津巴多的一个实验里，穿着白色外套和头套的女性被试比穿着普通衣服、佩着写有姓名的身份牌的女性被试，在实验中对受害者（实验助手扮演）施以更长时间的电击（假电击），匿名导致无克制的攻击。在另一个现场实验中，津巴多还发现，在城市人口密集地区比在稀疏地区存在较高的去个性化，即会有较多的人做出一些违反社会准则的行为来。津巴多和他的助手在纽约的一个闹市区，放置了一辆看起来是被抛弃的汽车。24 小时以后，这部汽车很快被拆毁了，凡是容易被拿走的零部件，全都被拿走。他用望远镜在远处观察，发现偷汽车零件的人尽是一些衣冠讲究的人，有时甚至全家出动，母亲望风、父亲和儿子合作一起偷拆零件。虽然有时候过路人停下来望一望，但是并没有人去询问和干涉，而在一个人口较少的城区，汽车则没有被拆掉。并且有趣的是，唯一一个碰过那辆车的人做了一件好事：一个过路人在一个多星期后天要下雨时把引擎盖合上了。

去个性化现象在现实生活中并不罕见，聚众斗殴、起哄、球迷闹事，都存在这种去个性化现象。在“法不责众”错误心理的驱使下，很多人在人群密集地方的举止言行丧失了他平时在一般情境下的理智表现。

（四）竞争与合作

1. 竞　争

竞争是个体或群体对于一个共同目标的争夺，促使某种只有利于自己的结果获得实现的行为或意向。从广义上说，竞争包括一切生物之间的生存竞争，这是生物进化的普遍规律。狭义的竞争，是指社会生活中最常见的、最普遍的一种社会现象。例如，体育运动会中运动员或运动队伍之间的相互竞争，同一种商品的厂家对于同一销售市场的争夺。人与人之间之所以发生竞争，一方面是因为人们有各种各样的物质和精神需要，另一方面则是因为社会上的物质和荣誉不能完全满足人们的需要，同时又不能平均分配，因此，就只有通过竞争来分配数量有限的物质和利益。

竞争的发生必须具备三个基本条件：其一，必须有一个共同争夺的目标，这个目标既可以是物质的，也可以是精神的；其二，双方必须为同一对象争夺，如果双方争夺的不是同一对象，那么竞争就不会发生；其三，竞争的结果必须是一方获胜，如果双方同时成功或失败也不是竞争。当然这里的成功与失败是相对争夺目标而言的。因此，竞争不仅有对抗性，而且有排他性。为了在竞争中获胜，人们往往会采取各种各样的方法。归纳起来，可以划分成两大类：一类是积极的竞争方法，另一类是消极的竞争方法。积极的竞争方法是通过扬长避短或改革创新等手段来使自己的实力增强，从而使自己在竞争中处于优势地位。这种竞争不仅有利于胜者，也有利于社会。消极的竞争方法是通过破坏对方或打击贬低对方等手段使自己得到相对提高，从而使对方处于劣势。这种竞争只是暂时有利于胜者，但不利于社会。

无论是商业交易还是学习、游戏等活动，既可以相互合作，也可以相互竞争，但是现实生活和大量的研究表明：与合作相比较，人们更倾向于优先选择竞争而不愿意合作。更多的人试图通过社会比较来确定自我价值，喜欢采用竞争和超越别人的方式与他人发生关系。金盛华提出的“竞争心理优势”概念正是说明了上述情况①。

心理学家多伊奇等人曾做过一个经典的实验，该实验要求被试两两成对，两人分别充当两家运输公司的经理，两人的任务都是使自己的车辆以最快的速度从起点到达终点，如果速度越快，则赚钱越多，要求尽可能多赚钱。每人都有两条路线可选，一条是个人专用线，另一条是两人共同的近道线，但道近路窄，一次只能通行一辆车，因此，使用这条近而窄的道路只有一种办法：双方合作交替使用。研究的设计者明确告诉被试，即使交替使用单行线，也必须要有一点等待时间，但走单行道仍然远比启用个人专线经济、有效。实验最后以被试起点至终点的运营速度记分，分数越高越好。实验结果表明，双方都不愿意合作，狭路相逢，僵持不下的情况时有发生，虽然在实验中也偶有合作，但大多数都是竞争的结果。当实验者要求被试阐明宁可投入竞争也不愿选择合作的理由时，大多数被试表示自己希望战胜其他竞争者，他们并不重视自己在实验中的得分多少，即使得分少也宁可去竞争，胜过他人，实现自我

① 金盛华．社会心理学［M］．北京：高等教育出版社，2005：401－402.

价值。这一实验证实了人们心理上倾向竞争的论断。

2. 合　作

合作是个体或群体为了共同的目标而协同活动、相互配合以实现同一目标的行为或意向。同竞争一样，合作也是人类一种普遍的社会现象，更是人类生存和发展的重要条件。合作必须具备这样三种条件：一是有两个以上的合作者，而且合作者具备与合作项目有关的知识和技能；二是有共同的目的和利益；三是行动上相互依存，相互配合。

多伊奇指出，合作有三种心理上的意义：第一种是相互帮助。就是指参与合作的所有成员的行为可以互相替代，如果某个成员从事某项行为，其他成员就不必重复这一行为。如果一个成员无法完成某种行为，其他成员就可以替代完成，表现为相互帮助。第二种是相互鼓励。成员们为完成任务而发出肯定的情绪。第三种是相互支持。多伊奇认为，在竞争的条件下，上述心理上的意义正好相反，表现为相互对立、不友好、不支持。总而言之，在合作条件下，人们彼此之间表现为亲密友好的关系。

第三章　学校心理健康教育课程的历史、现状与展望

我国的心理健康教育课程发端于20世纪90年代初期，教育工作者认识到，学校开展心理健康教育不能只关注个别有心理问题的学生，更要面向全体学生，培养学生健康的心理品质[①]。心理健康教育课程正是近二十多年来，我国学校心理工作者在实践中创造出来的一种发展性辅导形式。心理健康教育课程是指学校根据学生心理发展的规律和特点，以团体心理辅导及其相关的理论与技术为指导，以班级为单位，通过各种辅导活动，有目的、有计划、有步骤地培养、训练、提高学生的心理品质，激发潜能，增强社会适应能力，帮助解决学生成长中的各种心理问题，维护心理健康，达到塑造和完善人格的团体心理辅导活动[②]。本章将从历史、现状与展望三个角度来探讨学校心理健康教育课程。

第一节　学校心理健康教育课程的历史

心理健康教育是根据人的生理、心理发展特点，运用有关心理健康教育方法和手段，培养良好的心理素质，促进身心全面和谐发展和素质全面提高的教育活动，是素质教育的重要组成部分，是落实跨世纪素质教育工程，培养跨世纪高质量人才的重要环节。学校作为心理健康教育工作开展与落实的主要载体，在不断尝试与改善的过程中，逐渐形成并

---

① 黄俊霞．我国学校心理健康教育课程的现状、问题与展望［J］．中小学心理健康教育，2007（12）：10－12.

② 吴增强，蒋薇美．心理健康教育课程设计［M］．北京：中国轻工业出版社，2007：10－31.

开设了学校心理健康教育课程，为学校解决实践问题。而心理健康教育的发展也经历了由兴起到逐步确立的过程。

一、学校心理健康教育课程的演变

（一）学校心理健康教育的兴起与发展

学校心理健康教育，其产生与兴起主要受益于19世纪末和20世纪初心理卫生、心理测量和职业指导这三个领域的发展及推动。而现代意义上的学校心理健康教育起源于美国，迄今为止，美国在这一领域依然处于领先地位。我国台湾省的学校心理健康教育兴起于20世纪50年代初，香港特别行政区的学校心理健康教育兴起于20世纪60年代中后期，台湾与香港两地的学校心理健康教育各有特色。

西方学校心理健康教育的发展过程可概括为三个阶段：第一阶段，从19世纪末至20世纪40年代，这是国外心理健康教育发展的初期或孕育期，处于心理测量和心理诊断的水平。第二阶段，从20世纪50年代至60年代末，这是学校心理健康教育发展的童年期，处于心理咨询和心理辅导的水平。第三阶段，从20世纪70年代至今，这一阶段是学校心理健康教育的繁荣期，处于综合的学校心理健康教育活动水平。在西方学校心理健康教育产生过程中，一般认为有三种运动发挥了有力的推进作用，即心理卫生运动、心理测量运动和职业辅导运动。

东方文化蕴含着古老而深厚的健康、教育与心理学思想，但现代意义上的学校心理健康教育在亚洲国家的兴起和发展相对较晚，由于受到经济和社会多方面的影响，各个国家之间的发展水平也参差不齐，走在前列的如日本、新加坡等少数几个经济发达的国家，它们从学习美国的经验开始，深受西方影响。

我国港、澳、台地区学校心理健康教育最早兴起于20世纪50年代初，因为最初这三个地区与欧美联系更为紧密，大批华侨返回并传播了西方的心理健康教育理念，与祖国大陆地区的学校心理健康教育有着不同的发展历程。

我国大陆地区的学校心理健康教育，正式开展是在20世纪80年代，至今已有30多年的发展历史。与这一领域先进的欧美地区相比，起步较晚，但发展快，教育工作成效显著，未来趋势良好。然而，面对21世纪社会、教育和个人发展的更高需要，我国的学校心理健康教育整体水平还显得比较落后，也存在诸多潜在的消极倾向与亟待解决的问题。因此，对国内外学校心理健康教育进行历史的回顾以及现实的反省和未来的展望，是非常必要的①。

（二）学校心理健康教育课程的提出与确立

随着社会发展，人们对心理健康越来越重视，意识到心理健康教育是提高学生心理素质的教育、是实施素质教育的重要内容。在实施心理健康教育的途径方面，人们也作了许多有益的尝试，根据年龄阶段的不同，采用课内与课外、教育与指导、咨询与服务多渠道紧密配合的方式，开展心理游戏、活动短剧、体验调适、讲座辅导等。

学校心理健康教育课程最能发挥学校教育的优势，心理健康教育以发展和预防为主，针对学生共性问题，提出有效解决策略，从而提高全体学生的心理素质。从课程结构必须符合社会需求、学科体系及学生发展三大要素来看，心理健康教育课程的开设，更侧重于学生自身发展，可见心理健康教育课程的开设优化了我国基础教育的课程结构，是对现行基础教育课程必要的改革和补充②。

心理健康教育课程是以培养学生良好的心理素质、促进学生身心全面发展为目的，以心理知识传授、心理品质培养和心理辅导为内容，根据学生生理、心理发展的特征与规律，由具有一定心理学素养的教育工作者设计和组织的专门课程。心理健康教育课程经常是以学校现有班级为单位进行，并且是一名教师面对学生集体，因此，心理健康教育课程比较容易纳入有目的、有计划、有组织的学校教育课程体系。心理健康教育课程的内容广泛，涉及学生的学习与生活的各个方面；课程的作用也比较全面，既可以是预防性的，针对学生可能存在的心理困惑与问题，也可以是补救性的，针对学生已经遇到的带有普遍性的心理困惑与

① 姚本先．学校心理健康教育新论［M］．北京：高等教育出版社，2010：40－88.

② 凌强．浅谈心理健康教育课程的开发和实施［J］．教育教学论坛，2010（14）：102－103.

问题。正因为心理健康教育课程具有上述优势，它已成为现代学校心理健康教育的基本途径，也是将心理健康教育落实到实处的重要保证。目前，世界上许多国家已经将心理健康教育课程列为学校教育中的核心课程之一。

（三）学校心理健康教育课程的总体现状

我国学者班华教授曾指出：设置心育（心理健康教育）课程是教育改革深入发展的必然趋势，是教育现代化的必然要求，也是社会现代化的要求。早在1997年4月，国家教育部颁发了《九年义务教育小学思想品德和初中思想政治课课程标准（试行）》的通知，明确规定在初中对学生进行良好心理品质的培养与教育，内容包括正确看待自己、磨炼心理品质等，课时安排为每一个内容4学时，并要求1998年秋开始在部分省市进行试行，取得经验后自1999年秋开始在全国实施。所用教材主要是各省自编，没有全国统一教材。虽然各省市、学校越来越意识到开设心理健康教育课程的重要性，但是在具体操作过程中还存在着问题。

国内学者在学校心理健康教育课程内涵的研究上存在很大差异，取得的理论成果也不是很多，现将部分学者的观点呈现如下：

于学兰认为，心理健康教育课程从服务对象心理发展需求的阶段性方面可分为以下几种形式：心理常识课、成才指导课、健康教育课、心理卫生讲座和团体辅导课、心理辅导活动课①。姚本先、方双虎认为，心理健康教育课程是指学生在学校情境中获得关于心理健康发展、心理素质提高方面的全部教育性经验（含种族经验和个体经验）。课程包括独立型和融合型两大类。其中独立型课程又分为心理健康教育学科课程、心理健康教育活动课程和心理健康教育环境课程；融合型课程也可分为学科课程中的融合、活动课程中的融合和环境课程中的融合②。也有学者提出了综合课程的构想。叶一舵认为，目前国内的心理健康教育

① 于学兰．改善亲子关系，促进少年健康成长的个案研究［J］．教育改革，1997（2）：37－39.

② 姚本先，方双虎．学校心理健康教育导论［M］．合肥：中国科学技术大学出版社，2002：65－71.

课程大致可分为三种取向：第一，学科取向的心理健康教育课程，即把心理素质所包含的内容作为构建课程的主线，强调心理学知识的系统性、完整性；第二，经验取向的心理健康教育课程，即把让学生获得经验和体验作为课程的支点，强调活动、实践和心理训练；第三，问题取向的心理健康教育课程，即把学生所面临的心理问题作为课程的切入点，强调心理辅导与心理咨询①。曹梅静、王玲则认为，心理健康教育课程是心理健康教育的主要形式，因为它以绝大多数心理正常的学生为对象，以提高其心理素质、维护其心理健康为目标，以团体教育、团体训练为主要方式来开展各项有关的教育教学活动，突出培养学生健全人格的发展性目标②。还有学者从服务对象的角度提出见解。如李慧生认为，心理健康教育课程可以理解为团体心理辅导与学校教育特殊情景相结合的产物，应兼具科普、团体辅导和活动课的特点③。从上述观点中不难看出，人们已经认识到心理健康教育课程是一种综合性课程。它是独立型课程与融合型课程的综合，显性课程与隐性课程的综合，学科取向课程、经验取向课程与问题取向课程的综合。

长期以来，以知识本位为特征的课程思想一度占主体和核心地位，人们过分强调学科体系的形式化，而忽视了人文精神、文化素养的陶冶，没有把人格的完美发展作为课程建设的重要目标。“应试教育”模式影响了心理健康教育课程的开展、实施。就目前来看，通过课程的形式开展心理健康教育呈现以下特点：

大部分省市、学校开设了心理健康教育课程，并配有心理健康教育教师，在发展速度上城市发展快于农村。从心理健康教育课程的教学方法看，其方式主要有两种：一是以活动为中心，以学生为中心，让学生在活动中接受知识；二是以讲授为主，即在传播知识的过程中，以教师为主、以知识为主，让学生直接获得必要的心理学知识，培养学生良好

① 叶一舵．学校心理健康教育的问题及其对策［J］．教学与管理，2003（7）：34－36.

② 曹梅静，王玲．中小学心理健康教育课程设计［M］．广州：广东高等教育出版社，2004：38－39.

③ 李慧生．中小学心理健康教育课程建设新探［J］．课程·教材·教法，2006，26（7）：65－68.

的心理品质。从课程的实施看，主要是依赖地区教育部门和学校自发开展，受到教育者的观念、硬件和软件环境的影响。由于心理健康教育课程是一个地方性课程，没有国家统一规定的教材，为了使心理健康教育活动有计划、有系统、易操作，各地根据心理健康教育的目标与中小学生容易出现的心理问题，编制了相应的教材和参考书。

（四）学校心理健康教育课程在发展中存在的问题

学校心理健康教育课程作为一门新课程，在我国历史短暂，经验不足，因而也存在不少问题，主要表现为以下几个方面：

第一，存在形式主义倾向。有关部门的领导或学校的校长对心理健康教育的作用和意义缺乏深入的了解，虽然近几年因教育政策导向，认识到应试教育的不足，提出通过素质教育来提高学生的心理素质，但现行的教育使他们疲于应付中考、高考等各种各样的考试，无暇顾及学生的心理健康，使心理健康教育难以达到应有的程度。不少学校把心理健康教育课程当作“摆设”应付各种检查，形同虚设。正如有人所说，“上级检查时重要，平常教学中次要，抓统考升学时不要”，课时得不到保障。有的学校虽然把心理健康教育纳入学校教育之中，认为有开课的必要，但是在具体落实课时的时候，往往忽略了它，把它放在可有可无的位置，这是心理健康教育课程实施中最大的困难之一。

第二，教材编写问题较为突出。首先，在教材价值取向上存在一些偏差。一些心理健康教育的教材价值取向是学科本位的或社会本位的，这种教材可以说把什么都考虑到了、考虑好了，唯独忽视了学生作为真正意义上的人的存在价值。这种“无儿童”的心理健康教育教材摆不准学生在心理健康教育课程中的主体地位，忽视一切为了学生的心理成长这一基本主题，严重压抑了学生心理发展的主体性，阻碍了个性的健康发展。其次，在教材基本内容上比例失重。有的心理健康教育教材内容随意性大，呈现出无序状态，过于强调中小学生非智能心理素质的培养和人性发展目标的实现，而忽视了智能素质的培养和心理潜能的开发。相当一部分心理健康教育教材编写的状况是“匆匆上马，急急推出，草草收场，皆大欢喜”。最后，教材个性特色缺失。不少心理健康教育教材套用一般教科书的写作路子，没能实现科学性、实用性和可操作性的有机统一，忽略了学生的活动、体验与践行，缺乏灵活性与开放性，缺少心理健康教育教材本应具有的“个性与特色”。

第三，课程目标、内容存在的理想化倾向。当前心理健康教育课程设计中，过于理想化倾向比较普遍。理想化倾向表现为，从课程的目标来看，有些目标过于理想，有些目标过于空泛。培养学生健全的人格和良好的心理品质，对少数有心理困扰或心理障碍的学生给予科学有效的心理咨询和辅导，使他们尽快摆脱障碍、提高心理健康水平、增强自我教育能力等提法，作为心理健康教育的一般目标无可厚非，但没有体现出目标的行为化、具体化和操作化。而课程内容的选择是根据课程特定的教育价值观及相应的课程目标，从学科知识、当代社会生活经验或学习者的经验中选择课程要素的过程。目前心理健康教育的内容主要注重心理学学科知识，心理健康教育内容的选择拘泥于心理学学科知识的选择，忽视了选择适应当代社会生活的经验和使学生获得心理体验的各种文化。

第四，课程评价缺乏理论指导。当前心理健康教育课程评价缺乏理论指导，使评价在实际操作中比较混乱。心理健康教育课程的实施对学生心理健康水平有无提高，用考试的定量方法来评价，是难以反映学生心理健康水平的。因为考试只能看出学生掌握心理学知识的程度，而学生了解这门知识，了解心理发展与变化的规律，并不等同于心理健康水平就提高了。所以单靠考试等定量的方法不足以评价心理健康课程实施的效果。心理健康教育课程评价的内容涉及学生行为的改变，包括个人的动机、态度、兴趣、自我观念、思想等。一般来说，个体的心理通过行为表现出来，我们通过观察个体的行为，就可以了解个体的心理特质。但是有时候却未必如此。如有的人说的是一套，做的又是一套。评价工作是一项艰苦而又长期的工作，要把评价工作做好，需要花人力、物力和时间，而目前学校心理健康教育的教师人员不足，资金有限，时间也不够，这给心理健康教育课程评价工作带来了困难，使评价工作仅仅停留在表面上，如设备、经费、辅导人员素质等的评价等。

二、学校心理健康教育课程的确立

（一）学校心理健康教育课程的目标

学科课程都有其目标，如语文、数学等的任务就是要求学生掌握比较系统的基础的科学知识和技能。心理健康教育课程目标沿用一般学科制订课程标准的逻辑体系显然是不科学的。心理健康教育课程不是心理学课程，不以学习心理学基础知识为任务。我们应当以心理学、教育学、社会学等诸多学科作为依据，通过学生的主观体验，将学生自身生活经验与课程内容结合，从而促进学生身心健康发展。因此，心理健康教育课程目标的建立不能沿用一般学科课程目标的逻辑体系，而应有新的思路，否则增添了学生课程负担，与素质教育的初衷就相悖了。在确立心理健康教育课程目标的过程中，应注意以下几点：

第一，体现发展性要求。从根本意义上来说，心理健康教育课程的总目标与国家的教育目的是一致的，就是使受教育者全面发展。然而，总目标要通过一系列具体的目标才能实现，它不可能在短期内实现，而是要经历一个从简单到复杂、从低级到高级、由不自觉到自觉的发展过程。因此，必须根据不同年龄阶段学生心理发展的特点及规律，制定各年级的具体目标，只有达到这样的目标，才可以循序渐进地促进学生心理健康的发展。

第二，体现时代性要求。当前的国际局势充满了激烈的竞争，“优胜劣汰”在社会生活的各个方面表现得淋漓尽致。只要有竞争，就会有成功和失败，青少年学生是我国未来发展的希望，不仅需要学习必备的科学文化知识、技能，而且要有强健的身体和良好的心理素质。只有这样，才能肩负起振兴中华的重任。因此，确立心理健康教育课程的目标，一定要适应时代发展的要求，选择有利于学生在时代发展背景下生存、发展的心理品质及特征作为心理健康教育课程的目标。如心理承受力、自主独立性、竞争性、团结协作能力、学习能力、创造力等心理品质的培养与训练。

第三，体现可操作性要求。心理健康教育课程直接把情感、意志、个性等当做教学目标，关注的焦点不在于认识目标的达成，而在于将观念的东西转化为学生实际可行的、可训练的行为。因此，课程的目标不能抽象、模糊、空泛，而要具体、明确、实际，是将抽象的心理学概念、原理具体化为各种行为表现及特征，变成可以观察的、可以通过一定的测验和评定方法来评估的，并且可以通过一定的教育手段和措施来加以训练和改造的可操作的行为目标。这样，心理健康教育课程才不会流于形式。①

综合以上要求并与实践相结合，教育部《中小学心理健康教育指导纲要（2012 年修订）》指出，心理健康教育的总目标是：提高全体学生的心理素质，培养他们积极乐观、健康向上的心理品质，充分开发他们的心理潜能，促进学生身心和谐可持续发展，为他们健康成长和幸福生活奠定基础。心理健康教育的具体目标是：使学生学会学习和生活，正确认识自我，提高自主自助和自我教育能力，增强调控情绪、承受挫折、适应环境的能力，培养学生健全的人格和良好的个性心理品质；对有心理困扰或心理问题的学生，进行科学有效的心理辅导，及时给予必要的危机干预，提高其心理健康水平。围绕这一目标，学校在开发心理健康教育课程时，教学目标定位在以发展性和预防性为主，而以治疗性（或叫补救性）为辅。治疗性的目标是学校心理健康教育的目标之一，心理辅导教师要懂得一些精神医学知识，学会甄别、及时转介，配合或依靠医学模式进行及时的治疗与补救。

（二）学校心理健康教育课程的内容与结构

心理健康教育应该是针对生活逻辑和问题逻辑的，主要内容是围绕对于受教育者的心理健康状况影响之轻重来确定权重。课程内容应依据优化学生心理素质、健全人格、帮助成长、促进发展这一根本目的来确定，还要注意课程内容要适合学生年龄特征，要贴近学生的生活实际，要有利于学生广泛参与，要具有一定的趣味性。

学校心理健康教育课程的内容应该包括知识、技能、态度三个方面。在课程的内容安排上我们可以适当引进一些与生活贴近的、浅显的

① 卫萍．学校心理健康教育课程的设计［J］．合肥学院学报：自然科学版，2004，14（2）：72 – 75.

心理学知识，使学生能科学地认识自身的心理，建立起为他们所接受的规范和价值观。更重要的是让学生通过教学活动掌握一些应付刺激、明确感受、澄清疑惑、处理问题的技能，从而比较从容地应付学习、生活以及发展等方面遇到的问题。例如，在人际交往尤其是异性交往中，许多学生会面临困惑，我们应该适当讲授人际交往的心理学基础知识，让学生学会交往，收获友谊，同时辨别友情与爱情，把握异性交往的度。恰当的青春期男女生交往，可以使他们的智力得到互补、情感得到交流、个性得到完善。

心理健康教育课程是一门使学生获得心理体验的课程，是一门促进个人成长的课程，是一门学生本位的课程，是一门培养学生良好心理品质、挖掘心理潜能，确保学生顺利完成社会化的课程。我们将探索并逐步建设“问题—经验—学科”三位一体的综合课程模式，即“活动课程”模式和“问题课程”模式。

（三）学校心理健康教育课程的组织形式

人的心理意识从结构来看是由认知、情感和行为意志组成的有机系统，从变化来看则是在先天素质的基础上不断从低级向高级的发展过程，知、情、意的协调发展是形成统一人格的基础，提供了个体心理健康发展的理想模式。因此，学校心理健康教育应努力建构使学生在认知过程、情绪调控、行为意志三个维度上趋向协调统一的教育模式。

1. 以课程为主体提高心理认知水平

人类认知包括对客观存在的自然认知和对人与社会关系的社会认知，心理认知主要是指对主体、自我以及对社会的认识，即在了解自我意识、评价社会事件、处理人际关系时涉及的社会认知，这种认知必然会更多地卷入如情感、态度和价值选择等个体非智力因素。提高学生心理认知水平的主要途径是课程教学，这是实现心理健康教育的基本保证。课程最好以必修形式面向全体学生进行，明确把重点放在发展学生的健康心理品质上而不是仅仅普及心理卫生知识。因此，课程的内容应包括自我意识与人格塑造、学习动机与创造性、挫折与情绪调控、社会心理与人际关系、性心理与婚姻爱情观等，从而使教学目标指向促进学生形成更成熟、更丰富、更健全的人格。

2. 通过多种途径增强情绪调控能力

情绪是一种涉及心理因素和生理变化的复杂的机体状态，或者说是一种与认知和意愿密切相关的心理体验，传统人格理论几乎都认为，情绪在人格组织中处于核心地位。心理学关于情绪研究中的一个重要问题是焦虑和防御，这显然与现代社会的急剧变化和快节奏生活有关，有的心理学家指出：焦虑是我们这个时代的典型情结。害怕失败就成了焦虑的主要来源。门德尔的情绪反应理论认为，这种成就性焦虑主要与个人的生活、工作目标和价值观有联系，并且通过情绪的波动变化表现出来。因此，增强学生的情绪调控能力是降低其焦虑水平的重要方面。

首先，教师应通过教学使学生认识到情绪随着环境和心态自然变化的特点以及保持乐观态度的重要性，在面临问题和压力情境时采取积极的应对策略。马斯洛在解释现实生活中为何有许多人没能发展健康的人格时指出：人可以做出选择，回头是安全，前进则会发展，人必须一而再、再而三地选择发展，一而再、再而三地克服恐惧。同时教师要引导学生适当调整自己的期望值，特别是在遭遇学业失败或选择就业出路时，建立适当的防卫机制来减少焦虑和心理冲突。其次，应鼓励学生在课堂教学或人际交往等各种场合下，都尽量表达自己的真实情感。心理学研究表明，情绪抑制无论是有意识的还是潜意识的都可能对健康产生负面作用，而努力积极应对、利用社会支持以及合理的情绪调节通常都对心理健康有益。最后，作为教育者在任何时候都应注意尊重受教育者的尊严和人格，同时应引导学生在交往中建立相互尊重的人际环境。

3. 开展积极的行为活动训练

良好的心理意志品质主要体现为以正确认知和积极情绪体验为依据的坚韧性与有恒性。虽然心理学在青少年意志培养方面并没有非常成熟的理论与方法，但通过引导性的教育活动来使学生增强自我行为管理能力以及提高自我效能无疑是积极的途径。青少年学生心理活动的丰富性和心理特点的多样性，决定了心理健康教育不能采取单纯知识传授的模式，而应当以多种活动方式为载体，采取多元化的教育活动措施。如组织学生参加心理健康协会活动，与学生工作相结合举办各种讨论性讲座，组织学生参与心理热线电话和网上论坛，通过宣传优秀贫困大学生逆境成才的事迹让学生获得观察学习效果等①。

第二节　学校心理健康教育课程的现状

近年来，学校越来越意识到开展心理健康教育的重要性，不少学校已经开设心理健康教育课程。其课程形式多样、内容丰富，但其目标却比较模糊。

一、学校心理健康教育课程形式多样

（一）科普性质的讲座

科普性质的讲座主要是指面向全体学生，以系列讲座的形式普及心理学常识，从心理学的规律可以改善人们的生活质量的角度讲授有关知识。例如，有关心理健康的意义和心理保健的常识、不同年龄的心理健康的标准、情绪的功能和情绪的自我调控的意义、人际交往的意义和规律、自我意识的意义、记忆的规律和方法、思维的规律和解决问题的策略等问题。这部分内容的讲授应淡化心理学的概念，切入学生的经验系统，注重心理学原理在实际生活中的应用。它所发挥的功能是预防心理问题的发生和提高生活质量②。

（二）团体心理辅导

学校团体心理辅导是指具有专业水平的学校心理辅导员针对学生成长中存在的共性心理问题，预先设定目标、形式、内容、活动、情境等，以小组或班级为单位，在团体情境下为其成员提供心理援助的辅导方式。

心理健康教育课程从心理发展的角度，全方位关注儿童、青少年的健康成长，对学生的人格发展起到导向和辅助的作用。其功能可以总括

① 龙晓东．简论以发展为主线的大学生心理健康教育体系［J］．现代大学教育，2004（2）：79－82.

② 李慧生．中小学心理健康教育课程建设新探［J］．课程·教材·教法，2006，26（7）：65－68.

为三个方面：一是针对轻度的心理障碍进行团体干预的功能，目标是心理障碍的缓解或消除；二是预防心理问题产生、维护心理健康的功能，目标是保持良好的心理状态；三是提升心理健康的水平、充分发挥潜能的功能，目标是使每个学生的心理处于最佳状态。团体心理辅导不仅可以发挥学校心理健康教育的功能，而且所涉及的内容较广泛，具有效率高、内容和形式切合实际、新颖、容易引发学生的兴趣等特点，应作为学校心理健康教育课程的主体部分。学习适应、亲子关系、同伴交往、异性交往、应对挫折、自信心培养、考试焦虑等方面的问题，都可以以团体心理辅导的形式进行。

（三）活动课

活动课的特点是以有目的、有计划、操作性强的活动为主，给予学生充分的参与机会，使学生在活动过程中产生深刻的体验，再从切身的体验中领悟并练习在某些特殊情境下的反应范式，以作为实际生活中类似情境的参照，并迁移到不同的生活情境中。这种形式的课程注重积极的参与、细心的体验、深刻的领悟和技能的操作训练，既可以作为学习心理学原理的实践环节，也可以作为团体心理辅导的辅助形式，还可以独立进行。活动课的内容涉及人际交往规则和技能的训练、交流与合作能力的训练、自我表现能力的训练等方面。活动课的形式灵活多样，如演讲、辩论、角色扮演、小组讨论、游戏、餐会等。

1. 游　戏

游戏是指以游戏活动为中介，有目的地组织学生参加设定的活动，并将参与者的内心世界投射出来，以达到辅导目标的一种团体心理辅导形式。游戏是儿童内心世界的自由表现，是儿童最纯洁、最神圣的心灵产物。如“人际交往扑克”游戏活动，活动有自己的游戏规则，学生必须按照“人际交往扑克”的规则出牌，在打扑克牌的游戏里面实现和体验了人际交往。在游戏中，教师和学生的充分参与，是保证效果的前提条件。参与的含义有以下四个方面：一是每个学生参与的机会均等；二是对学生的参与，教师应给予及时和积极的回应，对个别参与活动有困难的学生，教师应给予关注和个别帮助；三是教师可以适当使用自我开放的技术，以自己的感悟引导、启发学生从体验中升华；四是在适当的时机，教师应以平等一员的身份参与活动和交流，与学生一同成长并做出示范。

2. 角色扮演

角色扮演特别适用于青少年，可以让学生真切地感受到相应角色的种种心理和行为状态，激发学生参与的兴趣和热情，具有较好的示范感染效果。角色扮演有别于文艺节目，在教学实践中，要做好角色扮演组织工作，应注意表演的内容要切合学生实际，能反应教学的目的；形式为内容服务，以即兴表演为主，不追求过多的修饰雕琢。如一个同学与母亲的关系有问题，常常发生冲突。可以模拟他平时生活中与母亲争吵的真实场景，请其同学扮演他的母亲，重现那个场面。根据不同人扮演母亲时他的不同表现，找出他内心冲突的根源，从而改变他的原有认知，达到从根本上消除不良情绪的目的。其指导思想是理性情绪疗法。理性情绪疗法又称“情绪 ABC”法，是心理辅导活动中用以进行情绪调节的一种方法。其中，A 指诱发性事件（activating event），B 指个体在遇到诱发事件之后发生的相应信念（belief），C 指在特定情景下，个体情绪及行为的结果（consequence）。理性情绪疗法认为，情绪并不是由某一诱发事件本身直接引起的，而是由经历这一事件的个体对这一事件的解释和评价引起的。通过分析情绪背后的想法，消除那些不合理信念，建立合理信念，从而达到去除或调节不良情绪的目的。

3. 行为训练

教师在教学中经常要进行心理行为训练，以帮助学生消除心理障碍、培养学生心理调节的能力。如训练学生掌握消除焦虑、强迫症的基本方法，人际交往的基本礼仪，调节情绪的基本技巧等，都能对学生的心理健康发展产生积极的辅助作用。学校可以运用心理测试量表或软件来了解学生的心理行为状态，帮助学生进行自我认知和自我评价，通过自陈的方式深入认识自我。采用这种方法需注意的是：首先，学校可以把量表测试作为教学的辅助手段，但注意必须严格审评量表本身的合理性和科学性；其次，引导学生自愿如实地填写量表；再次，不能把量表作为评价学生心理健康状况的唯一的、主要的标准；最后，对量表资料应有严格的保密措施，不能侵犯学生的隐私权和辜负学生对教师的信任。对学生进行定期测量或特别测量与监护，对有效预防、教育和矫正都具有重要意义。

二、学校心理健康教育课程内容丰富

由于我国心理健康教育仍处于“初级阶段”，目前，全国还没有统一的、固定的心理健康教育课程内容。因此，不同的学者有不同的看法。根据学校心理健康教育的目标，我们认为，学校心理健康教育课程的内容可分为三个层次：

（一）学生心理健康维护

这是面向全体学生，提高学生基本素质的教育内容。具体包括：①智能训练，即帮助学生对智力的本质建立科学认识，并且根据智力的不同成分，如注意力、观察力、记忆力等设计不同训练活动。②学习心理指导，即帮助学生对学习活动的本质建立科学认识，培养学生形成健康积极的学习态度、学习动机，训练学生养成良好的学习习惯，掌握科学的学习方法等。③情感教育，即教会学生把握和表达自己的情绪情感，学会有效控制、调节和合理宣泄自己的消极情感，体察与理解别人的情绪情感，并进行相关技巧的训练，如敏感性训练、自我表达训练、放松训练等。④人际关系指导，即围绕亲子、师生、同伴三大人际关系，指导学生正确认识各类关系的本质，并学会处理人际互动中各种问题的技巧与原则，包括冲突解决、合作与竞争、学会拒绝，以及尊重、支持社会交往原则。⑤健全人格的培养，即培养个体面对社会生存压力应具备的健康人格品质，如独立性、进取心、耐挫能力等。⑥自我心理修养指导，即通过训练和教导帮助学生科学地认识自己，并在自身的发展变化中，始终做到能较好地悦纳自己，如悦纳自己的优势和不足、培养自信、建立良好的自我形象等。⑦性心理健康教育，即关于性生理和性心理知识的传授与分析，帮助学生建立正确的性别观念和性别认同，指导学生认识和掌握与异性交往的知识及技巧，如异性同学交往指导、早恋心理调适等。

（二）学生心理和行为问题矫正

这是面向少数具有心理、行为问题的学生而开展的心理咨询、行为矫正训练等教育内容，多属矫治范畴。具体包括：①学习适应问题，主要指围绕学习活动而产生的心理、行为问题，如考试焦虑、学习困难、注意力不集中、学校恐惧症、厌学等。②情绪问题，主要指影响学生正常生活、学习与健康成长的负性情绪问题，如抑郁、恐惧、焦虑、紧张、忧虑等。③常见行为问题，主要指学生在生活、学习中表现出来的不良行为特征，如多动、说谎、打架、胆怯等。④身心疾患，主要指因心理困扰而形成的躯体症状与反应，如神经衰弱、失眠、疑心症、神经性强迫症、癔症等。⑤性行为问题，主要指由于性心理障碍而产生的各种性变态行为，这一问题在中小学生中出现的比例较小。

（三）学生心理潜能和创造力开发

心理学研究表明，中小学时期是心理潜能开发的最佳期。因此，心理潜能的开发与创造力的培养也是学校心理健康教育的重要内容。它主要包括对学生进行判断、推理、逻辑思维、直觉思维、发散思维及创造性思维等各种能力的训练和培养。同时，还包括对学生进行自我激励能力的训练等，以提高学生的自主意识与能动性。

此外，还应注意根据学生年龄的不同特点和发展需要，在小学、初中、高中三个不同阶段中侧重选择不同的内容开展学校心理健康教育。例如，小学阶段通常以适应学校生活与学习、养成良好行为习惯为主要内容；初中则以青春期教育、代际关系调适、情绪调控、自信心培养、学习能力提高、人格塑造等为主要内容；高中通常又以学习能力提高、考试焦虑调适、升学就业辅导、人格培养、人生观教育等为主要内容。同时，还应考虑上述各阶段心理健康教育内容之间的衔接与系统性，以期形成学校心理健康教育的科学体系，体现循序渐进和螺旋式上升的特点。

而高校心理健康教育在以开设心理健康教育课程教学，实现大学生心理健康教育积极性（发展性）目标为主要内容的前提下，还须丰富教育内容，建立“多位一体”的心理健康教育形式：开展专题教育讲座，组织专家现场咨询，开通电话咨询、网络咨询，充分利用并发挥校园网 BBS 的教育引导作用，创建学生喜闻乐见，寓教于乐，融知识性、趣味性于一体的心理健康教育网站，开展朋辈辅导、个别辅导与团体辅导，进行心理行为训练和团体训练，进行心理健康普查、心理测评，建立心理健康档案，进行危机干预，开展学术科研活动，充分利用校园广播、校报、展板、橱窗等媒介和第二课堂活动等途径加强心理健康教育文化的导向作用。总之，高校心理健康教育应通过广泛宣传、普及心理健康知识，增强学生参与意识，提高学生兴趣，丰富心理健康教育的内容，构建多位一体的教育形式，将大学生心理健康教育工作做深、做细、做实。此外，还应创新教育方法，做到"八个结合"，即：心理调查与心理干预相结合，心理知识传授与心理自助能力培养相结合，课堂教育与课外实践相结合，个别咨询与团体辅导相结合，教育引导与自助学习相结合，预防心理疾病与指导心理发展相结合，心理健康教育与思想教育相结合，心理健康教育与解决实际问题相结合①。

三、学校心理健康教育课程目标模糊

（一）课程目标定位不当

我国心理健康教育课程的教学目标通常有两种，即消极性目标和积极性目标。目前，心理健康教育课程一般定位为人文素质选修课，此类课程重在宣传普及心理健康知识，树立心理健康意识，及时发现自己或他人的心理异常，以科学的态度对待各种心理问题，较多地关注解决少数学生的心理障碍和心理冲突。但随着对心理健康教育认识的深化，越来越多的教育工作者认识到心理健康教育应面向全体学生，其基本目标是提高全体学生的适应能力，使学生通过学习有关心理学知识认识自身心理活动和个性特点，促进学生心理素质健康发展。因此，心理健康教育不只是针对少数有心理问题学生的防范性教育，而主要应是针对全体学生的发展性教育。心理健康教育应为每一名学生的成长发展和人格健全完善服务。

（二）课程体系设置零乱

目前，心理健康教育课程体系比较零乱，一般以开设选修课为主，

① 陈健．高校大学生心理健康教育存在的问题及对策研究［J］．中国成人教育，2010（12）：60－61.

学时学分均比较少，远不能达到优化学生心理素质和适应形势发展的需要。其存在的问题主要有：选修名额有限，满足学生需要难；教学课时数少，系统讲授知识难；上课人数多，教学形式灵活难；选修学生不重视，稳定教学秩序难。因此，虽然开设心理健康教育选修课程的学校很多，但学生选修的人数不多、普及面不广、教育形式单一、教育效果欠佳，课程的内容和教育的力度不能达到优化学生心理素质的要求①。

第三节　学校心理健康教育课程的展望

随着我国心理健康教育的不断发展，心理健康教育课程也通过不断的实践验证与理论整合逐步完善，未来心理健康教育课程的体系构建将趋于完善，课程形式越来越具有时代性。

一、学校心理健康教育课程体系趋于完善

（一）重视心理健康教育课程的建设

社会及教育部门需要制定相应的制度来保障心理健康教育课程的开展。应将心理健康教育纳入国家的法规，使心理健康教育课程系统化和规范化。学校对心理健康教育课程的管理，首先体现在保障心理健康教育课程课时方面，《中小学心理健康教育指导纲要》指出，课时可在地方课程或学校课程时间中安排。学校领导对开设心理健康教育课的意义的认识、重视程度以及合理的制度是课时保障的重要条件。其次是选定或组织编制符合本校学生实际情况的课程标准和参考教材。学校管理层应根据本校的实际情况，选定合适的主要参考教材。

（二）体现学生的主体性

在教材编写指导思想上，应凸显“以人为本、全面发展”的价值理念。心理健康教育的根本问题是人的心理问题，心理健康教育的功能理所当然应直指人的心理成长、发展与自我实现，因而教材的建设不应

① 李根强．大学生心理健康教育课程体系的建构［J］．吉林省教育学院学报，2010，26（5）：43－44.

当是“物本”的，而应当是“人本”的。把人视为自身心理发展与建设的主人，把人的主体性发展作为“目的”而不是手段，一切从人的心理需求发展，一切为了人的心理健全发展，一切服务于人的心理潜能开发，一切着眼于人的全面发展，重视人的生命和生活，关怀人的价值和使命，关照人的精神和信仰，真正确立“人”在我国心理健康教育教材建设中的中心地位。在教材内容选择上，要坚持以“实”为本，即联系实际、体现实用、突出实践、注重实效，根据不同年龄阶段学生心理发展的特征和心理健康教育的阶段目标来确定适当的教材内容。在教材编写组织上，宜采取“多元优化、积极整合”的策略。我国中小学心理健康教育教材建设应以心理化取向为基础，以教育化取向为主干，以生活化、问题化取向为依托，建构整合化、网络式的心理健康教育教材编写趋向。

（三）注重课程的可操作性

心理健康教育课程目标的可操作性，是指在目标明确的基础上，将目标化为可以观察评定的和可以训练培养的行为特征。我们不能泛泛地将“完善自我，培养高尚的情操、健康的心理”作为心理健康教育课程的单元目标或课时目标，而应该把这些抽象的、笼统的概念具体化，把行为目标作为单元目标的细节，从而真正强调以学生发展为本，目标集中指向学生心理的健康发展。在这种目标价值观的引领下，课程应当提供适当的心理情境，使学生在情境中获得积极的、愉快的心理体验，并由此形成积极的个人心理意义。课程内容应强调与学生生活相适应，以促进学生在学校的成长；注重与社会生活相适应，以满足学生未来发展的需要；强调学生的自我教育，关注学生的自主发展和健康心理的自我构建。

（四）倡导评价的全面性

心理健康教育课程的成效具有内隐性、长期性、个人化等特点，很难像其他学科一样制定硬性、统一的考核评估标准。心理健康教育课程的成效主要反映在学生身上，因此，对学生的评价是一个重点。从学生的内部看，学生的心理是一个有机的整体，知、情、意、行是密切联系在一起的心理过程、心理状态和个性心理特征交互影响的结果，学生的心理状况与他的整个人生观、世界观、价值观有密切的联系，生理因素和心理因素也相互作用、密不可分。只有对学生进行全面综合的评价，才能真实地反映出他们此阶段的心理健康教育状况和精神面貌。

二、学校心理健康教育课程形式与时俱进

21 世纪是充分关注人、尊重人和发挥人的潜能与价值的时代，以人的心理发展与自我完善为指向的心理健康教育正反映了这一时代主题。心理健康教育是张扬人性的教育，是发展性教育，也是幸福教育，它已经成为现行学校教育的热点问题之一。然而，心理健康教育究竟如何开展，尤其许多一线教师极为关注的心理健康教育的方式、方法类问题是困扰心理健康教育的瓶颈之一，亟待从理论的高度进行探究。同时随着社会的发展、科技水平的提高，心理健康教育可以开展的方式也愈加丰富多彩。心理健康教育要与时俱进，其开展的形式更要与时俱进。心理健康教育是学校教育的一部分，在实施心理健康教育时，要从教育整体出发，并根据学生的生理、心理特点，充分调动各种教育资源，为他们创造一个充满尊重、信任和积极进取的成长环境，提高他们的心理素质。综合教育实践，心理健康教育形式主要有以下五种：

（一）宣传教育模式

第一，课程教学。开设“心理修养”或“心理健康教育”等相关课程，列入学生必修课程。通过教学，使学生系统、全面地了解心理发展规律，了解心理健康的基本知识。

第二，学科渗透。任何一门学科教学都蕴含着十分丰富的心理健康教育资源。在学科教学中渗透心理素质方面的内容，是现代学科教学理论与实践发展的内在要求。实践表明，任何一门学科的教学都把实现学生能力的培养和提高作为中心任务，为完成这个任务，教师要善于发现并利用学科知识中有关心理健康教育的具体内容，适时地对学生进行心理辅导，使学生在潜移默化中培养良好的心理品质和健全的人格。在学科教学中，教师通过运用某些心理素质的内容，如思维、记忆、想象力的心理训练方式，可以提高学生的感知力、注意力、记忆力、创造力以及科研动手能力等；通过运用激励手段，来激发学生学习的主动性；通

过采用强化与积极的心理暗示等措施，增强学生学习的积极性。尤其是在思想道德修养课和大学生心理健康教育选修课中，教师要系统地阐述心理健康对大学生成长与成才的现实意义和深远影响，介绍增进心理健康的有效途径，传播心理自我调适和消除心理困扰的方法；通过个案分析，使学生对常见的心理问题及其产生的原因与主要表现有所了解，以乐观向上、平和积极的心态面对学习、面对人生。

第三，知识宣传。学校通过黑板报、橱窗、广播、电视等各种形式和途径宣传心理健康的相关知识，有利于学生更全面了解自己和促进学生的成长。同时，要注意根据不同年级学生的特点有针对性地加以宣传。

第四，文化渗透。校园文化可以说是一种心理健康教育隐性课程，它大致包括三个层面：一是物质的层面，即学校的建筑风格、教室的布置、校园的环境等；二是行为的层面，即师生、生生、教师与家长在交往过程中表现出来的言行；三是意识的层面，即教育理念、校风、校训、班风等，通过无意识的感染、熏陶、认同等方式往往对学生的认知、情感、态度、个性等产生巨大的影响。

（二）组织管理模式

第一，建立心理健康档案。在新生入校时通过专业的心理调查问卷为学生建立心理健康档案，收集第一手材料，做到心理问题的早发现、早预防和早干预。筛选出重点人群，加以关注、辅导或干预。

第二，建立心理危机干预体系。建立全方位、多途径的立体心理危机预防和干预体系，有效预防和处理学生的心理危机。在校内形成有效的协作组织管理机制。

第三，设立心理健康教育（辅导咨询）中心。聘任或者培养一批具有一定专业素养和工作经验的心理健康教育工作者，配备相关的设备或用品，设立心理咨询热线和 QQ 群，开展咨询接待工作。切实帮助学生解决具体的心理问题，提高学生的心理健康水平和调适能力，促进学生健康发展。

（三）咨询治疗模式

咨询治疗模式就是运用学校心理健康教育专门途径中心理咨询的形

式，开展学校心理健康教育工作。

第一，设立专门的心理咨询室，接受学生的定期咨询。定期开展心理咨询是心理健康教育的一种有效手段，能及时解决心理与行为问题，为教育者和干预措施的制定提供参考意见。通过定期的心理咨询可以帮助学生了解心理健康知识，学会学习，培养自我意识，获得必要的社交技能，学会分析问题和认识问题，接受社会上各种积极因素的影响，抵制消极因素的不良影响，增强社会和生活适应能力。

第二，通过咨询甄别学生的问题。遇到个别患有神经症、轻度心理异常的来访者，专业的心理咨询员可采用教育和诊断相结合的模式，帮助他们认识症状，消除心理压力，提出咨询和治疗建议；对那些有较重心理障碍或精神障碍的来访者，要建议他们及时到精神专科医院进行治疗。

（四）实践活动模式

第一，开展各种文体活动。参加文体活动不仅使人心情舒畅，促进人际交往与合作，还可以使人克服心理上的一些人性弱点（如胆怯、焦虑、犹豫等），提高对不良刺激的承受力，培养勇敢、果断的良好心理品质。尤其是参加体育活动，既可以提高身体素质，又可以增强人的意志力。

第二，参加素质拓展活动。受应试教育的影响，学生往往重智商、轻情商，加上中小学受场地、环境的影响以及大多独生子女娇生惯养，多数学生缺乏吃苦耐劳精神及相互忍让、宽容、体谅的思想和行为，意志力相对较弱。素质拓展训练可以提升学生相互协作的思想与意识，提高集体凝聚力，有助于学生学会宽容和体谅，增强意志力和生存能力等。

第三，投身社会实践活动。投身社会实践活动既可以提前了解社会，知己不足，学习上变得更主动，还可以增强学生自我调节能力，发展自己，提高心理健康水平。

（五）立体网络化模式

单一、封闭的心理健康教育模式不可能完全有效地完成其基本任务，应寻求更多的教育合作伙伴。

第一，校内立体网络化。要充分利用学校的各种资源，包括人力资源、信息资源、舆论宣传资源、物质资源、校园文化资源和课堂教学资源等，围绕提高学生综合素质这个中心开展心理健康教育。

第二，校外立体网络化。影响学生心理健康和发展的因素都是错综复杂的，因此，学校、家庭、社会必须形成合力，各方面力量密切配合促进学生健康成长。特别要注意利用所在城市的社区资源构建一个综合的、密切协作的心理健康教育的社会网络平台。

第三，校园网络化。总的来说我国目前心理健康教育资源严重不足，如师资缺乏、经验不足、设备场地受限、信息资源短缺等，学校与学校之间把资源加以整合才有可能摆脱目前的窘境。如一个学校的心理健康教育师资是有限的，只有一两名专业人员是很常见的，所以他们大都觉得比较累，尤其是值班，若校与校合作那就可以减少值班的次数，进而提升了他们的心理健康水平，使他们全身心投入工作中。如果能够建立全国的资源共享平台，如集体备课、集体讨论，则更能提高信息渠道的畅通和资源的利用。

心理健康教育的实践经验告诉我们，单一的教育模式的效果是单薄的，只有综合以上五种教育模式并与时俱进地开展全方位的、综合性的，以学生成长和发展为主导的教育模式，才能取得良好的教育效果。

三、学校心理健康教育课程内容相对统一

（一）陈述性知识与体验性活动两种主导内容

随着我国心理健康教育的不断发展与完善，心理健康教育课程内容渐渐统一为两类：陈述性知识与体验性活动。

心理健康教育课程内容中的陈述性知识是面向全体学生，从运用心理学规律改善人们生活质量的角度，以说教形式传授的心理学常识。例如，有关心理健康的意义和心理保健的常识、不同年龄人群的心理健康的标准、情绪的功能和情绪自我调控的意义、人际交往的意义和规律、自我意识的意义、记忆的规律和方法、思维的规律和解决问题的策略等。这部分内容的讲授应淡化心理学的概念，切入学生的经验系统，注重心理学原理在实际生活中的应用。它所发挥的功能是预防心理问题的

发生和提高生活质量。

体验性活动是指具有专业水平的学校心理辅导员针对学生成长中存在的共性心理问题，预先设定目标、形式、内容、情境等，以小组或班级为单位，在团体情境下为其成员提供心理援助的辅导方式。团体辅导作为体验性活动的一种，不仅可以发挥学校心理健康教育的功能，而且所涉及的内容较广泛，具有效率高、内容和形式切合实际、新颖、容易引发学生的兴趣等特点，应是学校心理健康教育课程的主体部分。学习适应、亲子关系、同伴交往、异性交往、应对挫折、自信心培养、考试焦虑等方面的问题，都可以以团体辅导的形式进行。另外，心理健康教育活动课也是体验性活动的一种。心理健康教育是一种创造性的过程，教师不能墨守成规，教学要有弹性，一个主题可以有多个方案，并根据课堂中学生的情况灵活使用，不断推陈出新。心理健康教育课的教学，不是一个灌输说教的过程，而是一个讨论的过程，一个心灵沟通的过程，一个情感交流的过程。心理健康教育课以尊重为基础，以同感为前提，意在以心灵的沟通来强化学生自我反省与自我完善的意向，促进其健康成长。

活动课的特点是以有目的、有计划、操作性强的活动为主，给予学生充分的参与机会，使学生在活动过程中产生深刻的体验，再从切身的体验中领悟，并练习在某些特殊情境下的反应范式，以作为实际生活中类似情境的参照，并迁移到不同的生活情境中。活动课的内容涉及人际交往规则和技能的训练、交流与合作能力的训练、自我表现能力的训练等方面。活动课的形式灵活多样，如演讲、辩论、角色扮演、小组讨论、游戏、餐会等。无论陈述性知识还是体验性活动都与学生的实际生活联系紧密，涉及自我的发展、人际关系的处理、情绪的调节、职业生涯规划等主题，包含了大量生活实例、处世道理、心理游戏及心理调节策略，乍看上去浅显易懂，似乎仅仅是生活经验的总结和人生哲理的堆砌，其实却汇聚了人类在学习、生活及社会交往中的各种理论和方法，尤其是咨询心理学、人格心理学、社会心理学、健康心理学及发展心理学等多门心理学科的研究成果。它是在以心理学科为主的大量理论和研究的基础之上，以适合学生心理年龄特征为出发点，以学生成长需要为依据，选择适当的内容，采用有趣有益的形式组织起来的。

（二）针对性和可操作性的课程内容

课程内容是由符合课程目标要求的一系列比较规范的间接经验和直接经验组成的，用以构成学校课程的文化知识体系，是课程目标最直接的体现，也是实现课程目标的手段。心理健康教育课程侧重于以学生心理品质的培养、自我完善和心理潜能的开发为根本目标。因而，尽管心理健康教育课程在内容选择和安排上应以心理学、教育学、社会学等诸多学科作为依据，但是直接出现在课程中的并非这些学科的直接结论和理论形态，而是经过处理的、比较浅显的、生活化的阐释和形态。基于此，为实现其层次性、多元性、系统性的课程目标，心理健康教育课程内容的设置必须体现针对性、实效性、生活化和可操作性。

1. 心理健康教育课程内容的针对性和实效性

课程内容的选择和设置，要充分体现心理健康教育课程的针对性和实效性。目前很多学校的心理健康教育教学工作之所以没有收到预期的效果，原因之一就是心理健康教育课程并没有按照学生心理发展的实际状况和需要来确定课程内容，甚至课程内容脱离学生的心理实际，只是枯燥理论知识的堆砌，导致很多学生丧失学习兴趣，致使心理健康教育课程名存实亡。心理健康教育课程主张心理健康教育不仅仅是学科知识型的课程，在课程内容设置上要依据学生心理需要、学生发展阶段特点、学校资源优势以及时代发展需要等进行统筹安排。与此同时，要针对不同年级的学生开设不同内容的心理健康教育课程，帮助他们解决学习、成长过程中所遇到的心理困惑，让他们学会做人、学会生活、学会学习、学会交往，帮助他们形成健全的人格及对自我与周围环境的评价能力，以积极的心态去面对学习、社交、情感和自我发展的问题。比如，大学心理健康教育课程中，针对大一新生的心理健康教育重在环境适应与角色转变上；针对大二学生则主要考虑人际交往、调节压力及处理学业与情感等教育目标的实现；大三时应着重思考专业认同情况、职业规划、目标定位等方面的问题；大四时则需要做好就业心理辅导，全面提升毕业生的就业心理素质等。

2. 心理健康教育课程内容的生活化和可操作性

心理健康教育课程不但要普及和传授心理健康教育基础知识，还要注重学生情感和能力的培养，强调学生对教学过程的主动参与、对教学内容的深刻体验与理解，最重要的就是课程内容要富有生活气息，能贴近学生生活实际。因而在课程内容的选择和设置上要充分考虑学生生活实际，选取日常生活中有代表性、有吸引力的事件或案例，或者是学生比较熟悉的影视作品中的事例，对其进行相应的理论分析、阐述和讨论，以调动学生参与的积极性，使学生产生深刻的心理体验。此外，还要强调心理健康教育课程内容的可操作性，即课程内容的活动性和吸引学生的参与性。心理健康教育课程教学活动的主要目的在于引导学生积极参与情景模拟、心理短剧、案例再现等活动，使其正确认识心理困扰，产生深刻心理体验，最终形成正确认知，克服心理困扰，塑造正确行为①。

四、学校心理健康教育课程目标逐渐清晰

心理健康教育课程的教学目标包含两个层面：发展性目标和预防性目标。发展性目标侧重于学生心理潜能的开发、心理品质的培养，帮助学生自我完善；预防性目标重在帮助学生及时发现自己在学习、生活和成长中的心理问题，懂得如何改变和纠正不健康的心理，达到良好的社会适应和积极健康的情绪状态。总而言之，其最终目标是培养学生的健全人格，使其具备良好的社会适应性及心理品质。

（一）以认知性课程开展课堂教学

认知性课程即系统地传授有关心理发展和心理健康基础知识的一种课程形式。它具有知识性、基础性和问题逻辑性等特点，是心理健康教育整体课程体系的基础部分。这类课程一般以心理健康教育的学科领域为基础，把心理素质所包含的内容作为建构课程的主线，介绍增进心理健康的方法和途径，帮助学生培养良好的心理品质和自尊、自爱、自

① 赵红，李飞．高师院校实效性心理健康教育课程的内涵探析［J］．现代教育科学，2010（6）：50－52.

律、自强的优良品格，有效开发心理潜能，培养创新精神。

（二）以活动性课程开展实践训练

活动性课程对人的影响是综合的，是道德的、审美的、心理的多重教育影响的复合体，可激发学生的学习兴趣，传授心理调适方法，帮助学生积极探索、自我发现、消除心理困惑，增强克服困难、承受挫折的能力。活动性课程把获得经验和体验作为课程的支点，强调活动、实践和心理训练，具有活动性、主体性、互动性、体验性和感悟性等特点，是心理健康教育整体课程体系的核心部分，是应该大力提倡的一种课程形式。开展以活动性课程为补充的训练，是课堂教育的补充、扩大和延伸。可根据学生实际需要在学生修完某一门心理基础课程之后进行，可面向不同年级的学生群体或具有相同心理特点的学生群体开设针对性强、丰富多彩、灵活多样的活动性课程。如对低年级学生开设独立能力训练、时间管理训练、人际交往训练、健康人格训练，提高学生的独立生活能力、自我管理能力、人际交往和沟通能力，培养完整的健康人格；对高年级学生可开设能力拓展训练、自信心训练、择业技能训练，培养学生团队精神和合作能力，增强自信心，掌握择业基本方法和技巧。和知识型目标不同，学生心理健康的改善和心理素养的提高都无法依照预定目标直线前进，而是要通过给予学生充足的自主权，让其进行充分的自我探索和自我成长才能实现。而保证学生主动性和积极性的关键便在于创设信任的课堂氛围①。

（三）以矫正性课程开展心理辅导

这种辅导即把学生所面临的心理问题作为课程的切入点，强调心理辅导与心理咨询。鉴于学生对自己的心理问题不自知和闭锁的特点，可以采取三种方式展开咨询与矫正工作：其一，教育者在心理咨询室创设自由交谈的环境，与学生个体或有共同问题的小组进行心理咨询交谈。其二，学校设立学生信箱或热线电话，为不愿面询的学生提供求助渠道。其三，对个别心理和行为问题比较严重的学生，学校会同心理专家

① 安蕾．大学生心理健康教育课程特征分析及教学探讨［J］．河南机电高等专科学校学报，2010，18（4）：112－122.

商讨和实施矫治措施。对确实患有心理疾病的学生及时转介到心理医生处就诊。

（四）以隐性课程开展立体教育

隐性课程是课程理论探讨的一个重要课题，而且在教育实践中也引起了广泛的关注。它是学校教育情境中以间接、内隐的方式呈现的课程。良好的心理健康教育环境是对学生进行心理健康教育的隐性课程。学校应主要从建设健康的校园文化，营造宽松、温暖的班级气氛，争取社区和家庭教育协同三方面做工作。如可邀请专家和知名人士开设心理健康教育系列讲座，讲座内容可以是新生心理适应、人际交往、学习心理、情绪管理、恋爱与性心理、职业生涯发展规划、自杀危机预防等专题，既有针对性地为学生提供及时、有效的心理健康指导与服务，又活跃了校园文化和学术氛围。因此，心理健康教育应从学生的身心发展、实际需要和社会要求出发，开展以认知性课程和活动化课程为基础、以矫正性课程和隐性课程为补充的全方位教育，建构系统的、整合的、相对完善的心理健康教育课程体系，使心理健康教育工作逐步走上科学化、规范化、专业化的发展道路。

第四章　学校心理健康教育课程的教学目标与内容

心理健康教育课程的教学目标对于卓有成效地开展学校心理健康教育工作具有重要的意义。它既是检验、评估心理健康教育工作有效性的标准，也是激发学生接受心理健康教育动机的手段。心理健康教育课程的教学内容以课程的教学目标为依据，是为达到心理健康教育课程的教学目标而进行的具体任务。教学目标为心理健康教育课程的教学实施提供了方向，而按照规定的教学内容实施教学是实现教学目标的保证。

第一节　学校心理健康教育课程的教学目标

从系统论的角度来考查，学校心理健康教育课程的教学目标是由一系列子目标构成的目标系统；从纵向的年龄层面来考查，幼儿园、小学、初中、高中及大学应有不同的心理健康教育目标；从横向的心理素质结构层面来考查，认知、情感、意志及个性等方面的目标亦有差异。学校心理健康教育教学目标的确立必须注意以下几个问题：①目标必须是学生能够理解和接受的；②目标必须是具体的、可评估的；③目标必须是可行的，即通过心理健康教育可达到的；④目标必须是兼顾社会规范和个人需要的，既符合社会规范又能满足主体需要的行为才是心理健康者的特征行为。

一、学校心理健康教育课程的情感目标

（一）学会情绪识别与情感表达

心理健康教育课程的情感目标首先要帮助学生学会通过各种方式识

别情绪，并正确地表达情绪。只有在了解情绪的概念、分类及功能的基础上正确地进行情绪识别与表达，才能进一步有效管理、培养健康的情绪与情感。

1. 情绪和情感的成分

情绪和情感是人对客观事物的态度体验和相应的行为反应。认识过程是对客观事物本身的认识，情绪情感过程反映的是客观事物与人的需要的关系。情绪和情感包括三种成分：独特的主观体验、外部表现和生理唤醒。主观体验是个体对不同情绪和情感的自我感受。人的主观体验与外部反应存在固定的关系，也就是某种主观体验是和相应的表情模式联系在一起的。表情是情绪和情感的外部表现，包括面部表情、姿态表情和语调表情。生理唤醒是指情绪和情感产生的生理反应，涉及广泛的神经结构。情绪是身体对行为成功的可能性乃至必然性在生理反应上的评价和体验，大致分为喜、怒、忧、思、悲、恐、惊七种。行为在身体动作上表现得越强就说明其情绪越强，如“喜”会手舞足蹈、“怒”会咬牙切齿、“忧”会茶饭不思、“悲”会痛心疾首等，这些就是情绪在身体动作上的反映。情绪不可能被完全消灭，但可以进行有效疏导、有效管理、适度控制。

2. 情绪和情感的功能

情绪的功能包括：①适应功能。人们通过各种情绪、情感了解自己或他人的处境与状况，适应社会的需要，求得更好的生存和发展。②动机功能。情绪、情感能激励人的活动，提高人的活动效率。③组织功能。积极情绪具有协调作用，而消极情绪有破坏、瓦解作用。④信号功能。情绪和情感具有传递信息、沟通思想的功能。这种功能是通过表情来实现的。

3. 情绪识别与情感表达

我们无法直接观测人内在的感受，但是我们能够通过其外显的行为或生理变化来进行推断。意识状态是情绪体验的必要条件。表情是情绪和情感的外部表现，包括面部表情、姿态表情和语调表情。面部表情是指通过眼部肌肉、面部肌肉和口部肌肉的变化来表现各种情绪状态。人的眼睛可以传达感情、交流思想。口部肌肉的变化也可以表现情绪、情感，如“咬牙切齿”、“张口结舌”等。姿态表情分为身体表情和手势表情。在不同的情绪状态下，人的身体表情是不同的，如高兴时“手舞足蹈”、紧张时“坐立不安”等。手势既可以和言语一起使用，也可以单独表达态度和思想，如“振臂高呼”、“双手一摊”等。手势表情是后天习得的。手势表情不但有个别差异，而且受社会文化的影响，不同民族或团体的手势表情存在差异。语调是人们沟通思想的工具，也是表达情绪的手段。语调的高低、快慢、强弱等可以表达不同的情绪。当人们感觉到情况紧急时，讲话就会快；情绪高昂、兴奋时，声音就会高；忧愁时，声音低微无力等①。

情绪无好坏之分，一般只划分为积极情绪和消极情绪。所以说，情绪管理并非是消灭情绪（也没有必要消灭），而是疏导情绪并合理化之后的信念与行为。因而消极情绪也需要通过恰当的方式表达出来，不良感受如若没有得到适当发泄，将不利于心理的健康发展。

（二）学会情绪调适

健康的情绪、情感是学生人格和谐发展的纽带。中小学生处于心理迅速发展时期，由于情绪波动性大、容易外露，他们面对压力情境容易受到困扰，而且随着年龄增长，情绪发展特点也有所不同。发展性心理辅导着重于帮助学生学会自我情绪调节，帮助学生学会应对压力，减少不必要的压力源。

1. 情绪调适的前提条件

情绪调适是运用有关心理辅导的理论和技术，帮助学生认识、接纳和把握自己的情绪，学会恰当表达、控制自己的情绪，疏导和处理自己情绪问题的一种活动。有心理学家认为情绪调适是个体管理和改变自己或他人情绪的过程。在这个过程中，通过一定的策略和机制，使情绪在生理活动、主观体验、表情行为等方面发生一定的变化。可以这样说，情绪固然有正面有负面，但关键不在于情绪本身，而是情绪的表达方式。以适当的方式在适当的情境表达适当的情绪，就是健康的情绪管理之道。

① 彭聃龄．普通心理学［M］．北京：北京师范大学出版社，2005：56－78.

情绪管理就是善于掌握自我，善于合理调适情绪，对生活中矛盾和事件引起的反应能适可而止的排解，能以乐观的态度、幽默的情趣及时缓解紧张的心理状态。情绪管理不是要去除或压制情绪，而是在觉察情绪后，调整情绪的表达方式。实现情绪有效管理的前提条件是觉察情绪、接纳情绪和表达情绪。

(1) 觉察情绪。要管理情绪，首先要能觉察到情绪。情绪管理第一步就是要能觉察自己的情绪是什么：是愤怒？是焦虑？是忧伤？是委屈？是失落？等等。

(2) 接纳情绪。健康情绪不是指情绪时刻处于阳光状态，而是指表现出来的情绪应与遇到的事件呈现出一致性。如果失恋了伤心是正常的，如果遇到抢劫恐惧是正常的，如果亲人离世了悲伤是正常的，如果被误会了愤怒是正常的。所以，当你的情绪体验符合客观事件时，第一时间暗示自己：我现在的情绪是正常的。这样一暗示，情绪张力就会下降，内心自然恢复平静。很多时候人的痛苦并不是来源于情绪本身，而是来源于对情绪的抵触。

(3) 表达情绪。如何适当表达情绪是一门艺术，需要用心体会、揣摩，更重要的是，要确实用在生活中。同样的语义用不同的表达方式产生的情绪反应是不同的。

2. 情绪调适的具体方法

(1) 认知重评。认知重评即认知改变，指改变事物对个人意义的认知，使情绪得到调整。有一句话说得好：我们没有办法阻止事情发生，但我们可以决定这件事带给我们的意义。我们可以选择是“问题”，亦可选择是“机会”。如遇到挫折时，如果总看到事情的消极一面，就会产生消极情绪；如果把它当成教训，以后遇事不乱时，就不会产生消极情绪。认知重评是先行关注的情绪调适策略，是状态性、过程性与情境性的情绪调适，是情绪调适的重要策略。

(2) 自我暗示。自我暗示作为认知重评的一种特殊形式，指有意识地将某种观念暗示给自己，从而对情绪和行为产生影响的一种方式。如林则徐为了使自己制怒，在墙上挂“息怒”二字；在考场中，为了克服考试焦虑，可自我安慰“我怕，别人也许更怕，所以没有什么好怕的”；当遇到忧愁时，可自我暗示“忧愁于事无补，还是振作起来面对现实吧”。

（3）转移注意力。转移注意力指有意识地将注意力从当前对象转至其他对象，从而使情绪得到调节的一种先行关注策略。例如，当遇到不愉快的事物时转移注意对象，如做剧烈运动、与朋友散散步、听听音乐，或做些其他自己感兴趣的事情，都可以很好地调节不愉快的情绪。

（4）升华。升华指将被压抑的不符合社会规范的原始冲动或欲望用符合社会要求的建设性方式表达出来的一种心理防御机制，如用跳舞、绘画、文学等形式来替代性本能冲动的发泄。

（5）合理宣泄。如果说表达抑制是基于社会需要的话，那情绪宣泄则是基于生理需要。情绪宣泄指对自己情绪释放的适应性表达，包括替代表达与直接表达。替代表达指通过间接表达情绪，使情绪得到释放的一种情绪调适方式。例如通过倾诉（直接与人倾诉或通过写日记等方式间接倾诉）、高喊、哭泣或对令你情绪不佳的假想对象进行发泄等方式可以宣泄不快的情绪，从而使情绪回归平静。当有烦扰时，可以向亲朋好友、老师同学等倾诉；当遇到挫折或其他伤心事而产生沮丧或悲伤的情绪时，可以在独处时或亲人面前大哭一场；当你对事物不满而产生愤怒情绪时，可以大喊、做激烈运动或对假想对象进行发泄。直接表达指面对激发情绪的事物，直接表达自己情绪的一种情绪调适方式。例如当受到别人侮辱时，直接通过言语或武力等方式释放自己的愤怒情绪。情绪宣泄方式具有很大的文化差异，西方文化倾向于直接表达，而东方文化则倾向于替代表达。

二、学校心理健康教育课程的认知目标

（一）培养学生积极的自我意识

人格从本义上说，是指个体稳定而有倾向性的对已、对人、对事的认识、情感态度和行为方式的总和。积极的自我意识是人格发展的核心。

在人格结构中，自我意识始终是一个核心成分，心理健康教育从本质上说就是一门认识自我、管理自我和完善自我的科学。自我是一个复

杂的人格系统，是人类生命体不断发展的重要部分，它不是与生俱来的东西，而是在社会经验过程和社会活动过程中逐渐形成的。自我的确立离不开社会和人际环境，个体往往是在对他人、对自己的态度和评价中产生自信、自尊或者自卑。同时，自我不是本能、欲望的奴隶，而恰恰是它们的主人。一个积极的自我具有良好的适应性和自主性。一个人只有拥有健全的自我，才会拥有健全的人格。

然而，目前有许多资料表明，升学压力和沉重的课业负担，使相当一部分中小学学生的自我效能感并不令人满意，他们对于学校课程缺乏热情，厌学情绪滋长，并且感到自己没有价值，对自己没有自信。学生许多情绪和行为问题，其根源来自消极的自我意识。

（二）发挥学生自身潜能

开发潜能是学生人格发展的目的。每个人都有潜能，只是大小不同。每个人的智慧和才能水平都有两个状态：一个是潜在的状态，这就是我们所说的潜能；另一个是实际表现状态。潜在状态不等于实际表现状态，在这两个状态之间存在一个空间，就是维果茨基所说的“最近发展区”。这就如同一个跳高运动员，他有跳 3 米的实力，但未必能够在比赛中跳过这个高度。开发潜能，就是要让学生的实际表现接近或者达到他潜在的能力水平。

健全人格、开发潜能，这两者之间不是相互割裂的，而是密切联系的。积极的人格因素是发挥学生潜能的内在动力。发挥学生潜能，使之自我实现，是人格发展的主要目的之一。

三、学校心理健康教育课程的阶段目标

心理健康教育课程的内容可以分为学习辅导、人格辅导、生活辅导和职业辅导。根据小学、中学和大学学生的年龄特点，这四项课程内容又有不同的要求与目标。

（一）小学阶段主要目标

小学心理健康教育课程的教学目标着重对小学生的学习兴趣和态度进行辅导，培养小学生对知识的兴趣，同时也要帮助他们以积极的态度解决学习中的问题；还要侧重于对学生进行发散性思维、选择性注意和

记忆策略的训练，培养他们良好的学习习惯，引导孩子运用所学的知识解决问题。人格辅导以认识自我和人际交往为重点。一方面，要帮助小学生学会正确、合理的自我评价，增强他们的自尊心、自信心，同时，也要培养他们的积极情绪；另一方面，同伴关系是儿童生活中重要的人际关系，他们之间的交往有更多的共同语言和共同需求，心理健康教育课程则主要帮助他们学习社会规则，培养他们的社会交往、助人、合群等心理品质和技能，使他们更加自由、更加自主地体验和探索群体生活。《中小学心理健康教育指导纲要（2012 年修订)》明确指出，小学阶段的具体目标如下。

小学低年级主要包括：帮助学生认识班级、学校、日常学习生活环境和基本规则；初步感受学习知识的乐趣，重点是学习习惯的培养与训练；培养学生礼貌友好的交往品质，乐于与老师、同学交往，在谦让、友善的交往中感受友情；使学生有安全感和归属感，初步学会自我控制；帮助学生适应新环境、新集体和新的学习生活，树立纪律意识、时间意识和规则意识。

小学中年级主要包括：帮助学生了解自我，认识自我；初步培养学生的学习能力，激发学习兴趣和探究精神，树立自信，乐于学习；树立集体意识，善于与同学、老师交往，培养自主参与各种活动的能力，以及开朗、合群、自立的健康人格；引导学生在学习生活中感受解决困难的快乐，学会体验情绪并表达自己的情绪；帮助学生建立正确的角色意识，培养学生对不同社会角色的适应能力；增强时间管理意识，帮助学生正确处理学习与兴趣、娱乐之间的矛盾。

小学高年级主要包括：帮助学生正确认识自己的优缺点和兴趣爱好，在各种活动中悦纳自己；着力培养学生的学习兴趣和学习能力，端正学习动机，调整学习心态，正确对待成绩，体验学习成功的乐趣；开展初步的青春期教育，引导学生进行恰当的异性交往，建立和维持良好的异性同伴关系，扩大人际交往的范围；帮助学生克服学习困难，正确面对厌学等负面情绪，学会恰当地、正确地体验情绪和表达情绪；积极促进学生的亲社会行为，逐步认识自己与社会、国家和世界的关系；培养学生分析问题和解决问题的能力，为初中阶段学习生活做好准备。

（二）中学阶段主要目标

中学心理健康教育课程的教学目标着重对学生的学习动机、意志和方法策略进行训练和辅导。动机和意志是学生学习中的动力因素。许多研究表明，学生在学习中碰到的最大“敌人”其实是遇到困难和挫折时产生的情绪问题和动机障碍。随着中学生自我意识的发展，学习中的自主性也日益显得重要。如何帮助他们学会自我计划、自我调控是一个重要课题。

中学生情绪波动性大，容易产生消极情绪，如得不到及时辅导，就会形成长期抑郁、过于自卑等心理障碍。可以从认识自我、欣赏自我、情绪调节、正确面对挫折等方面开展自我意识和情绪辅导活动，帮助学生愉快地接纳自我、驾驭自我，更好地适应环境。

中学生人际交往一方面要侧重学生与同伴、老师、父母的沟通，因为对于学生来说，同伴之间有更多共同语言，良好的同伴关系会给学生带来安全感和归属感，有利于促进学生的学习和心理健康。另一方面则要帮助学生与成人沟通，教给孩子与成人沟通的技能，纠正孩子对成人不合理的看法，让孩子学会宽容、学会倾听、学会沟通以及与异性同学交往、师生交往、亲子交往等。

生活方面需要教师一方面引导学生如何合理消费，如何安排自己的闲暇生活；另一方面还要帮助他们学会自主地选择消费和休闲的方式。

职业辅导旨在帮助学生在了解自己的能力、特长、兴趣和社会需求的基础上，进行专业和职业的选择和准备，为今后顺利踏上社会打下良好的基础。

（三）大学阶段主要目标

2011 年教育部办公厅关于印发《普通高等学校学生心理健康教育课程教学基本要求》① 的通知中明确指出，高校学生心理健康教育课程是集知识传授、心理体验与行为训练为一体的公共课程。课程旨在使学

① 岳中方．从“柔性要求”到“刚性规定”——《普通高校学生心理健康教育课程教学基本要求》解读［J］．北京教育：德育，2011（12）：52－55.

生明确心理健康的标准及意义，增强自我心理保健意识和心理危机预防意识，掌握并应用心理健康知识，培养自我认知能力、人际沟通能力、自我调节能力，切实提高心理素质，促进学生全面发展。通过课程教学，使学生在知识、技能和自我认知三个层面达到以下目标。

知识层面：通过本课程的教学，使学生了解心理学的有关理论和基本概念，明确心理健康的标准及意义，了解大学阶段人的心理发展特征及异常表现，掌握自我调适的基本知识。

技能层面：通过本课程的教学，使学生掌握自我探索技能、心理调适技能及心理发展技能。如学习发展技能、环境适应技能、压力管理技能、沟通技能、问题解决技能、自我管理技能、人际交往技能和生涯规划技能等。

自我认知层面：通过本课程的教学，使学生树立心理健康发展的自主意识，了解自身的心理特点和性格特征，能够对自己的身体条件、心理状况、行为能力等进行客观评价，正确认识自己、接纳自己，在遇到心理问题时能够进行自我调适或寻求帮助，积极探索适合自己并适应社会的生活状态。

大学心理健康教育课程侧重于人际交往辅导和职业辅导。在培养大学生独立生活自理能力的同时，还要培养大学生与室友、同学、恋人、老师及初踏入社会中遇到的各种类型的人相处的技巧与方法。在体验各种新奇的情绪时，合理科学地调节个人情绪也十分重要。大学是从校园迈向社会的过渡站，职业生涯辅导旨在帮助学生进行人生规划与生涯设计，主要侧重职业与角色、生涯规划与选择、职业选择、职业成功和人生创业等方面。

第二节　学校心理健康教育课程的教学内容

心理健康教育的目的是使人们具备健康的人格，所以从一定意义上说心理健康教育也就是健康人格教育。健康人格教育，是指着眼于发展受教育者人格品质的教育，宗旨是促进个体健康人格的形成，使个体的认知、情感、意志、价值观、行为均达到和谐的高层次的发展，从而最大限度地发挥其潜能，适应社会并且推动社会与之共同发展①。

一、学校心理健康教育课程教学内容的结构要素

学校心理健康教育课程教学内容的结构主要包括五个基本要素，即认知经验要素、意志品质要素、情感经验要素、社会经验要素和生活经验要素②。

（一）认知经验要素

学校心理健康教育课程要把认知经验要素摆到突出的位置，在教育活动中让学生学会正确的认知，懂得哪些是非理性的认知，并自觉取得老师或同伴的疏导和干预，建立正确的、健康的、理性的认知。这是一个健康人最基本的条件，也是使人得到发展的最基本条件。

（二）意志品质要素

意志品质要素是人的精神力量的标志，是人取得成功的动力维持系统。学生所有的学习生活都可以有目的地进行意志品质的训练。学校心理健康教育课程要结合学生日常的生活，以及各种随机发生的问题，把它们作为课程训练的内容，从而达到意志品质训练的目的。

（三）情感经验要素

这是衡量人的心理健康的重要指标。一个正常的人不仅有积极、健康的情绪，而且能自觉地调节自己的情绪，使之及时恢复正常。心理健康教育课程要通过各种活动和情景，让学生体验各种情绪反应，学会调节和合理宣泄不良情绪，建设起追求美好、追求真理的情感动力。

（四）社会经验要素

教育就是要把学生培养成为社会的人。学校心理健康教育课程必须组织学生参与社会活动，在了解社会、适应社会、服务社会中懂得热爱工作、热爱生活、热爱生命，勇于克服困难，善于与人合作，在社会活动中培养学生独立处理问题和解决问题的能力。

---

① 张雪骄．浅析大学生心理健康教育的内容［J］．吉林省教育学院学报，2010，26（12）：12－13.

② 吴增强．现代学校心理辅导［M］．上海：上海科学技术文献出版社，1998：215.

（五）生活经验要素

这是现代人需要具备的要素。学校心理健康教育课程要组织各种活动让学生体验生活，学会过正常、愉快的生活，学会健康的休闲生活，学会正常的消费，懂得幸福生活的不易，珍惜生活。

二、学校心理健康教育课程的具体内容

学校心理健康教育课程教学的具体内容是在其五个基本要素进行的归纳和总结，主要包括学校心理健康教育课程的认知内容和学校心理健康教育课程的情感体验两个主要方面。

（一）学校心理健康教育课程的认知内容

认知教育课程组成了心理健康教育课程的知识教育部分，主要是通过心理健康系列知识的教育，使学生掌握相关的知识，形成心理健康的意识。认知教育体系又包括两个组成部分，即心理健康教育知识教育与相关知识理论和知识教育，其中，心理健康教育知识教育又包括核心知识教育、基础性知识教育与拓展性知识教育。

1. 心理健康核心知识教育

心理健康核心知识教育课程是对学生进行心理健康教育与思想道德教育，培养学生健康的心理和思想道德素质，树立正确的世界观、人生观和价值观，促进学生身心的健康发展。思想道德教育的目的是使大学生树立合理的道德观。正确处理个人利益与社会利益的关系，义利统一的价值观，提倡在不同的利益追求发生矛盾是，做出把国家利益和人民的利益放在首位的价值选择，强调国家、人民利益和个人利益在根本上是一致的。树立无产阶级的生死观。为人民而生，生的伟大；为人民而死，死的光荣。同时也要大力提倡正确的荣辱观。要以八荣八耻为标准，深入倡导正确的荣辱观。要对大学生进行人生态度的教育，培养学生良好的道德情感，树立坚定的道德信念，养成符合社会利益，公众生活准则的道德习惯。

2. 心理健康基础性知识教育

对学生进行心理健康基础性知识的教育，增加学生的心理学知识基础，培养学生认识自己身心发展的基本规律和自己所处的心理发展阶

段，提高学生对自身心理的认识能力和心理调适能力，自觉地调整自己的心理状态，促进自身的身心健康。该部分的知识教育的内容包括普通心理学、青年心理学、社会心理学方面的知识。主要是对外界事物的认知和对自我的认知，即自我意识。对外界事物的认知主要是培养学生的组织、猎取、判断和利用各种数据、信息资料的能力。自我认知教育应使学生对自己的需要、能力、思维方式有一个正确的认识。其目的是使学生认识到自我的需求，自我存在的价值，提高自我评价、自我调控能力，从而促进学生健康人格的发展。

3. 心理健康拓展性知识教育

拓展性知识教育是给学生传授心理健康拓展性知识，它是通过开设人文素质类课程来实现的。人文素质对提高学生的心理素质有重要作用，而心理健康教育的新趋势是发展性心理辅导。人的心理发展不是一个孤立的行为和过程，人的成长既与遗传因素有关；更与后天的社会和环境因素有关，人的心理健康状况也不是孤立的，它与人的知识结构、人生态度等紧密联系。人文素养包括内在的人文精神和外在的行为显现两个方面。前者包括人类应有的尊严，人与人之间的理解和宽容，人与社会之间的自由和责任、权利和义务以及对人类与自然的关爱之心；后者要求大学生的行为符合社会对自己的角色期望，言谈举止文明高雅、文质彬彬，体现出新时代的风采。所以，在进行心理健康教育的过程中，加强学生的人文素质教育，具有良好的促进作用。心理健康教育拓展性知识教育主要包括人际关系、社交礼仪、美育等方面知识的教育。

心理健康核心知识教育、基础性知识教育与拓展性知识教育是三个相对独立的系统，又相互联系组成一个整体。核心知识教育处于核心部分，它是心理健康教育最直接的部分；基础性知识教育处于中间部分，对心理健康教育的效果产生很大的影响；拓展性知识教育处于认知教育的最外围；这三个子系统通过提供心理健康教育的知识教育，为学生心理健康打下坚实的知识基础①。

---

① 朱美芬．大学生心理健康教育“认知—行为”模式及应用［J］．宿州学院学报，2011，26（7）：94－97.

（二）学校心理健康教育课程的情感体验

健康情感教育的内容主要是使学生的情绪变化做到目标适宜，方式恰当，反应适度，并以积极情绪为主。情绪教育不是要设法消除、压抑学生的情绪，而是使学生学会正确表达情绪，合理宣泄情绪，有效调控情绪，保持愉悦的情绪主旋律。

1. 情绪体验

情绪是指在某种事件或情境的影响下，在一定时间内所产生的某种情绪。典型的情绪状态包括心境、激情和应激三种。

心境是一种比较微弱而持久的情绪状态。心境具有弥散性，它使个体对所有事物都有同样的态度体验。心境强度不是很强，但持续时间相当长。心境对人的影响很大，例如林黛玉就是长期处于一种消极的心境中。

激情是一种爆发性的、强烈而短暂的情绪状态。它通常是由个人生活或工作中的重大事件所引发的。激情持续时间不长，但强度很大。激情状态能使人的认识范围缩小，分析能力受到抑制，自我控制能力减弱等。从这种意义上讲，激情应该控制。但是也有积极的激情存在，如果没有激情状态，运动员就不可能有超水平的发挥。激情状态往往伴随着一些生理变化和明显的外部行为表现。

应激是指人对某种意外的环境刺激所做出的适应性的反应。应激状态的产生于人面临的情境以及人对自己能力的估计有关。人在应激状态下通常有两种表现：一种为突如其来的刺激所笼罩，目瞪口呆，手足无措，语无伦次，陷入一片混乱之中；另一种在突如其来的事件面前，清醒冷静，急中生智，当机立断。在这种情况下，人们往往会做出平时根本做不到的事情。一个人在应激状态下的反应与其所具有的类似经验、人格特点、意志品质等都有密切的关系。

2. 情感体验

情感通常与人的社会性需要相联系，高级的社会情感包括道德感、理智感和美感。道德感是根据一定的道德标准评价人的思想、意图和行为时所产生的主观体验。道德有社会历史制约性，同一件事情可能引起人们不同的道德情感体验。理智感是个体在智力活动中，认识和评价事物时产生的情感体验。例如解决问题后的喜悦之感，为真理献身的自豪感等都属于理智感。美感是指个体根据一定的审美标准评价事物时所产生的情感体验。人们的审美标准既反映事物的客观属性，又受个人的思想观点和价值观念的影响。不同文化背景下，不同民族、不同阶级的人对事物的评价既有共同点，也有不同的地方。根据学生的生理、心理特点，情感体验教育应从以下三个方面展开：

第一，提高情感的自我认知、表达、调控和自我激励能力。情感体验首先要帮助学生学会认识和表达自己的情绪和情感，为感知他人的情绪和情感做准备。对学生进行情感觉知和表达能力的训练，使其学会控制和调节自己的情绪，形成健全人格，可以采取诸如敏感性训练、自我觉知训练、自我表达训练、放松训练等训练项目。

第二，提高对他人情感识别、理解的能力和人际交往能力。提高学生的他人情感识别、理解和人际交往能力，是为了使其学会与人沟通、交流、合作、分享，建立良好的人际关系和感染、带动他人。并且，要通过对他人情绪和情感的识别与理解，建立良好的人际关系，学会处理人际互动中的各种问题，例如解决冲突，礼让、尊重他人，竞争与合作等；通过指导，培养锻炼他们的交往技能，帮助其掌握各种交往策略，使其在同伴团体中学会交往，发展社会性情感。

第三，发展社会性情感。培养学生的社会性情感应被视为非常重要的任务，因为人毕竟生活在社会里，人的崇高性也体现在这里。社会性情感包括自尊、道德感、美感等高级情感（又称情操）。这四个方面最后都指向整个教育目标的完成，指向健全人格和人的幸福。相反，如果一个人的情感品质得不到发展，只停留在自然的和习俗的水平上，那么，他就会渐渐失去求知的渴望、道德的良知和审美的情趣，更不用身心的健康了①。

---

① 张妍，向燕辉．小学心理健康教育课程中情感教育的探究［J］．教育实践与研究：小学版（A），2009（12）：7－8.

三、学校心理健康教育课程教学内容的组织方式

（一）逻辑式组织

由于学生的心理发展是一个由简单到复杂、由具体到抽象、由低级到高级、由他律到自律的自组织过程，既有连续性，又有阶段性。因此教学内容的组织应适应这一规律，注重逻辑性，由易到难，由浅入深，有条不紊，纲目井然，宜采用螺旋式上升的形式来组织心理健康教育内容。不同年段、不同年级学生的心理发展水平不同，因此教学内容的难易度和侧重点应有所区别。

（二）心理式组织

它是以学生在学习、生活、成长过程中所发生的心理现象来组织教学内容，也就是按学生心理发展的各个类别顺序来组织。这种组织方式是以学生为本位，注重学生的兴趣与需求。

"认识顺序"：了解自我、认识自我、悦纳自我、欣赏自我、完善自我、实现自我；认识家庭、认识环境、认识学校、认识班级、认识社会、认识国家、认识世界。

"学习能力顺序"：智力（注意力、观察力、记忆力、想象力、思维力）；非智力（动机、兴趣、情绪情感、意志、性格）。

"人际交往顺序"：礼貌、交友、合群、乐群、友情。

"情绪情感顺序"：体验、感受、意识、反应、调节、控制。

"社会适应顺序"：在参与社会活动中接受自己、减少对父母和长辈的依赖、建立独立处理问题的自主自信能力、分析自我选择职业、培养有社会责任感的言行、建立科学的世界观和人生观及价值观①。

一般来说，心理健康教育课程的教学内容应采取折衷式组织，也就是调和上述两种组织方式，选取它们的优点。当然，两种组织方式的比例不是机械的、固定的，而应该根据不同年级的学生有所侧重。

---

① 吴增强．现代学校心理辅导［M］．上海：上海科学技术文献出版社，1998：217.

第五章　学校心理健康教育课程的教学设计

教学设计是根据教学对象和教学目标，确定合适的教学起点与终点，将教学诸要素有序、优化地安排，形成教学方案的过程。心理健康教育课程是由一系列主题鲜明的相对独立的课程组成的，是以培养学生良好的心理素质、发展健全的人格、增进心理健康水平为目的的教育活动，其特点可以从目标、内容、方式方法等方面来体现。因而，学校心理健康教育课程的教学设计也是从教学目标设计、教学内容设计、教学形式设计及教学主题设计等四个方面来体现的。

第一节　学校心理健康教育课程教学目标设计

学校心理健康教育课程的目标就是通过课程教学使学生丰富心理健康教育知识、提升学生情绪情感调控能力，因而，学校心理健康教育课程教学目标设计也就必须围绕认知目标和情感目标两个层面展开。

一、认知目标设计

认知原是心理学中的一个普通术语，它包括各种认识形式，如感知、记忆、想象、思维等。学校心理健康教育的认知目标主要包括开发自我智能、掌握学习策略、改善学习品质三个方面。

（一）开发自我智能

在学校心理健康教育工作中，在“智”方面的主要目标是培养学生观察力、记忆力、想象力、思维力、注意力等方面的良好品质。就观察力而言，主要指培养学生观察的目的性、条理性、理解性、复杂性、精确性和敏锐性。就记忆力而言，主要指培养学生记忆的敏捷性、持久性、准确性和准备性。就想象力而言，主要指培养学生想象的新颖性、主动性、生动性、丰富性和现实性。就思维力而言，主要指培养学生思维的敏捷性、灵活性、广阔性、深刻性、独立性和批判性。就注意力而言，主要指培养学生注意的广阔性、稳定性、分配性、紧张性和主动性。

在学校心理健康教育工作中，在“能”方面的主要目标是培养学生的诸种能力。我国学者研究表明，对中小学生来说，主要是使他们形成言语—数学能力、空间—操作能力和社会—交往能力。就言语—数学能力而言，主要包括：言语能力——语言推理能力、阅读理解能力、书面表达能力；数学能力——符号运算能力、简约思维能力、思维逆转能力等。就空间—操作能力而言，主要包括：空间能力——空间关系能力、形状知觉能力、书写知觉能力；操作能力——机械推理能力、运动协调能力、动作灵巧能力；体育能力——身体基本活动能力、运动能力、自我锻炼能力、自我评价能力、适应能力；音乐能力——音乐感知能力、音乐记忆和想象能力、音乐情感能力、音乐动作能力；绘画能力——形象记忆力、彩色鉴别力、视觉想象力等。就社会—交往能力而言，主要包括：人际知觉能力、信息沟通能力、组织管理能力等。

（二）掌握学习策略

“策略”指行为或行动计划，以及为解决某问题或达到某目标而有意识作出的一套活动。学习策略是指学生在学习活动中有效学习的程序、规则、方法、技巧及调控方式，它既可是内隐的规则系统，也可是外显的操作程序和步骤。

学习策略一般包括认知策略、支持性学习策略和元认知学习策略等。认知策略是加工信息的一些方法和技术，这些方法和技术能使信息较为有效地从记忆中提取。支持性学习策略是指促进学习活动的一些外显的操作程序和步骤，如画线、做笔记、写提要、制订学习计划与时间管理等。元认知学习策略包括元认知知识、元认知体验和元认知监控三种成分。元认知知识是指个体关于自己或他人的认识活动、过程、结果以及与之有关的知识，具体包括关于认知个体的知识、关于认知任务的知识和关于认知策略的知识。元认知体验是指伴随认知活动而产生的认知体验或情感体验。元认知监控是指个体在认知活动过程中，积极地对自己的认知活动进行监控，并相应地对其进行调节，以达到预定的目标。其中，元认知监控是元认知的核心。

学习策略目标主要包括以下两个方面的子目标：一是外显学习策略目标，即使学生掌握学习过程的各个阶段（预习、听课、复习、作业、实践应用和总结考试）的学习规则、学习方法；二是内隐学习策略目标，即使学生掌握认知策略、元认知策略和自我调节策略。其中认知策略包括复述策略、精细加工策略、组织策略。元认知策略包括计划策略、监视策略、调节策略。自我调节策略则包括：①计划性，指学生在学习前对学习活动的计划和安排；②准备性，指学生在学习前为学习活动作好各种具体的准备；③意识性，指学生在学习活动中清楚学习的目标、对象和任务；④方法性，指学生在学习活动中能讲究策略，选择并采取合适的学习方法；⑤执行性，指学生在学习活动中控制自己去执行学习计划，排除有关干扰，保证学习的顺利进行；⑥反馈性，指学生在学习活动结束后对自己的学习情况及效果进行检查、反馈与评价；⑦补救性，指学生在学习活动结束后根据反馈效果对自己的学习采取补救性措施；⑧总结性，指学生在学习活动结束后思考和总结学习的经验和教训。

（三）改善学习品质

教育家叶圣陶先生曾说：教育是什么？往简单方面说，只需一句话，就是要培养良好的习惯。良好的行为习惯主要在学校中养成。叶先生的一句话指出了教育的本质特征——培养学生良好的行为习惯。而学习品质正是行为习惯中的一个重要部分，是学习主体对学习行为自然驾驭能力的表现，是学习者主体活动的结果。学习品质又是多层次的，优良的学习品质不仅能提高学习主体的学习效率，而且能有效地促进其创新能力的发展。学生具备什么层次的学习品质跟教师的不断培养有很大的关系。改善学习品质应包括以下七个方面的子目标：明确学习目标，培养、激发学习动机，端正学习态度，培养学习兴趣，养成学习习惯，树立学习信心，学会正确归因。

二、情感目标设计

情感教育作为心理健康教育的重要组成部分，其内容主要包括培养学生的社会性情感品质和增强其情感调控能力，具体来说有以下四点：

（一）帮助学生学会情绪认知和情绪识别

让学生理解情绪、情感的内涵、功能、分类及特性，明白情绪、情感对学习、生活、行为及心理健康的重要意义，可以使他们更好地察觉自我的情绪和情感，并能敏锐地体察他人的情绪和情感。情绪识别是有效管理自我反应的基础，我们每个人都要受到自己情绪模式的支配，所以我们必须认识自己的情绪模式才能有效地进行取舍。识别自己的情绪模式可以帮助你按自己的意愿行事，使你不会受到恐惧和（或）自负心理的操纵，从而准确把握各种变化或挑战中的核心问题。

（二）帮助学生学会情绪表达和情绪理解

这一目标主要是使学生能运用言语和非言语手段正确、合理、恰当地表达自己的情绪和情感，善解他人的情绪与情感，具有移情的能力。情绪表达有助于缓解压力，并可增进与他人之间的了解。压抑情绪不但有害健康，往往也会使学生耗费过多心力掩饰真实感受，反而影响了学习效率。表达情绪时要注意以下几点：

第一，使用确切的情绪形容词：如果你说“我感觉很糟”就不够明确，若改为“我觉得生气”、“我感到失望”就精确多了。

第二，说明原因：别忘了要明确说明导致某种情绪的缘由，以使别人了解因果关联性，避免被认为是在无的放矢。例如“你这样对我我会很生气”，因果关系不够清楚，若改为“因为我发现你跟别人说了有关我的不实消息，因此我觉得很生气”，这样沟通起来就清楚了。

第三，局限情绪的时间点：高情商的人了解情绪状态是会改变的，并且会借由局限某个情绪影响的时间点来成熟地看待情绪困扰。所以“我很恼火你乱说话”，就忽略了点明时间点，而改为“当我发现你告诉别人有关我的错误信息时，我当时很生气”，就明确地局限了时间点。

第四，为自己的情绪负起责任：情商高手不会说“你让我生气”之类的话，因为这么做是在推卸责任，把对方当成是自己情绪问题的症结，而且这么做还容易激起对方的反感或压力，往往引发冲突。高情商的人会把自己当成情绪的主人："我觉得很生气。"

第五，不做评论式的人身攻击，如："你恶意中伤我。"只做中性的行为描述，如："你告诉同事一些关于我的错误消息?"如此一来既能清楚地表达自己，又能避免激怒对方，这样才能圆满达到情绪表达的最终目的。

（三）帮助学生学会情绪控制和情绪宣泄

这一目标主要是使学生学会分析造成不良情绪的原因，分析自己的反应是否适度、合理，学会以合理的手段适当疏导，使情绪能量或精力得以清除、疏泄，以恢复身心机能的平衡和稳定。宣泄是调整情绪的重要途径，要通过各种方法，把不良情绪表达出来、发泄出来，千万不要压抑、默默忍受，但要注意宣泄时不要影响和危害他人，使他人感到痛苦。宣泄的方法非常多，归纳起来有以下几种：

第一，偷偷大哭一场。在你感到特别痛苦悲伤时，不妨痛痛快快地大哭一场，哭能有效地释放积聚的紧张，能调节心理平衡。痛哭是消极情绪积累到一定程度的大爆发，好比盛夏的暴雨，越是倾盆而下，天晴得也就越快。美国心理专家威费雷认为，眼泪能把有机体在应激反应过程中产生的某种毒素排除出去。从这种角度讲，遇到悲伤的事情忍住不哭就意味着慢性中毒，由此可见，"男儿有泪不轻弹"是不可取的。

第二，向尊敬的师长、最信得过的朋友倾诉，或写日记。一吐为快，把心中的不快、郁闷、愤怒、困惑等消极情绪，一股脑儿倒出来，会使你感到心理上轻松起来。

第三，借物宣泄。当你受了委屈或欺侮后，可以回到家关起门来，用力捶打你的被子、枕头，待捶打到疲乏时，你会觉得心里轻松了许多。这样做既让自己出了气又不会造成什么严重后果，大不了是枕头坏得快一点，不过重新换个枕头总比憋出一身病好多了。还可以把你毛绒绒的玩具熊、布娃娃等举过头顶，然后用力摔到床上，这样做也挺出气的。

第四，欣赏音乐或运动。听听音乐是一种放松的方式。许多研究表明，音乐具有明显调整情绪的功能。节奏明快的音乐使人振奋，旋律悠扬的音乐使人宁静，优美、柔和的乐曲使紧张的情绪得到放松，雄壮有力的乐曲能驱走忧郁。在音乐中，烦恼和痛苦一点点地散去，人的心境变得越来越平和。生命在于运动，运动保障人的身心健康。有些属于剧烈的体育运动或体力活动，如跑步、踢球、健身等，都有助于释放紧张的情绪，消除烦恼和抑郁。

（四）帮助学生学会情感发展和情感培养

情感发展就是指进一步拓展和提高情绪认知、识别、表达、理解、控制和宣泄能力，使学生形成更成熟、更高级、更社会化的情感和情操。情感培养则是指在情感发展的基础上，进一步帮助学生形成一些符合社会需要的良好的情感品质，比如从情感的倾向性、深刻性、稳固性、效能性等方面塑造大学生的道德感、理智感和美感。

三、阶段目标设计

心理健康教育的总目标应能反映学校心理健康教育的基本要求，符合教育培养目标的要求。因此，心理健康教育的总目标可以概括为：通过心理健康教育，提高学生心理素质，开发学生潜能，培养学生乐观向上的心理品质，解除学生心理困惑，促进学生人格的健全发展。在总目标的规定下，学校心理健康教育的目标可以分为以下几个层次。

（一）心理健康教育的初级目标

学校心理健康教育工作者，一方面要帮助学生解决其在学习、生活、成长中产生的心理问题，对少数有心理障碍或心理疾病的学生做到早发现、早诊断、早治疗、早干预；另一方面要把大量精力放在开展心理健康教育活动上，提高学生的心理健康意识，使学生学会防治自己的心理健康疾病，提高自己的心理健康水平。从这个意义上来说，学校心理健康教育的基础目标，除了及时发现并科学地防治学生的心理疾病外，更为重要的就是使学生学会自我心理保健，掌握有关避免和消除心理健康问题的知识、原则与方法，对自我心理健康状况有正确的认识，能够自我排忧解难，能科学地应对生活中的各种挫折和困扰，保持乐观、稳定、积极向上的心态。概括地说，心理健康教育的初级目标是防治心理疾病，增进心理健康。

（二）心理健康教育的中级目标

培养学生良好的心理素质是学校心理健康教育的基本目标。心理素质是指个体所具有的心理品质和行为模式，它反映了人的身心潜能开发与利用的程度。在人的全面发展中，心理素质具有核心地位和关键作用。所谓良好的心理素质，一方面是指与现代社会文化要求相适应的现代人的心理素质，另一方面是指与受教育者当前学习、生活相适应的心理素质。从这个意义上来说，优化心理素质就要求通过对学生的认知品质、情感品质、意志品质及其他各种个性心理品质的培养，使学生的知、情、意、行与社会现实的要求之间有和谐的适应关系，从而促进其整体素质的提高，实现德、智、体、美、劳等诸方面的全面发展。概括地说，心理健康教育的中级目标是优化心理素质，促进全面发展。

（三）心理健康教育的高级目标

为了培养跨世纪的一代新人，不仅要造就他们与未来文化相适应的现代心理素质，更要造就他们与科技进步相适应的创造心理素质，这就需要开发人的心理潜能。现代心理学和脑科学的研究表明，人的心理潜能远未能得以良好地开发与利用。目前的教育也并没有充分开发和利用人的心理潜能。因此，心理健康教育的高级目标就是开发人的心理潜能，达到自我实现。

心理健康教育不同层次的目标是相互制约、相互联系的统一体，划分层次只是为了便于在工作中实际操作，实际上总目标统领并指导各层次目标，各层次目标是为总目标服务的，各层次目标也要根据具体情况而定，针对不同工作阶段、群体，可能确立的主要目标不同，但并不是排斥其他层次的目标。低层次目标的适应教育和障碍干预是为了发展，发展性心理素质教育又是为了更高层次目标的实现。

第二节　学校心理健康教育课程教学内容设计

学校心理健康教育课程教学内容包含青少年学生心理发展的各个层面，非常丰富。我们选取建立信任、自我探索、价值澄清以及脑力激荡等四个典型，举例说明如何进行学校心理健康教育课程教学内容设计。

一、建立信任的活动

（一）活动理念

人与人之间需要理解，需要沟通，需要建立相互信任的关系，这样才能彼此接纳。“分享的喜悦是加倍的，分担的痛苦是减半的。”进入团体内的成员在初步相识后，需要进一步相互接触、相互了解，以逐渐建立信任的关系，相互接纳，减少防卫心理。这是团体中间阶段希望达到的目标。通过活动可以增加成员之间的理解，发展团体动力。

（二）活动目标

培养和训练学生形成和谐的人际关系，使其乐于与人交往、宽以待人、乐于助人，客观评价别人和自己，取他人之长补己之短，形成积极的交往态度，在复杂的人际关系中保护和发展自己。通过交往心理调适，使学生有意识地掌握人际交往的特点和规律。通过有意识的训练帮助学生掌握一定的交往技巧，使其在群体中能够与人和睦相处，善于在群体中发挥自己的特长，从而减少人际冲突，促进人际和谐。

（三）活动集锦

心理健康教育课程的目标之一是提高学生的人际沟通与交往能力。一般可以设计下列活动，由浅入深地帮助学生建立相互信任、相互理解与接纳的技能①。

活动一　信任之旅

目的：通过助人与受助的体验，增加对他人的信任与接纳。

活动实施：指导者事先选择好盲行路线，最好道路不是坦途，而是有阻碍的，如上楼、下坡、拐弯，室内室外结合。每人准备蒙眼睛用的毛巾或头巾。团体成员两人一组，一位做“盲人”，一位做帮助“盲人”的人，“盲人”蒙上眼睛，原地转3圈，暂时失去方向感，然后在帮助者的搀扶下，沿着指导者选定的路线，带领

① 樊富珉．团体咨询的理论与实践［M］．北京：清华大学出版社，1996：202－207.

“盲人”绕室内外活动。其间不能讲话，只能用手势、动作帮助“盲人”体验各种感觉。

活动结束后两人坐下交流当“盲人”的感觉与帮助别人的感觉，并在团体内交流。然后互换角色，再来一遍，再互相交流。交流讨论集中在以下几个方面：对于“盲人”，你看不见后是什么感觉？这使你想起什么？你对你的伙伴的帮助是否满意，为什么？你对自己或他人有什么新发现？对于助人者，你怎样理解你的伙伴？你是怎样想方设法帮助他的？这使你想起什么？

活动二　戴高帽子

目的：学习发现别人的优点并欣赏，促进相互肯定与接纳。

活动实施：5～10人一组围圈坐。请一位成员坐或站在团体中间，其他人轮流说出他的优点及欣赏之处（如性格、相貌、待人处事……）。然后被称赞的成员说出哪些优点是自己以前察觉的，哪些是不知道的。每个成员到中间戴一次高帽。规则是必须说优点，态度要真诚，努力去发现他人的长处，不能毫无根据地吹捧，这样反而会伤害别人。参加者要注意体验以下方面：被人称赞时的感受如何？怎样用心去发现他人的长处？怎样做一个乐于欣赏他人的人？

活动结束时，大家心情愉快，相互接纳性增高。此活动一般适用于比较熟悉的成员。

活动三　哑口无言

目的：学会通过非语言的形式理解他人的感受。

活动实施：全体围成一个圆形，然后闭上眼睛回忆一下这一周内生活的感受：是疲乏、兴奋，还是焦虑、烦闷？然后每人用手势和表情等体态语言表达出自己内心的感受，让其他成员猜猜动作及表情所反映的感受是什么。被猜者说明他人的猜测是否准确及原因。通过活动，学会从他人的手势、表情、眼神、动作等沟通方式中理解他人，训练自己敏锐地观察他人的感受。

活动四　信任考验

目的：增加同学之间的相互信任。

活动实施：教师让同学就下列事件选择其中的一个，写在纸上。①最怕发生的事；②最不敢想的事；③最不容易忘记的事；④从未告诉过别人的事。等全体同学写完后，教师请其中一位朗读自己所写的，然后问他能不能对外公开，如果不能，是否可以告诉某人，请他在量尺上选一点，表示可以向谁吐露，并说明原因。接着请其他组员发表意见，说说各自的看法，认为这件事可以告诉谁，在量尺上找一点。看一看个人与其他成员的选择有无区别以及原因。成员依次发言。最后，重点讨论以下问题：对团体内成员之间的信任有什么发现？团体内哪些行为阻挠彼此的信任？为获得别人信任有什么办法？

活动五　龙头龙尾

目的：培养团队精神，增强对集体的认同感。

活动实施：8～10人一组，每组各向同一方向排成一行，后面的同学用手抱着前面同学的腰部（也可以搭在肩膀上）串成一条条小龙。排头的人称为龙头，排尾的人称为龙尾。龙尾的腰部需系一条手绢，像一条龙尾巴。开始时，龙头带领队伍前后左右进行移动练习，熟练后，龙头带领整条龙设法抓住其他龙的尾巴，并尽量避免自己的龙尾巴被别的龙抓住。当龙头抓住另一条龙的尾巴时，便把那条龙“吞掉”，合成一条更长的龙，直到把所有的龙合成一条长龙为止。

小组交流时，可以请同学们围绕以下问题谈感受：当龙头时，胜了是什么感受？被人抓了龙尾是什么感受？我们的龙抓了别组的龙尾是什么感受？我们的龙尾被别组抓了，应该怎么吸取教训和改进？①

① 苏东辉，汤礼深，戴育红．互动成长游戏心理辅导手册［M］．广州：广东教育出版社，2003：11－36.

活动六　一元五角

目的：体会被团体接纳或者拒绝的感受。

活动实施：同学们先围成圈，主持人在圈内，给每人发一张卡纸，每张写有“一元”或者“五角”。随后，主持人宣布一个钱款数字，如一元五角、三元、二元五角等，同学们听后便按照规定的款项组合（抱成团）。组合完毕，剩下来的人便被淘汰出局。主持人检查小组的组合是否正确，错误的小组被淘汰。活动继续进行，直至最后没有被淘汰的小组获胜。活动规则还可以变化为男生代表一元，女生代表五角。

小组交流时，可以围绕下列问题谈感受：能按数字组合在一起的时候，你的感受如何？在寻找其他伙伴时，有什么困难？有没有被拒绝？如果有，你是如何面对和解决的？被人拒绝或者接纳的感觉如何？刚才有人找不到“伙伴”，那时候你的感觉又是如何？日常生活中你有没有遇到过类似的境遇呢？怎样对待？组合错了被淘汰，说明了什么？在社会生活中，你遇到过类似的现象吗？

二、自我探索的活动

（一）活动理念

心理辅导活动是学生的自我教育活动，它以他助—互助—自助为机制。在真诚、理解、接纳和鼓励的态度面前，学生感到安全和自由，“他们开始抛弃那些用来应付生活的伪装，力图发现某种更本质、更接近他真正自己的东西，开始能真诚面对与探索自己的内心世界”①。因此，课程设计就应充分调动学生自身的教育资源，鼓励学生作深入的自我探索，而不是依靠教育者的说教或社会规范的灌输，应让学生在适度的自我开放中，通过自我检查、自我领悟、自我实践促进自我成长，这是课程设计与实施是否体现心理辅导实质的关键所在。

① Rogers C R. The Necessary and Sufficient Conditions of Therapeutic Personality Change [M] //Kirechenbaum H, Henderson V L. The Carl Rogers Reader. Boston: Houghton Mifflin, 1989: 219 – 236.

（二）活动目标

使学生不断正确认识自我，增强调控自我、承受挫折、适应环境的能力，培养学生健全的人格和良好的个性心理品质。让学生养成正确的自我观念，培养学生健全统一的个性，使其对自己的认识比较接近现实，能愉快地接受自己，对自己的生活、学习现状和未来有一定程度的满足感和发展感，以积极进取的人生观作为个性的核心，把自己的愿望、目标和行为统一起来。通过个性心理训练和调试，使学生学会增强自我教育能力，从而矫正不良个性品质，促进个性的完善。还应使学生了解健康个性的标准及自身的个性特点，并通过有意识的训练形成良好的性格。

（三）活动集锦

在辅导活动中，帮助学生进行自我探索和自我表达，以深入地了解自己、悦纳自己，形成健康的自我形象。这是活动的主要内容之一，也是心理健康教育课程的基本模块。

活动一　自画像

目的：强化学生的自我认识，提高学生们自觉意识。

活动实施：主持人给每个学生发一张图画纸，每人或几个人合用一盒彩笔。然后，请成员画出自己。可以有标题，也可以无标题。若有标题，可以是“大学生活中的我”、“我的梦”等。若无标题，则让成员随自己的想法画，可以用任何形式来画出自己，抽象的、形象的、写实的、动物的、植物的等，什么都可以。总之，把自己心目中的最能代表自己的东西画出来。这种方法可以使成员发现隐藏在潜意识层面的自我，不知不觉中对自己作出评估和内省。画完后挂在墙上开“画展”，让团体成员自己观看他人的画，不加评论。欣赏完毕，请每一位“画家”对自己的画解释并答疑。

自画像用非语言的方法将画者的内心投射出来，是一种独特的自我探索、自我分析、自我展示的方法。通过团体内交流，可以促进成员深化自我认识，加深对他人的认识和理解。

活动二　别人眼中的我①

目的：促进学生全面认识自我。

活动实施：教师给每人发一份问卷，自己思考后填写，填完后大家一起交流。填写的过程会反映出不同的心态。有些学生再一次肯定积极而可爱的自我，但有些学生却引发一些长期压抑的感受。

问卷内容如下：

父亲眼中的我是____。

母亲眼中的我是____。

老师眼中的我是____。

同学眼中的我是____。

自己眼中的我是____。

自己理想中的我是____。

教师要特别注意：学生对哪一个人的看法更重视？为什么？最难填写的是什么？为什么有人填不来？学生填的内容多是正面的还是负面的？最后引导学生探索。

活动三　人生透视

目的：认识自我，探索人生。

活动实施：教师给每人发一份问卷，让大家思考后填写，大约10分钟时间。填写完毕，在小组内交流。交流分为三轮：第一轮，每个学生轮流介绍过去的生活情况，并说明为什么这样填写；第二轮，轮流介绍现在的生活，并说明理由；第三轮，介绍对未来生活

---

① 林孟平．小组辅导与心理辅导［M］．上海：上海教育出版社，2005：271－289.

的展望及理由。同学们可以在分析自己、了解他人的过程中，增强自觉反思，相互理解。

问卷内容如下：

我过去：

兴趣是____

____。

问题有____

____。

希望是____

____。

我现在：

兴趣是____

____。

问题有____

____。

希望是____

____。

10 年后的情形是：

兴趣是____

____。

问题有____

____。

希望是____

____。

活动四　生命线[①]

目的：帮助学生对自己的生命历程进行自我评估，并展望自己的未来。

---

① 樊富珉. 团体咨询的理论与实践［M］. 北京：清华大学出版社，1996：210－211.

活动实施：教师向学生说明下面的内容，然后请学生自行填写，10分钟后分组进行分享交流。教师可以提出以下问题供学生讨论：你对过去的人生经历满意吗？人活着有什么意义？你认为自己生命的质量如何？你的生活有意义吗？

下面一条线代表你的生命线，起点是你出生的时候，终点是你预测的死亡年龄。请在生命线的某个位置画上X号，代表你今天在人生历程中所处的位置。然后，在X的左边写出你过去经历的两三件最难忘的事；在右边写出你未来最渴望做的事，数目不限。

出生……………………………………………………………预测死亡年龄

三、价值澄清的活动

（一）活动理念

一个适应社会、身心健康、人格成熟的人应该清楚自己的价值观，并了解自己价值体系的建立过程与基础，且不断内省。价值观不仅影响个人对事物的选择，也影响个人与他人的相处及沟通，最终影响个人的生活，影响人的发展。在团体咨询过程中，澄清自己的价值观，了解他人的价值观，在比较、交流中确立正确的价值观，是各种目标的团体咨询常进行的活动。

（二）活动目标

价值澄清的目的不是灌输给学生一套事先安排的、严谨的价值观，而是通过心理帮助指导学生掌握一种过程，这种过程可以用来反省自己的生活，对自己的行为负起责任，从而澄清自己的价值观，使学生减少价值认识的混乱。这种方法非常适合在集体情境中使用，学生可以在共同的价值辨析讨论中，经过一系列心理互动的过程，达到主动学习、自我评估、自我改进的目的[①]。价值澄清不仅要鼓励训练澄清的技巧，而且要培养个人深思熟虑地进行自我指导的能力。

---

① 吴增强，沈之菲．班级心理辅导［M］．上海：上海教育出版社，2001：180－192.

（三）活动集锦

价值澄清是指让学生通过选择、评价和行动，反思自己的生活、目标、感情、需求和经验，建立积极价值观的过程。在辅导活动进行专题讨论时，常常要设计一些价值澄清活动。

活动一　生存选择

目的：帮助学生探讨、澄清价值观，认识生活中最有价值的东西。

活动实施：教师先交代价值问题背景：地球上发生了核战争，人类将要灭亡。但是，科学家发明了一个特别的核保护装置，如果谁能进入其中，谁就能生存下去。现在有10个人，但是核保护装置、生化水、食品和空间有限，只能容纳7个人。请你决定谁应该活下去，谁只能面对死亡，并说明理由。请排出先后次序。这10个人是小学教师、怀孕的妇女、足球运动员、12岁的小女孩、优秀的警察、著名的作家、外科医生、年长的和尚、名演员、生病的老人。学生听完问题后认真思考，做出自己的选择，并将自己的选择和理由记录下来。同学们在小组里交流，大家充分讨论，各抒己见，每个人可以在讨论后修正自己的意见。然后，各个小组派代表介绍小组的决定和讨论情况。小组成员可以保留与小组决定不一致的意见。

最后出示10个人物的象征意义：小学教师——知识，怀孕的妇女——生命，足球运动员——运动，12岁的小女孩——未来，优秀警察——秩序，著名作家——文化，外科医生——健康，年长的和尚——宗教，名演员——娱乐，生病的老人——道德。

这项活动蕴含着丰富的寓意，可以比较充分地反映每个学生的价值观、理想和对未来社会的憧憬。讨论并不为求得一致的结论，而在于让学生在讨论过程中了解自己和他人的价值观，并通过他人的启发，调整自己的认识，认清生活中最重要最有意义的是什么。

活动二　我的价值观

目的：促进学生对个人价值观作出探索，以期在人生种种选择过程中有比较具体的思考。

活动实施：首先，教师分发给每个学生一张白纸，请他们写出个人生命中最珍贵的五项事务。这些事务可以是人物，也可以是事件；可以是过去的，也可以是未来的；可以是具体的，也可以是抽象的。学生在书写时不必排序。接着，教师告诉学生，现在面临一个特殊环境，各人不再全部拥有这五项珍贵的事务，一定要舍弃其中一项。各人思考并作出决定，大家交流舍弃的感觉。依此类推，学生在教师的要求下逐次放弃，只剩下一项为止。每次都要以分享交流而终。

活动三　价值尺

目的：帮助学生学会理性判断生活问题，克服思维上的绝对化倾向。

活动实施：教师将准备好的问题写在黑板上，并在问题下面画一条长长的虚线，作为价值尺度。然后确定这个问题的两种相反的观点，将这两种截然不同的观点写在虚线的两头。教师告诉学生：在这两种观点之间，有若干其他的观点，你们在这个问题上会选择站在哪一点，并说说各自的理由。问题示例如下：

(1) 属于自己的事，你觉得自己有多少自主权？

价值尺 --

完全没有　　　　　　　　　　什么事都由自己决定

(2) 你对家庭的依赖性如何？

价值尺 --

十分依赖　　　　　　　　　　完全不依赖

(3) 你花钱的方式？

价值尺 --

有钱就花，顾前不顾后　　　　一毛不拔，分文不浪费

(4) 一天中你有多少时间觉得很快乐？

价值尺 --

0%　　　　　　　　　　　　　　　　100%

(5) 你觉得学校里学的功课有用吗？

价值尺 --

非常有用　　　　　　　　　　　　　　毫无用处

(6) 你觉得自己目前的学习状况如何？

价值尺 --

非常认真　　　　　　　　　　　　　　敷衍了事

(7) 你将来做父母了会用什么方式养育下一代？

价值尺 --

严厉控制　　　　　　　　　　　　　　完全放任

(8) 你喜欢竞争吗？

价值尺 --

非常喜欢　　　　　　　　　　　　　　非常不喜欢

学生在说明理由时可能会有困难，教师可以适当帮助整理，对有些学生讲不清的问题不一定要说明理由。价值尺的意义在于告诉我们，在现实生活中，许多问题并不是非此即彼的。实际上，在两个极端之间存在一个很大范围的延续体，理性的选择和判断往往是在两极之间。

活动四　人生的最后时刻

目的：探索个人的人生价值观。

活动实施：教师告诉全班同学，假设由于某种原因，现在我们每个人只剩下最后一天的寿命，也就是我们只有 24 小时可以利用，如果每个人身体如常，可以自由思考和行动，你会如何使用这仅剩的 24 小时？每个学生认真思考后写下来，在小组内交流，通过自我探索，与他人分享，使学生对自己的人生价值观有更深入的了解，并指导自己的日常生活。

四、脑力激荡的活动

（一）活动理念

脑力激荡活动允许学生对一个问题能自由地考虑可采用的方法，它可以帮助学生产生很多的概念，它的目的是在一种兴奋、有趣、安全及接纳的气氛下，鼓励学生真诚地贡献意见，不管有无价值，甚至类似开玩笑或引人注意的意见，都要接纳它，应特别鼓励有创意的学生。在讨论时，教师不作评价，只在最后加以总结。该方法是团体心理辅导活动独特的优势，适合于各年级学生，常常在心理健康教育课程活动中被采用。

（二）活动目标

通过创设一定情境，培养学生发散性思维，训练学生思维的敏捷性或提出问题的能力，发挥集体力量，探讨解决问题的有效办法。

（三）活动集锦

脑力激荡法，又称头脑风暴法，是美国奥斯朋于1938年所创。该方法利用创造性想法为手段，集体思考，使大家发挥最大的想象力；根据一个灵感激发另一个灵感的方式，产生创造性思想，并从中选择最佳的解决问题的途径。后来被人引入心理健康教育，成为心理健康教育的重要方法之一。

活动一　比谁想得多

目的：培养学生发散性思维。

活动实施：教师先给学生讲一些科学家的故事，启发学生感受什么是发散性思维以及它的作用，如“第一台电报机的诞生”。1932年秋，“不惑之年”的画家莫尔斯和医生杰克逊乘同一艘海轮由法兰西赴美国。一天，杰克逊向莫尔斯展示了一块电磁铁，并绘声绘色地讲起它的原理——环绕铁块的线圈接通电流，就会产生磁场，铁块即具有磁性；而断掉电流，磁场就消失，铁块即失去磁性。莫尔斯听后，脑海中涌起了新奇的问题——如果用电磁铁传送信号，岂不是在瞬息之间将消息传到千里之外？于是，他抛却了当艺术家的念头，决心通过解决上述疑难“问题”，去攀登前人未曾征服过的科技高峰。经过5年的攻坚战，莫尔斯终于用自己的智慧和双手，成功地制造出世界上第一台电报机。

然后教师可以给学生安排脑力激荡的作业，如在一分钟内，写出带有“金”字旁的字，写得越多越好；小组讨论砖的用处，各组派代表在黑板上写出，看谁写得多。依次还有铅笔的用处，报纸的用处等。

活动二　比谁说得快

目的：训练思维的敏捷性。

活动实施：8～10人一组，分组进行说反义词、近义词比赛，要求既快又正确。

（1）请用最快的速度正确说出下列词语的反义词。

批评、建设、支持、集中、隐瞒、成功、讨厌、怀疑、沉着、增加、上升、延长、黑暗、特殊、陈旧、谦虚、深刻、安全、复杂、容易。

（2）请用最快速度说出下列词语的近义词。

聪明、浪费、开始、宽敞、迟缓、简便、遵守、反对、冷淡、公开、文明、抓紧、犹豫、集中、崎岖、懒惰、善良、粗糙、暂时、巨大。

（3）学说“绕口令”比赛，要求吐字清晰、发音准确。

四是四，十是十，十不是四，四不是十，不要把十四读成四十，也不要把四十读成十四。

我属龙，不能说成虫；蚱蜢是虫，不能说成龙。龙就是龙，虫就是虫，把龙说成虫，把虫说成龙，就会龙虫不分，龙虫不分，把虫当作龙，把龙当作虫。

建议比赛可设主持人一名，助理主持人四名，记分员一名。主持人向各组的参赛者逐个出示比赛题卡片；助理主持人分别坐在每组中，每组参赛者在10秒钟内向助理主持人说出答案；答对者，由助理主持人报告给记分员；记分员在黑板上记录各组得分；再由主持人统计各组比赛成绩，并评出优胜组。

活动三　集思广益

目的：发挥集体力量，探讨解决问题的有效方法。

活动实施：8～10人为一组，每组在主持人给定的时间内就某个题目发表意见（每题限时5～10分钟），但需遵守三条规则：一是不评论他人意见正确与否；二是尽可能多地出主意；三是争取超过别的小组。题目可以事先根据团体目标设定，要求具体、可操作。例如，“怎样减轻学习压力”，“怎样提高学习效率”，“怎样改进人际沟通”，“怎样克服受挫心理”，等等。

当主持人宣布开始，每个小组派一位同学记录，其他人纷纷出主意，相互启发，列举各种可能的方法。主持人说“停”，各组把自己小组的意见贴在墙上，选一位代表解释这些方法。全班同学一起评论，看哪个小组方法最多，最多者可以获得“优胜奖”。此外，还可以评“幽默奖”、“实用奖”、“有趣奖”等。

第三节　学校心理健康教育课程教学形式设计

教学形式是指教师在要求学生获取知识、提高能力、学会学习方法的过程中所采用的多种多样的方式。心理健康教育课有别于其他课程，它重在活动，重在学生参与，通过师生共同活动，达到教育目的。因此，在通常的教学方法基础上，结合本教程的特点，在教学过程中宜采用灵活多样的形式开展。

一、角色扮演

（一）角色扮演简述

在心理辅导活动中，角色扮演又可称为“角色扮演法”，是一种通过行为模仿或行为替代来影响个体心理过程的方法。简单地说，就是让学生以一种类似表演的方式，展现相应的行为特点和内心感受，进而增进学生自我认识，减轻或消除学生心理与行为方面的问题，以促进学生的成长和发展[①]。

角色扮演作为一种心理辅导的方法，其主要原理就是把角色扮演理解为个体将自己置于他人位置上，按他人的角色规范行事的过程。这种情形多见于幼儿园、小学儿童的游戏中，它是儿童社会化的重要途径。初中、高中学生和成年人也存在这种情况，但他们多数不表现在实际行动上，而是在想象中把自己放在他人的位置上，体会自己将会有什么行为、情感出现。最初的角色扮演是莫雷诺首创的“心理剧”，主要是以个人为中心，探讨个人的内心世界，偏重研究个体的人格；后来又发展为“社会剧”，主要以团体为对象，目的在于了解及解决团体内的生活问题，偏重于团体成员相互之间的人际关系。在班级辅导活动中，角色扮演的形式是多种多样的，可以是以哑剧、独白、镜像、魔术店等方法为主的心理剧，可以是以情景对比、情景创造、情景短剧、小品、角色拍卖会等为主的社会剧，也可以是心理剧和社会剧相结合的戏剧表演活动。这些角色扮演活动的目的在于运用戏剧表演的方法，通过学生对角色的模仿、想象、创造、感受、体验、思考与讨论，达到团体心理辅导所要实施的具体目标。

（二）运用角色扮演的原则

因为角色扮演是一种当众表演，需要有较强的参与意识，所以，对于那些随和、性格外向、有安全感的学生来说，角色扮演容易做到，而对于害羞、性格内向、防御心理强的学生来说，角色扮演相对显得困难。而安全的、接纳的、信任的气氛及教师的鼓励有助于学生的参与。在运用角色扮演法时应遵循以下原则：

（1）假如学生明显地表现出害怕，不要勉强让他们扮演，而是分给他们一些其他任务，直到他们自动参与。

（2）鼓励学生把角色扮演当作一种游戏。

（3）把注意力集中在所扮演的角色上而不在学生身上。注重角色所表现出的意义和感觉，而不是学生表演得多么好。创造一种非批判的

---

① 吴增强，沈之菲．班级心理辅导［M］．上海：上海教育出版社，2001：108－119.

气氛，使学生有信心，喜欢表达自己。

（4）应使课堂气氛活跃，非表演同学积极关注表演者，给予表演者更多的支持和鼓励。

（三）常用角色扮演法及适用对象

（1）相声表演。此种表演可以是一人的单口相声，也可以是两人的对口相声或多人的群口相声。表演者以通俗、幽默的话语向学生展示深刻的心理学道理。例如：想让学生认识到“注意”这一心理状态在日常生活、学习中的作用，就可以让一名学生进行注意的自述，如“我叫注意”。进行情绪调控教育时，可让两位同学说对口相声“我不生气”等等。由于此类表演需要有较好的语言表达能力和其他表演技巧，较适合中、高年级学生。教育活动内容可以是提高学生认知水平的心理训练。

（2）哑剧表演。这种表演是一种非言语性的表演。教师根据活动内容，让学生充分利用肢体、面部、身段等进行表情达意，学会非言语交往。表演可以是一人或多人，如表演“同学见面”、“生气时”、“幸福时刻”、“等待”等等。此类表演难度稍低，适合小学各年级学生。从教育内容方面来说，主要适用于情感教育和交往指导，也可考虑实际情况运用于其他教学内容。

（3）角色互换。此方法是让学生先后扮演不同的角色，分别体验不同角色的感受，促使彼此了解，理解不同角色应有不同的社会言行，每个人的言行应符合他所承担的角色。表演可以是一人也可以是多人互相配合，如“我来当教师”、“失败时的我”、“三人座谈”、“假如我是他”等等。此类表演适合小学各年级学生。该方法主要适用于自我意识训练、情感教育、个性塑造和交往指导。

（4）小品表演。这种方法是把幽默、讽刺或赞许的语言与滑稽的动作结合起来，展示生活、学习中的一些事情，告诉同学们其中的道理及处理问题的方式等。小品表演大多为多个同学参与，以期接近生活，情境显得较真实，富有感染力，如“同学病了”、“同学来我家做客”、“给妈妈过生日”等内容。此类表演有一定难度，适用于中、高年级学生。从教育内容上看，适用于自我意识、情感、个性、交往等方面的训练。

（四）角色扮演的理论基础

关于角色扮演有一个经典实验研究，即研究者先测量被试对某一事物的态度，然后要求几个被试扮演演说家，按照事先规定好的要求发言，每次发言所表达的是一种比被试本人原有态度更为极端的态度，其他被试充当听众。扮演结束后，实验者对被试的态度重新作了测量，结果发现，扮演演说家角色的被试的态度沿着发言时表现的态度方向发生了重大变化，而听众的态度却很少受影响。

由于角色扮演使受教育者亲身体验了所扮演角色的言行，感受深刻，往往能够引起较大的心理变化，因此，在实验教育中，恰当使用这种方法，常常收到神奇的效果。实践证明，有的班主任运用这种方法，采取班干部轮流制管理班集体，收到了良好的效果。

二、价值澄清

（一）价值澄清简述

“价值澄清”是美国大学教授路易斯·拉斯等人在对传统的价值观教育法进行研究分析的基础上提出来的，曾在美国风行一时，对学校道德教育的实践产生了很大影响。这一方法与柯尔伯格的道德教育认知发展理论被人们称为“在美国过去20年中最主要的两种道德教育方法”。价值澄清的目的不是灌输给学生一套事先安排的、严谨的价值观，而是通过心理帮助指导学生掌握一种过程，这种过程可以用来反思自己的生活，对自己的行为负起责任，从而澄清自己的价值观，使学生减少价值认识的混乱。这种方法非常适合在集体的情境中使用。学生可以在共同的价值辨析讨论中，经过一系列心理互动的过程，达到主动学习、自我评估、自我改进的目的。

这种价值澄清的模式有以下四个关键因素①：

（1）以生活为中心。价值澄清的注意力主要放在解决有关的生活

① 戚万学．冲突与整合——20世纪西方道德教育理论［M］．济南：山东教育出版社，1995：275.

问题上，这些生活问题既包括与学生自己的生活有关的问题，也包括一般的生活问题，特别是那些使学生感到困惑和困难的问题。

（2）接受事实。要澄清价值，需要不断地接受他人的立场，价值澄清强调要原原本本地接受他人，不必对他人的言行进行评价。这种接受意味着在接受自己的过程中帮助别人，与他人真诚相处。

（3）要求进一步反省。不仅要求接受价值，而且要求对价值做进一步反省，特别是综合反省。这就需要学生作出更多明智的选择，更多地了解人们珍爱和珍视什么，更好地把选择、珍视整合到日常行为中去。

（4）培养个人的能力。价值澄清法认为，人不仅能反思和思考价值问题，而且能整合在确立价值观时的选择、珍视和行动等过程，并能在日后表现如一。因此，价值澄清法不仅要鼓励训练澄清的技巧，而且要培养个人深思熟虑地进行自我指导的能力。

（二）运用价值澄清法的原则

（1）教师首先必须诱发学生的态度和价值陈述。

（2）教师必须无批判地接受学生的思想、情感、信念和观点。

（3）教师必须向学生提出问题以帮助学生思考自己的价值观念。

（三）常用价值澄清法及适用对象

（1）小组讨论法。针对某一问题（问题应为开放性问题）设置情境，教师把学生分成小组（分组方式可以是随机的，也可以是匹配的，具体情况具体分析），每个小组内成员充分发表自己的看法，畅所欲言，最后形成小组意见。接下来小组与小组讨论或辩论，最后由老师作总结。在讨论过程中，教师的主要功能是利用问题，使讨论顺利进行并使讨论不离开主题，鼓励成员多贡献意见。此方法需要一定的认知基础，较适合中、高年级学生。在教育内容方面，适用于学生自我评价、学习态度、个性、人际交往等方面的教育。

（2）两难问题法。教师利用假定的、设计的或真实的两难问题，让学生进行判断，激起他们内心价值冲突，触动原有的心理认知结构，产生不满足感，以达到改变自己原有认知结构的目的，从而提高心理水平。教师应启发学生积极思考，主动交流或辩论，作出判断，寻找自己认为正确的答案。此方法根据问题设置可适用于不同年级学生。在教育内容方面，适用于小学生个性塑造和品德形成等。

（3）脑力激荡法。此方法允许学生对一个问题自由地考虑可采用的方法。脑力激荡法可以帮助学生产生很多的概念，它的目的是在一种兴奋、有趣、安全及接纳的气氛下产生一般与非惯例的概念，鼓励学生真诚地贡献意见，不管有无价值，甚至类似开玩笑或引人注意的意见，都要接纳，应特别鼓励有创意的学生。在讨论时，教师不作评价，只在最后加以总结。该方法适合各年级学生。在教育内容方面多适用于学生智力训练。

除以上方法外，还有排序与选择、敏感性训练与倾听技术、歌唱与美术、游戏与刺激及个人日记等价值辨析方法，在实际教学中可灵活使用。

（四）价值澄清法的理论基础

价值澄清法学派的代表人物是纽约大学的路易斯·拉斯和他的两名学生西蒙与哈明。1966 年他们出版的《价值与教学》一书系统地阐述了价值澄清的基本原理。他们认为，价值观念是个体的一种内在价值，往往不能被清晰地意识到，因而难以指导人的行为。为了让这些潜在的价值观念发挥作用，就需要对它们进行一步步辨析。价值澄清所采用的形式是使学生在他们的直接生活中思考一些价值选择途径，同时使他们对学校生活的周围人产生积极态度。它帮助儿童利用理性思维和情绪体验来检查自己的行为模式，鼓励学生辨认自己的价值观念以及这些价值观念与其他价值观念的关系，揭示并解决自己的价值冲突，将自己的价值观念与别人交流，并根据自己的价值选择来行事。美国柯尔伯格的“道德两难问题”及他的合作者布莱特 1973 年设计的“小组道德讨论”教育模式在某种程度上都支持了价值澄清法学派的观点。

价值分析采用诱导方式，反对呆板说教和强硬的灌输式教育，教师易于掌握，学生乐于接受，有助于提高自我认识，促进良好行为的发生。

三、榜样引导

（一）榜样引导简述

教师利用小学生爱模仿的特点，让他们通过榜样行为的观察，使自身受到强化，模仿榜样的言行，从而实现受教育的目的。榜样可以是真实的也可以是符号性的（通过传播媒介来呈现的榜样）。

（二）使用榜样引导的原则

（1）榜样的选取必须是可亲的、可敬的、可信的并与学习者有较大相似性。

（2）榜样行为的展现应是渐进的。

（3）呈现榜样的同时，最好配以讲评，突出模仿行为。

（4）为学生模仿行为提供心理安全感，促使其大胆模仿。

（5）为学生提供及时的反馈信息，强化模仿行为。

（三）常用的榜样引导法及适用对象

（1）参观、访问。参观工厂、农村、公园、学校等，走访工人、农民和优秀学生，听其言，观其行，激发学生向榜样学习的强烈愿望并从身边做起，加强自身修养，养成良好行为习惯。如走进公园看到许多人都主动把果皮、纸屑扔进垃圾箱，不践踏草坪，教师趁机提示，提高学生的模仿倾向。可以说有目的地参观访问只是榜样学习中的一小部分，更重要的是让学生模仿身边的榜样，从日常生活做起。因为榜样是活生生的，学生较易保持注意力，所以此方法适合小学各年级学生。从教育内容方面说，较适合个性塑造、美感形成、良好行为习惯的养成等。

（2）媒体教学。充分利用科技教学手段，通过传播媒介（图片、幻灯、录音、录像、电影、卡通片、文字说明等）来呈现榜样，让学生观察榜样，进行模仿学习。这种榜样比真实榜样更能突出要求模仿的行为，因为教师能够事先做精细的安排，而且比真实的榜样更安全，真实的榜样是不受严格限制的，是富于变化的。又因为媒体榜样可反复使用，所以在心理健康教育上不失为一个很好的方式。实践证明，“百部爱国主义影视片教育”已收到了良好的教育效果。这种教学方式教育性、艺术性兼具，形象生动有趣，颇受学生欢迎，可对不同年级学生施教，教学内容可涵盖多个方面。

（四）榜样引导的理论基础

社会学习理论创始人之一、当代美国心理学家班杜拉提出了观察学习理论。此理论认为，学习者只要观察到榜样的反应，即使自己未直接受到强化，也未进行实际练习，也能形成某些相应的行为。观察学习更符合人类学习的许多实际情况，更能说明个体的许多复杂行为的学习过程。班杜拉和库珀斯曾做过一项实验研究，研究是这样的：一批儿童与成人玩打球游戏，玩的时候，儿童可随意从旁边取得糖果，作为示范榜样的成人则给自己确定了一定规范，如达到一个分数值才能去取得糖果。结果发现，儿童通过观察也能给自己确定某种规范，做到了才去取糖果。班杜拉把这种在榜样示范下形成的新行为称为替代性反应的形成，因为这是个体通过观察使榜样的行为通过替代而内化成了自己的行为。根据这一理论，结合日常生活我们不难看到榜样的力量，因此，教师一方面设法为学生提供尽量多的良好榜样，另一方面也要注意自身的言行，做到榜样言行一致，表里如一。

四、行为强化

（一）行为强化简述

行为强化就是教师运用强化手段来巩固学生良好行为和消除不良行为的一种方法。所谓强化是指任何有助于机体反应概率增加的事件，强化手段一般有正强化、负强化和惩罚。凡施加某种影响并有助于反应概率增加的事件叫正强化。凡移去某种不利的影响并有助于反应概率增加的事件叫负强化。惩罚是指减少或消除某种不良行为再次出现的可能性而在此行为发生后所跟随的不愉快事件。因为负强化和惩罚效果不够稳定，而且可能带来一些副作用，所以在教育中多采用正强化。

（二）运用行为强化法应遵循的原则

（1）多使用正强化少使用负强化和惩罚。

（2）教师必须明确通过教学要改变哪些不良行为习惯，建立哪些行为方式。

（3）强化物和强化方式的选择因人而异。

（4）强化时有必要对学生同时进行说理教育。

（三）几种常用的强化方法及适用对象

（1）奖励。奖励是指施于行为之后以增加该行为再次出现可能性的事物，是一种正强化。奖励一般可分为社会性奖励、物质性奖励和活动性奖励。社会性奖励包括微笑、赞扬、拥抱、抚摸等，这种奖励对低年级学生特别有效。物质性奖励是用可消费的物品作强化物，如饼干、食物、音乐、玩具、图片、代币等。活动性奖励是指用一些学生喜欢的活动作为强化物，如自由时间、跳皮筋、踢球等。具体使用何种强化物要根据学生的个人爱好而定，另外，还要注意让学生学会自我奖励。

运用奖励时应注意：奖励的行为是具体的；奖励的选择遵循多次奖励仍不满足的原则；鼓励学生自我奖励。

（2）惩罚。惩罚是指为减少或消除某种不良行为再次出现可能性而在此行为发生后所跟随的不愉快事件。在学校里教师一般运用两类惩罚：第一类惩罚是在违反课堂纪律的行为发生后对学生施加某种痛苦或厌恶的刺激，以减少受罚行为再次发生的可能性，如批评、警告、记过，甚至开除学籍等处分。第二类惩罚是在不良行为发生后，取消学生喜爱的某种刺激以减少受罚行为再次发生的可能性，如扣除行为得分、暂时收回某种奖励或暂时取消参加某种娱乐活动的权利等。除此之外，让学生学会自我惩罚。

运用惩罚时应注意：避免不适当的惩罚，如体罚或变相体罚；惩罚应有很强的针对性，重罚其事，轻责其人；惩罚伴随说理教育，以提高惩罚效果；力戒惩罚后又立即给予奖励。

（3）强化不相容反应。这一方法是把不强化那个不合社会要求的反应同强化另一个与顺应不良行为显然对抗的合乎社会要求的反应相结合，借以消除顺应不良反应的方法。如上课时有的学生爱做小动作、不认真听讲，老师可以给予认真听讲的学生奖励，从而使不认真听讲的学生改掉做小动作的坏习惯，学会认真听讲。对于咬指甲的人，可以教他在任何时候，只要想到咬自己的指甲，就握紧拳头将双臂交叉放在胸前，以对抗咬指甲行为。这种方法类似于“冷处理”。冷处理就是当学生做出不良行为时，不予理睬，使他得不到关注，久而久之这种不良行为就可能消退。

以上几种行为强化法重点是针对良好行为习惯的养成和不良行为的矫正，在心理健康教育过程中可以适用于不同年级的小学生行为塑造和矫正。

（四）行为强化的理论基础

美国当代著名心理学家、现代行为主义创始人斯金纳认为：行为操作发生后，立即呈现强化物，行为就强化了，强化是操作性行为形成的重要手段。强化在斯金纳的学习理论中占有极其重要的地位，是他学习理论的基石和核心。他认为，行为发生变化都是强化的结果，要控制行为就要设法控制强化，控制强化就能控制行为。斯金纳指出，只要一项操作出现后，继之呈现一个强化刺激，操作的强度就会上升，只要安排好一种特殊的强化形式，就会几乎随意地去塑造有机体的行为。著名的“斯金纳箱”是斯金纳用来研究动物学习的实验装置。箱内装有一个杠杆，只要白鼠掀压杠杆，就会滚出一个食球，这样白鼠就会压杠杆，以取食物直至吃饱为止。以后，他又用鸽子做类似的实验。从动物实验研究过程中，他发现并提出了操作性条件反射，即机体自发固有强化或无强化的伴随而相应增加或降低重复出现的概率。除以上方法外，还有许多其他的方法。众多的方法可归纳为两类：一类是认知，另一类是行为。为收到良好的教育效果，应把知和行紧密结合起来，以一种方法为主导，多种方法为辅助进行教学，而不能孤立地去使用某种一方法，在学生心理发展历程中，认知活动的成分与行为活动的成分是相互联系、相互制约的。

第四节　学校心理健康教育课程的教学主题设计

学校心理健康教育课程的教学主题设计需要遵循一定的原则，只有了解这些原则，才能从针对某学校心理健康教育具体内容的单个主题设计、多个主题的系列设计以及从各类教育资源中充分挖掘心理健康教育资源的综合主题设计。

一、学校心理健康教育课程的教学主题设计原则

（一）以学生为中心

心理健康教育课程强调以学生为中心，学生是心理意义的主动建构者。这是因为学生的心理成长是在学生自主选择的活动中实现的。在价值观日趋多元的社会，人的心理空间也日趋复杂，教师无法为学生设定不变的准则，因而要使学生从单纯接纳转变为自主选择。心理健康教育课程是一种“为我”的课程，即是从主体自身的需要、兴趣、动机出发，而不是从外在的目标出发来组织和开展课程，主体自身始终处于活动的中心位置，活动的结果是主体的发展和心理的成长。心理健康教育课程是学生能动性的活动过程，学生是积极、主动、自觉地进行心理的建构，而不是消极被动地受外力控制。事实表明，教师对心理健康教育课程的计划、安排、设计等只能算是一种教育的“意向”和具有导向性质的“组织”，而能否影响学生的心理发展以及学生的心理在何种程度上得到发展，最终依赖于主体自身的心理建构。这一切都说明“自主性”是心理健康教育课程的精髓，心理健康教育课程促进学生心理品质发展的前提是自主性的发展。

（二）以情境为中介

学习总是在实际情境下进行的，不同活动情境对人心理的作用及引起的相应心理感受是不同的。因此，心理健康教育课程的组织首先应该是情境的组织。情境设计既是课程开展的前奏，也是维系课程的保障，真切的情境氛围为课程的开展提供了易于感受、易于体验、易于激发的心理空间，使置身其中的每一个人都受到感染和熏陶，并激发起探究的心向，为课程的开展做出铺垫。学生心理发展的目标是无法通过直接传授知识达到的，而需要提供良好的发展情境。情境设计的关键是强化主体的积极能动性，使其自主地投入活动之中，进行心理的自主建构。心理健康教育课程要提供一种真切的情境，才能把学生带入“可思可感”的境界，直指自身的心理世界，进而建构自己的心理结构，生成自己的

价值理念。心理健康教育课程还强调所学心理知识的情境性和特异性，不能把所学知识看成死板的教条，而要鼓励学生把学到的心理知识应用到自己的生活当中，在生活的具体情境中来总结和检验新学到的知识，使学习走向“思维中的具体”。

（三）以经验为起点

学习是学生通过新经验与原有经验反复的、双向的相互作用，主动建构自己的知识经验的过程。正如冯·格拉塞斯费尔德所指出的：“我们应该把知识和能力看做是个人建构自己经验的产物，教师的作用将不再是讲授事实，而是帮助和指导学生在特定的领域建构自己的经验。”①学生是一个个“经验者”的个体，他们对生活、对人生、对自我的意义获得均是在经验中完成的，只有在个体的亲身经历中，学生才能聆听到发自其本性的、自我完善的声音。也只有在经验中，学生才能使自己全身心地投入对生命意义的追求中，才能使自身的知、情、意、行获得和谐发展。在心理健康教育课程的设计中，不能无视学生的原有经验另起炉灶，而要把学生原有的知识经验作为新知识的增长点。因此，学校心理健康教育的一个很重要的任务就是了解学生的原有心理经验。学校心理健康教育的根本途径不在于教育者长篇大论式的说教，而应转向学生所愿意进行的丰富多彩的活动，教师必须融入学生生活世界里，在融入的过程中发现学生的各种心理问题，并适时提供帮助。

（四）以活动为核心

学习就是知识内化为经验、经验外化为知识的过程，离开了主体的活动，知识建构就无法进行。心理学研究和生活实践表明，人的心理品质是在活动中展示也是在活动中发展的。活动是主体与客观事物交互作用的过程，是个体内部心理活动外显的过程，也是外部客观信息内化的过程。学生心理品质的发展是通过一定的教育引导，使主体自身在活动中自主定向、自主选择、自我完善、自我建构的过程。因此，通过活动来实施心理健康教育最为真实，也最为自然。从一定意义上说，人的心

① 张生春，蔡丹英．建构主义视野中的教学过程［J］．河北师范大学学报：教育科学版，2003（3）：97－100.

理机能的发展是难以通过直接的“教”的方式来进行的，“教”只是提供外围的情境、提供有助于心理发展的心理空间、提供有助于学生自主选择的物质与精神条件。心理健康教育课程要求教师设计自主性活动，教师可以进行活动的设计和导向，但无法主宰活动的进程，更不应该剥夺学生交流和选择的机会。可见，心理健康教育课程是一种自我教育的课程，这种自主性是通过学生的自主活动来实现的。

（五）以过程为重心

心理健康教育课程具有过程性的特点，是一种生命的存在，是在过程中不断生成、不断建构的，以适应人的心理发展过程。这种课程的开放、流动和生命意识，要求该课程必须以一种生态化的过程视角来设计，即以一种互动的、成长的、延展的生命观念来建构课程内容，从而使课程获得生命关怀的整体意识，激发学生的生存意志和生命智慧。生命活动、生活事件是个体心理素质发展的平台，心理品质的发展存在于个体生命活动的过程中，存在于个体生活的具体场景中。为此，心理健康教育课程的设计不能只依据理论的逻辑而应依据生活的逻辑来建构；发展学生的心理素质不应只是依靠知识讲授或道德说教，而要让学生经历积累个人经验的过程，基于自己的生活经验建构自己的心理品质。这也是个体自我对经验的反思过程，在这个过程中，个体的主体自我（当下的我）与客体自我（过去的经验）会产生互动，当下的我会觉察、反思过去的经验，从而进行调整和提升。

（六）以合作为主线

在心理健康教育课程中，师生双方是民主平等的协作关系。教师是“平等者中的首席”，即师生之间不存在教导与接受、先知者与后知者的必然鸿沟，而是作为一个群体在共同探究有关知识领域的过程中相互对话、相互合作。教师要尊重、理解、信任学生，以平等、宽容、发展的眼光来看待学生，重视个体发展的独特性。在心理健康教育课程的教学过程中，学生不是被动地接受教师传授的知识和现成的各种理论，而是与教师共同探讨成长中所遇到的各种心理困惑，教师与学生不仅是互主体性关系，而且是“对话”式的伙伴合作关系。教师与学生的“对话”，是彼此尊重、沟通、理解的基础，包含相互之间的信息传递、思想启发、观点更迭、情感激发及智慧提升。就课程实施而言，此时教师的作用被重新建构，从外在于学生的情境转变为与学生情境共存，权威也就进入这种情境之中①。教师在课堂上要给学生充分表达的自由，让学生倾听“异己”的声音，师生、生生之间建立一种和谐的对话式协作关系，这就消除了“教室中心”和教室中的“话语霸权”。

二、学校心理健康教育课程的单个主题设计

（一）确立主题名称

单个主题设计指如何针对某一具体心理健康教育内容制订实施计划，也就是备好一个主题的课。单个主题设计要考虑每个主题的名称、教学目标、课时、教学场地、教学活动方式、教学前所需的准备工作、教学活动的程序等。如一个以人际沟通为主要内容的主题，可以确定以下各名称：认识学校的环境，我们都是好同学，如何与人和睦相处等。每一个名称具体标志着活动的特定内容。

（二）确定主题活动目标

这里的主题活动目标指某一具体的活动主题所要达成的目标，每个主题都应该有一个明确的切合实际的目标。例如，在“我们都是好同学”这个主题名称下面，可以确定如下目标：①帮助学生了解认识同学之间和睦相处的重要性；②促进同学之间的相互了解、相互认识，促进同学团结；③教育学生学习一些必要的人际交往常识。在实际工作中，许多教师在确定活动目标时贪高求全，结果是欲速则不达。例如一位教师给扩招的二年级新生上课，活动内容是每个学生用一句话介绍自己，然后玩一个“折筷子”的游戏，教学目标赫然写着：①增进对自我的了解；②学会与别人合作共处；③增强班级的凝聚力。作为一个刚组建的班级，如果教师把目标定位在促进学生之间的初步相识，为形成有凝聚力的班集体作准备，显然更符合实际。还有的教师指望通过一堂课的情绪教育，让学生从此不仅自己能保持良好的心境，而且能帮助别人摆

① ［美］小威廉姆E·多尔．后现代课程观［M］．王红宇，译．北京：教育科学出版社，2000：238.

脱情绪困扰；或者通过气质测量，性格分析，就能塑造出良好个性。这些目标显然都不切合实际。

（三）确定课时和教学场地

一个主题所需课时通常是 1 ~ 3 节不等，一般根据主题内容的多少确定课时。心理健康教育活动课由于应用的方式方法不同，活动不能只局限于教室，可以根据实际情况选择适当的场所，如可在学校心理健康教育室或户外场地进行。

（四）选择教学活动方式

可以根据前面介绍的心理健康教育活动课程的教学方法选择活动方式，具体选择哪种活动方式较佳，应综合考虑活动内容的适合性，学校具备的条件，时间、地点和精力是否许可等多方面因素。一般情况下，心理健康教育活动课程的教学是以小团体（即学生小组）的活动形式进行的，因此，在活动中如何组成小组就显得十分重要了，通常有下列方法划分小组：①可以用全班报数的方式组成小团体或小组。②每个小组的组合可以有特殊要求。例如，要求每个小组中男女各半，或者同性，或者由同一月出生的人组成一个小组。③按教室的位置来划分小组。例如，可以由同一排或同一行的同学形成一组，也可以按教室的东西南北方向来分组。④在充分考察个体的参与情况后再作分组。例如，可以把积极参与心理健康教育活动的同学和不积极参与心理健康教育活动的同学平均分配到某一组中去。⑤让学生依自己的意愿选择小组。每一小组一般以 6 ~ 8 人为宜。

（五）做好课前准备工作

主题设计要做好课前准备工作，如准备好教学所需的电教设备和材料、教学游戏所需的玩具、短剧表演用的简单道具、角色扮演所需的道具和台词等。

（六）拟定教学活动程序

这是主题设计的主要部分，它规定了教学活动过程的具体步骤，从活动开始到活动结束的每一个步骤都应有具体的说明。例如，在“怎样了解我自己”这个主题中，教学活动可包括如下八个步骤：①教师讲述由于不了解自己造成不良后果的故事，以引起学生的学习动机；②讨论了解自己的好处与重要性；③欣赏幻灯片“我是谁”，并讨论其内容；④每位同学提出“我是谁”的问题，并自己说出五句话回答此问题；⑤每位同学就听到的答案中最感兴趣的（或最有疑问的）部分提出一个问题，问“我是谁”的当前回答者；⑥教师发给每位同学两张白纸，在一张白纸上写出自己的优点、缺点各三项，在另一张白纸上写出班上三位同学的优点、缺点各三项；⑦师生共同讨论自己的看法与别人的看法是否一致，就别人对自己的误解加以澄清；⑧教师归纳说明了解自己的方法和如何自我检讨。

以上就学校心理健康教育课程的单个主题设计问题作了较为简单的介绍，这里举一个较完整的实例，以帮助理解心理健康教育课程教学主题设计的一般程序[①]。

“向嫉妒说‘NO’”教学主题设计

教学目标：

（1）知识与能力目标：认清嫉妒心理，有效克服不合理的嫉妒。

（2）过程与方法目标：通过说故事、举例、测试等活动，让学生合作、探究学习，善于交流。

（3）情感态度价值观：做个身心健康的好孩子。

教学对象：小学三年级。

教学难点：知道嫉妒的双向性，并能够合理运用嫉妒，能够克服嫉妒心理的消极作用。

教学形式：小组讨论、朗诵诗歌、心理小测验、情景表演、做游戏等。

教学时间：40 分钟。

① 姚本先，方双虎．学校心理健康教育导论［M］．合肥：中国科学技术大学出版社，2002：224－228.

教学过程：

一、导　入

今天，欢迎大家走进李老师的心理课堂，我们一起来探讨我们平凡人当中容易出现的心理问题，这些问题也许早就困扰着你，那今天我们的探讨说不定会让你“拨开乌云见月明”、打开自己的心结；也许你不存在这方面的问题，那请让今天的课程作为你人生路上的一个小小的航标，以后遇到了这些问题也不会迷失方向。

（设计理念：先不说课题，把这节课和同学们生活实际联系起来，吸引同学们的兴趣。）

二、节奏游戏——抖掉鞋中的沙砾

在上课前，老师想和同学们做个小游戏。

师：我们在路上走久了，有时候鞋中会跑进一些沙子，走路会不舒服，如果把沙子抖掉，感觉就会好很多，请跟老师节奏拍鞋抖沙，看看哪个同学做得最好。

游戏如下：老师示范一下拍掌的节奏，然后师生同做三遍，每次表扬夸奖同学做得好。

师：假如刚才老师一直只表扬某个同学，你们怎么感受？对这个被表扬的同学有什么想法？（不舒服、觉得老师偏心等。）

对，都是嫉妒惹的祸。其实，只要是心智正常的人或轻或重都有嫉妒心理，只不过有些人表露得明显，有些人善于掩饰而已。

（设计理念：以学生熟悉的内容入手，营造轻松的课堂氛围，激发学生参与学习的兴趣，使学生更容易明白故事带给我们的启示。）

三、讨论主题（与学生共同探讨）

（一）什么是嫉妒心理

（抽查个别学生回答，老师归纳，板书。）

嫉妒是一种有害心理，简言之就是憎恨，不甘心别人在某方面优越于自己的情绪状态。

（二）思考题

1. 你被别人嫉妒过吗？别人嫉妒你，你心里会怎么样？

2. 你嫉妒过别人吗？如果有，你会有什么表现？

3. 在一个集体中，如果有人存在嫉妒心理，会给集体造成什么影响？

（三）嫉妒心理的危害

适当的嫉妒可以催人上进，但是不合理的嫉妒就有危害。

1. 给同学造成心理压力，打击上进的同学。

2. 自己不能够正确地认识自己及别人，看不到别人的长处，也看不到自己的短处，当然就不能向别人学习，自己很难得到进步。

3. 破坏集体的团结，使集体的人际关系不和谐，大家就不能共同进步。

（设计理念：让同学们自我思索，提高课堂参与性。）

（四）了解自己

（让生独立思考并作答。）

告诉学生：嫉妒心理人皆有之，同学们不必诚惶诚恐，现在就让我们做个小测试，来初步了解自己的嫉妒心理！以便正确评价自己的“嫉妒”心。

1. 在下例九种颜色中，你最喜欢：

A. 蓝、褐、绿类的中性色；

B. 白、黑、粉红类的纯色；

C. 红、黄、橙类的明艳色。

2. 你的朋友学习成绩和你不相上下，对此你会：

A. 感到很放心，大家共同进步；

B. 暗下决心，一定要在他们中出类拔萃；

C. 时刻提防他们的成绩超过你。

3. 你和班长合作为班里办了一份刊物，老师表扬时却将成功全部归到班长名下，你会：

A. 觉得很正常，谁叫人家是班长呢；

B. 决定要用另一方面的成绩来改变老师的看法，向他证明你的能干；

C. 和班长在学习上展开较量，下次成绩一定要超过他。

4. 同学中有些人已经会熟练操作电脑，并常常在课余时间大谈心得，你家里还没有电脑，对此你会：

A. 主动向他们询问一些基本情况，不怕被他们笑话；

B. 假装不关心，但你也在听，并打算找机会试一试；

C. 把从别人处听过的经验搬过来向他们宣传，装作自己很懂行。

5. 你的相貌平平，所以好友出众的外表和举止会令你感到：

A. 有些自卑，但你还是很喜欢他（她）；

B. 很羡慕，但从不说出口，并因此注重自己的穿着打扮；

C. 不是滋味，总想挑出他（她）其他方面的缺点。

6. 你的心情很坏，于是打电话给你不常见面的朋友。他却抢着告诉你，他刚得到一份礼物，心里非常高兴，对此你会：

A. 很沮丧地向他道喜，然后开始诉说你的事；

B. 从心里为他高兴，询问细节，不提自己的事了；

C. 觉得很不公平，不想让他知道你的难过，找借口挂断电话。

7. 你的知己最近认识了一个很投缘的朋友，对此你：

A. 很高兴自己也将多一个朋友；

B. 没有表态，与这人的交往很不积极；

C. 非常不痛快，开始拒绝与好友来往。

评分方法与解释：

A＝5分，B＝10分，C＝15分。

55分以下者：嫉妒心不强，开心走自己的路。

60～80分者：嫉妒心较强，喜欢向自我挑战。

80分以上者：你们有点小危险，要注意喽！

抽查学生（自愿者），让他们说出评价结果，并谈谈此刻自己的感想。

（五）克服嫉妒心理的方法

1. 克服嫉妒心理的方法：

①化嫉妒为竞争；

②心理平衡，恢复自信心；

③虚心学习，取人所长；

④真诚交往，通过人际沟通缓解及消除嫉妒心。

2. 引导学生继续讨论：这四种方法，是针对嫉妒者本人的，那么作为被嫉妒者，是否也有办法消除嫉妒心理？

①对不如意的人要关心；

②不要在失意的人面前得意；

③故意示弱，向对方表露自己的不幸或难言之痛；

④求助于嫉妒者；

⑤赞扬嫉妒者身上的优点；

⑥让嫉妒者与你分享快乐。

四、游戏：巧得圣水

下面我们来做一个游戏，也许能给大家一些启发。游戏名叫“巧得圣水”。

一个瘸子和一个瞎子都想得到治病的圣水，他们必须怎么做？（男女生各2组上台表演，一般是瞎子背瘸子，但也有的是瞎子牵瘸子走。）

思考回答：这个游戏给你什么启发？参加表演的同学谈谈你对活动的感想。

感悟：很多东西并不是你死我活，我们可以相互取长补短，共同进步。

五、本课小结

嫉妒心理并不可怕，有了嫉妒心理，只要善于使用老师教给的方法，缓解或消除嫉妒是完全有可能的。甚至可以化嫉妒为竞争，化嫉妒为上进心。当然，最好的办法是预防嫉妒心理的产生，老师送给你们一句话：“要为别人的进步而高兴。”一花独放不是春，满园花开春才美，别人进步，我也进步，大家进步，对谁都是有好处的！

三、学校心理健康教育课程的系列主题设计

系列主题设计有一个明确的主题，并由多个（8～10个）同类或相关的主题组成。如果把单个主题设计比作菜谱，那么一个系列主题设计就是把不同花色的菜组合成一个套餐。因此，如果已经有了大量设计好的心理健康教育活动课的主题，在此基础上进行系列主题设计就容易多了。

例如，下面是训练中学生管理才能的系列主题设计（表5－1），它包括10个主题的教学。该系列的活动对象是那些来自中学各个班级的学生，这些学生学习成绩差，具有攻击性，但智商较高，有管理潜能，因而常常是学生帮派的头头。通过这个系列主题设计的训练，可以发展这些学生的长处，控制和削弱他们不适当的外向性行为。

表5－1　“管理才能训练”系列主题设计表

主　题	主题名称	活动目标
1	萍水相逢	促使学生参与团体活动并相互认识
2	喜怒哀乐	培养学生的人际敏感性，增进彼此的进一步了解
3	旋转沟通	增加团体凝聚力和相互熟悉程度
4	第三只眼	增进学生的自我了解，形成明确的自我观念
5	七嘴八舌	培养学生学习一种客观公正的态度，学习尊重他人不同的意见
6	我是国王还是兵	训练学生分配任务、承担责任和善用权利等管理才能
7	和事佬	促使学生掌握调解冲突的能力
8	武功秘诀	培养学生明确问题并解决问题的能力
9	生活馅饼	让学生形成时间管理的观念和学会自己调配时间
10	相约未来	让学生回顾和评价所参加的系列主题活动，并展望他们未来应有的良好行为

这是一个很好的系列主题设计，其主题明确，活动方式多样，安排得当，能做到循序渐进，在不同的活动阶段实施不同的训练重点。因此，这个系列主题设计在训练具有外向性行为问题学生的管理才能方面，将会取得良好的效果。

四、学校心理健康教育课程的综合主题设计

学校心理健康教育课程的综合主题设计是指在各类教育资源中充分挖掘心理健康教育资源，使心理健康教育落实到学校具体的教育教学和管理工作过程中去。这里以学科课程为例，来阐述在学科课程的教学过程中怎样融合、渗透心理健康教育。

（一）学科课程目标的融合

学科教学的目标不仅仅是知识，还应该包括认知、情意和行为。任何一门学科课程的目标都应同时反映学生的心理层面，才能形成完整的目标体系。一方面，学科内容传递的过程以人的心理发展为基础，服从心理规律，使学科内容心理化，这是解决教育过程中学生与课程矛盾问题的正确策略；另一方面，学科内容的传递是着眼于学生整体发展的，即掌握知识和技能、发展能力、完善人格是相互交融、并行不悖的，正是在这一意义上体现了心理健康教育融合型课程的学科位置与教育价值。传统的学科教学强调社会本位和知识本位，学生要适应教学，因而忽视学生心理发展与主观需求；而学科课程中融合心理健康教育则更强调学生的主体地位与主体需要，教学要适应学生发展，促进学生潜能的开发和创造性的培养。注重情意因素是近年来国内外现代化课程设计的一个显著特点，当前流行的“情知课程”、“情知教学”，强调的就是课程的组织与实施应该是以心理活动为基础的情感过程和认知过程“双轨式”的统一。郑和钧认为构建三维教学目标体系是实施学科心育的前提条件：一维是构建的内容——德、智、体、美、劳、心六育并举；二维是构建的结果——知、情、意、行、个性协同发展；三维是构建的过程——自定目标、自我评价、自我激励、自我实现、自我监控协同发展①。以小学社会课《我家的邻居》（第二册第二课）为例，该课的融合型教学目标有：①认知方面的目标，懂得良好的邻居关系的重要性；②情感方面的目标，培养关心他人、帮助他人的良好情感；③行为

① 郑和钧．学校心育系统协同构建的理论与实践［M］．长沙：湖南师范大学出版社，2000：76－81.

方面的目标，主动维护住宅公共部位的环境卫生并且能主动招呼、关心邻居。

（二）学科课程内容的融合

现行的德、智、体、美、劳“五育”课程内容中都蕴含着十分丰富的心理健康教育素材，经过适当利用和挖掘，可以起到心理健康教育的作用。德育课程中对学生道德意识倾向性（道德需要、道德动机、道德信念、道德理想等）和道德心理品质（道德认识、道德情感、道德意志等）的培养本身就是心理健康教育的内容。德育对学生心理健康的发展起定向和动力作用，德育的重要内容之一是对学生进行正确的人生观和科学的世界观教育，人生观和世界观是个体心理和行为的最高调节器，是维护心理健康、防止心理异常的根本条件。在对学生心理素质的培养过程中，德育与心理健康教育是相互重叠、相互融合的，教师要善于挖掘德育课程中的心理健康教育内容。例如，经教育部中小学教材审定委员会审查通过的江苏省版《思想品德》低年级教材，共有 52 篇课文，对教学内容进行分析研究，可以确定丰富的心理健康教育的结合点，择其主要，简述如下：

第 1 册：《我上学了》——进行角色意识教育，让刚步入一年级的小学生认识自己，悦纳自己，激励自己；《老师，您好》——适应群体训练，了解老师，敬爱老师，与老师沟通；《遵守课堂纪律》、《课间活动守秩序》、《排队快、静、齐》——适应环境和纪律意识教育，学会约束，学会自控，遵纪守纪；《愉快的学习生活》、《从小爱学习》——适应学习教育，激发兴趣，树立自信，乐于学习。

第 2 册：《说话有礼貌》、《热情待客》、《学会做客》——适应群体教育，乐于交往，愿意合群，善待他人；《集体生活多快乐》、《讲谦让》、《友爱互相》——培养集体意识，学会关心，学会凝聚，热爱集体。

第 3 册：《不说谎话》、《知识认清》、《不随便拿别人的东西》、《借东西及时归还》、《做勇敢的孩子》——解剖自我，勇于坦露，认识自己，学会调整。

第 4 册：《认真完成作业》、《独立完成作业》、《勤奋学习》——学习习惯培养，克服厌学，克服依赖，克服挫折。

在教学过程中，有些地方包含几个结合点，如《课间活动守秩序》，既有纪律意识的教育，又有辅导学生克服孤独、愿意合群的教育。有些结合点在几册中反复出现，但内容侧重点不同，可以强化处理，可以螺旋式提高，如适应群体、适应学习、认识自我等，在教学中还需要做到整体把握，分步施教，选准切入点，达到“制高点”。

智育课程以传递知识、发展智能为宗旨，其中发展智能就蕴含心理健康教育的内容，同时还要进行各种非认知因素的培育。如在语文教学中，通过选择典型的文学内容，可以开发训练学生的再造想象和创造想象的能力；通过教材内容的情感体验和典型人物分析，可培养学生良好的情感、意志和个性品质；全面发展学生的思维品质是语文教学中心理健康教育的独特任务。数学教学中心理健康教育的独特任务是发展学生逻辑思维的品质，同时还可培养严谨的学习态度，也可锻炼克服困难的意志。物理、化学等自然学科教学中心理健康教育的独特任务就是培养学生创造性思维的品质和科学精神、科学态度。社会学科教学中心理健康教育的任务是要唤起学生的精神需求，培养对他人、对集体、对民族、对社会、对人类的美好情感。

体育课程的教学可以为培养学生良好的心理品质奠定生理素质的基础，同时还可培养学生的耐力、意志品质、合作能力和竞争意识等。美育课程，如音乐、美术等，是进行心理健康教育的良好载体。声音、律动、色彩、线条等能够陶冶性情，唤起美好的心理感受，丰富学生的想象力，培养感受美、鉴赏美、表现美、创造美的审美心理；促进形象思维品质的发展与美感、道德感的形成是这类学科教学中心理健康教育的独特任务。劳动技术教育在培养学生劳动观念、劳动习惯、劳动技能的同时，能够形成学生积极的生活态度、崇高的社会情感和克服困难的意志品质。

总之，学科课程中融合心理健康教育的内容广泛、方式多样，涉及学科教学的一切，包括学生学习习惯的培养、学习动机的激发、学习策略的指导等，这就要求教师在教学过程中要灵活处理教材，善于把握教材内容中心理健康教育的涉及点、学生学习过程中心理健康教育的接触点，在整个教学过程中融合一条心理健康教育的线索。

（三）学科课程教学的融合

从课程教学中的心理层面来分析，它是知、情、意、行交互作用的过程，心理健康教育融合型课程集中反映在学科课堂心理环境的创设与优化上。在课堂教学中，通过改善课堂教学心理环境，使学生既能有效地掌握学科知识和提高能力，又能发展良好的个性和提高心理素质。

优化课堂心理环境是指教师根据培养学生心理品质的目标和对学生心理特点的了解，通过把握和调整自己的教学行为，来优化课堂教学中各因素之间的关系，使学生产生积极心理状态和学习行为，以营造课堂教学气氛的过程。它是学科课程中融合心理健康教育的基本方式。上海市南洋中学“优化课堂心理环境研究”课题组，根据教学环境论原理，创造性地提出了优化课堂心理环境的过程（图5－1）①。

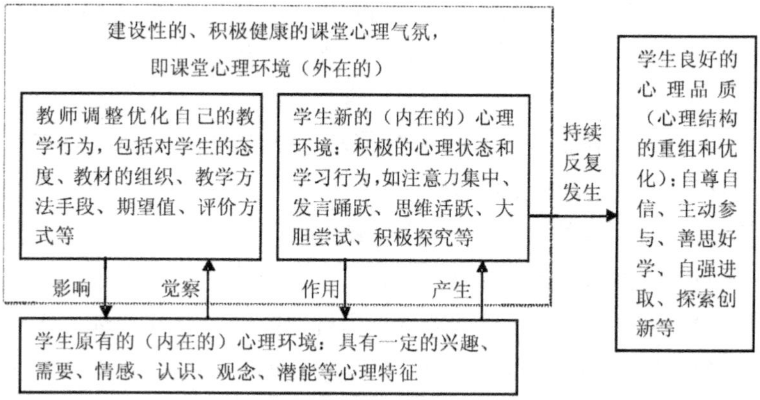

图5－1　建设性的、积极健康的课堂心理环境图

从图5－1可以看出，教师对自己行为的调整是优化课堂心理环境过程中的操作变量，在这一变量作用下，发生了师生之间的影响与觉

① 吴增强，沈之菲．学校心理辅导研究［M］．上海：上海科学技术文献出版社，2000：197－206.

察、生生之间的互动关系；这种互动关系的结果就形成了建设性的和积极健康的课堂心理气氛；这种气氛既包含教师自身的因素，也包括学生的因素，它相对于学生原有的心理环境来说是一种新的外在的环境；学生在这种新的外在环境作用下产生了新的内在的心理环境；而正是这种学生内在的心理环境的持续反复发生，使学生的心理结构得到了重组和优化，塑造了学生良好的心理素质。

优化课堂心理环境是在教学过程中通过贯彻心理健康教育原则来实施的，教学过程中心理健康教育原则主要有和谐原则、民主原则、兴趣原则、成功原则和探究原则等五大原则，表 5 - 2 是教师贯彻课堂教学心理健康教育原则的操作要素、转化机制和心理效应。优化课堂心理环境要以建设良好的师生关系为核心，以情感沟通为桥梁，教师要以自己的教学行为来满足或引导学生的心理需要，激发学生的行为动机，这样才能使学生产生积极健康的学习行为，进而形成一种良好的学风班风，而这种良好的学风班风又会反过来对学生的学习行为产生积极的影响，形成一种良性循环。在这种良性循环中，学生逐渐养成积极健康的学习习惯，这种习惯的保持最终会形成新的心理结构，从而使学生的心理品质获得健康发展。

各学科教师在贯彻优化课堂心理环境五大原则时，还要结合本学科的特点来进行，上海市南洋中学教师在实验过程中创造了不同形式和风格的教学方法和教学模式。如物理特级教师奚天敬创设的“实验—讨论”的教学模式：

教师活动：巧设情境—指导实验—激发探究—点拨引导。

学生活动：好奇观察—动手实验—提出问题—讨论交流。

心理过程：增强动机—感性认识—理性思考—领悟内化。

锻炼能力：科学兴趣、观察动手、质疑探究、思维想象。

塑造人格：新鲜感、务实感、责任感、求知欲、好奇性、参与性、坚韧性、科学性。

表 5 – 2 课堂教学心理健康教育原则的操作要素、转化机制和心理效应

原 则	操作要素	转化机制	心理效应
和谐原则	亲切和蔼、尊重人格、设身理解、情感共鸣、真诚耐心、宽容谅解	调整教师对学生的态度，满足学生独立性、自尊和被关爱的需要；保护和增强学生的自尊心，调动学生学习的积极性、主动性	学习时的自尊感、安全感、愉快、自律；避免焦虑、恐惧、厌学情绪；培养自尊心、对人的信任感、学习的积极性、主动性
民主原则	全面兼顾、机会均等、平等对话、评价公正、虚心诚恳、教学相长	调整教师主导与学生主体的关系，引导和满足学生自主和公平心理的需要；唤醒学生的民主和参与意识，激发学生自主学习	学习时的平等感、积极参与、独立思考、虚心聆听；避免依赖、被动；培养参与性、独立性和尊重他人、互相合作的好习惯
兴趣原则	创设情境、激发好奇、目标明确、方法灵活、新颖直观、内容丰富	调整教师的情绪和教学方法、手段，满足学生好奇、求新、求异、求知的需要；激发学习兴趣和学习热情，强化求知欲望	学习时的好奇心、兴奋感、积极思维、专注；避免怠惰、呆板；培养学习兴趣、求知欲
成功原则	难易适度、循序渐进、合理期望、因人制宜、发现长处、及时鼓励	调整教师对学生的期望值与学生实际能力的关系，满足学生成功心理的需要；促使学生愉快、自信地学习，激发学生进取心	学习时的自信、自豪和成就感，正视和克服困难；避免自卑、自暴自弃；培养自信心、好胜心、进取心和学习兴趣
探究原则	引导发现、提倡发问、启发点拨、激发想象、反思过程、指导学法	调整知识传授与开发潜能的关系，满足学生思维独立性、批判性和创新的需要；激发学生独立思考、积极探究和创新的意识	学习时独立思考、质疑、科学思维；避免死记硬背、安于现状、保守；培养刻苦钻研、执着探索精神和求知欲、创新意识

（四）学科课程评价的融合

课程评价是研究课程价值的过程。传统的课程评价受应试教育的干扰，对教与学的评价以知识理解为中心，是单维的、片面的评价，重终结性评价，忽视形成性评价，重结果，轻过程，重标准化答案，轻创造力考核，把考试与评价等同，把分数与效果，即与学生的价值等同起来。这种评价只关注预期的、静态的、客观的目标，而忽视了其他方面的因素，尤其是主体心理层面的因素，它单纯追求分数、升学率，学生负担重，创造性、个性受到摧残，压抑了师生的积极性、主动性和创造性，损害了学生身心整体素质的全面和谐发展。

心理健康教育融合型课程带来了传统学科课程评价的变化，它要求评价的多元化，注意评价的心理层面，应兼顾到学生心理发展的各个要素和各个层面，尊重学生心理发展的个别差异，确立课程评价的心理指数，从而促进学生全面、健康地发展。郑和钧构建的多维协同评价体系可以借鉴，它包括：内容维——由知识、技能扩大到智力与非智力因素的全面评价；空间维——课内、校内与课外、校外、社会、家庭相结合；时间维——长短期结合，定期与不定期结合；方法维——笔试、口试、观察、操作、心理测评等多种方法综合运用；评价主体维——自评与他评相结合，教师、学生、领导、家长多方参与；结果维——以分数、评语等方式全面反映学生整体素质的发展情况，重过程、重发展①。

① 郑和钧．学校心育系统协同构建的理论与实践［M］．长沙：湖南师范大学出版社，2000：133－134.

第六章　学校心理健康教育课程的教学过程

教学过程是指教师和学生为实现教学目标共同进行的动态活动过程，由相互依存、相互作用、同时不断展开的教和学两方面构成。心理健康教育课的教学过程不同于传统的学科教学过程，它的教学过程有其自身明显的特点：强调学生的自我探索，强调学生的自助发展。因此，心理健康教育课的教学过程，不是一个灌输过程和说教过程，而是一个讨论过程、一个心灵沟通过程、一个情感交流过程。心理健康教育课以尊重为基础，以同感为前提，意在以心灵的沟通来强化学生自我反省与自我完善的意向，促进其健康成长。简而言之，心理健康教育课的教学过程以平等尊重关系为前提，以讨论沟通为基本手段①。

第一节　学校心理健康教育课程的教学组织

心理健康教育课的教学组织是指为完成特定的心理健康教育任务，师生按一定要求组合起来进行活动。教学当然有一定的活动结构，即所谓教学有法，但心理健康教育课的教学是一种创造性的过程，其效果取决于师生双方的创造性活动，从这个意义上来说，教无定法②。在心理健康教育课的教学组织中，要体现人本主义心理学以人为中心的教学思想。关于教学设计问题，美国心理学家、教育学家罗杰斯对传统教师与

---

① 曹梅静，王玲．中小学心理健康教育课程设计［M］．广州：广东高等教育出版社，2004：31－101.

② 陈家麟．学校心理健康教育——原理与操作［M］．北京：教育科学出版社，2002：10－62.

新型教师的作用做过一番比较。他认为，在教学设计中，一个优秀的传统教师考虑的问题是："如何针对不同年龄阶段和发展水平的学生设计出最适合的课程？""我能为学生设计出一套好课程吗？""怎样培养学生对该课程的学习动机？""用什么方式能使学生学到知识？"这些问题都集中在获得知识方面。作为学生学习辅助人员的新型教师，要考虑的问题则应该是："学生希望学习什么？""什么事情使他们困惑？""他们希望解决什么问题？"显然，罗杰斯强调要从学生本身的需要出发，努力引导他们进行自我思考、自我指导和自我评价，力图把课程变成满足学生成长和个性整合需要的自由解放过程①。因此，承担心理健康教育课的老师要确立"尊重学生人格"、"助人自助"、"完整接纳每个学生"的教育理念，在心理健康教育课中，努力实现"参与、体验、分享、感悟、自助、发展"的境界，从这样的教育理念和教学境界出发，心理健康教育课的教学组织要抓好以下的环节：教学准备、教学导入、教学展开和教学结束。

一、学校心理健康教育课程的教学准备

（一）了解学生

一要了解学生的年龄特点、心理特点和该年龄段学生容易产生的心理矛盾和心理期待；二要了解学生近阶段关注的热点和需求，已经产生或可能产生的困惑；三要了解学生对心理健康教育课的要求，如学生在这方面有哪些需要、有什么具体问题、有什么期待、迫切程度如何以及喜欢的活动形式、有什么建议等；四要了解发生在学生身边和周围的、引起大家关注或可讨论和引导的典型案例。以上这些要了解和收集的素材都能为提高教学效果提供依据。了解的方法可以有观察、访谈、聊天、小型座谈和简单的书面调查等。

（二）建立关系

教师与学生的良好关系是上好心理健康教育课的重要基础。从某种

① 曹梅静，王玲．中小学心理健康教育课程设计［M］．广州：广东高等教育出版社，2004：11－19.

意义上来说，这种关系甚至比找资料、选题、设计活动等更重要，更需要贯穿和体现在与学生的一切接触当中，包括语言的和非语言的。因而，建立关系并不仅仅在课堂上，而更应该在课堂以外的一切时空当中①。罗杰斯认为，教师对学生持有真诚（表里如一）、接受（无条件的积极的关心）和理解（移情地理解学生）三种情感和态度，让学生感受到自尊、自信，从而增强其行为责任感。教师的任务是以人道主义精神创设一种真诚、坦率、赞扬、鼓励和主动投入的课堂气氛，以引导学生从课程中获得个人自由发展的经验。因此，他认为，应该把教师的名称改为学习的促进者。这非常精辟地说明了师生关系的重要，也是做好心理健康教育课课前准备的必要内容。

（三）确定专题

心理健康教育课程要从人发展本身的需求方面去理解对儿童、青少年的教育问题，强调人的主动性和积极性，强调心理健康教育课程“助人自助”的旨意，调动一切积极的因素，努力使儿童、青少年成为高素质、具有健全人格的人。因此，心理健康教育课程不可能按照教材按部就班地进行教学，更不能拿着教材照本宣科，它需要从学生的实际出发去组织教学，因而专题选择就显得尤为重要。在课前，教师要根据对学生的了解，选择学生饶有兴趣的话题，话题选择要符合学生的年龄特点与心理需求，既生动活泼、富有情趣，又有丰富的内涵、耐人咀嚼，并富有兴趣性、时代性和启迪性。定标题要清晰、简洁、生动、贴切，并尽可能采用学生的语言和口气，让学生一看到专题，就有一种要参与的欲望。具体来说，定标题要注意以下两点：第一，非灌输式、指导式的标题。在题目的设计上，教师要注意变化自身的立场和思维方式，即进行角色置换，从学生的认识角度提出问题，避免以成人对于问题的理解来代替学生的思维；要打破以往教育常见的那种生硬的、灌输式的标题设计，如“早恋的危害”、“远离聊天室”等，这样的题目不容易接近学生。第二，趣味性、探索性的标题。标题设计要能吸引学生的注意，能拓展想象空间，使学生一看即感觉“有意思”、“这正是我想知道

① 黄人颂．学前教育学参考资料［M］．北京：人民教育出版社，1991：114.

的”，从而产生浓厚的兴趣，调动学生思维的积极性。如果一个标题让学生感到无非是老生常谈，或与自己无多大关系，那么，它是不可能发挥其应有的作用的。

（四）内容选择

教学内容的设计要做到选材适宜，紧扣主题，贴近生活，亲近学生。具体应着重把握以下几点：第一，选择与学生成长有密切关系的或已引起学生普遍关注的内容。青少年学生在成长过程中会遇到许多困惑和难题，如性成熟及其有关性别角色、异性相处、自我定位问题；还有同学相处、师生关系、与父母的代沟问题；更有直接由学习状况引发的关于自我评价、自我期待的可能偏差问题。此外，像网上游戏、交友、聊天、恋爱等新异刺激，青少年学生的整容美容风潮、校园的高消费和攀比之风、离家出走和自杀倾向等现象，都已对青少年的成长构成了极大的不良影响。第二，选择与学生经历有密切联系并符合学生思维水平的内容。在总体内容的设计上，可以心理发展的形式或内容为纵向的“经”（如以自我认识、自我体验、自我调节或生理自我、社会自我、心理自我为“经”），以各年龄段的不同表现或特征为横向的“纬”，来“编制”一张个体心理发展的“全景图”。第三，选择对学生心理品质优化有积极意义和可培养学生乐观进取的内容。应该带给学生积极的影响，使学生对自己的状态和发展有信心，而不是成天担惊受怕，怀疑自己有心理问题；应该使学生提高对生活的满意度和幸福感，对自己在成长过程中所获得的一切关爱和帮助抱有由衷的感恩之情，而不是只会怨天尤人，文过饰非；应该使学生增强自我价值感和自我效能感，悦纳自我、相信自己，敢于负责、勇于创新，而不是自惭形秽，因循守旧，对人生持消极或偏差的态度。

二、学校心理健康教育课程的教学导入

上课伊始，教师的主要任务是激发学生参与活动的积极性，让同学们提高兴趣和有所期待，以便能更好地配合教学。在座位的安排上，可以打破传统的秧田式，采用环形、矩形、马蹄形、梅花形等排列方式。这样的座位方式，可以使同学们能面对面地直接进行交流和沟通，也便

于与老师实现无阻隔的交流与沟通，有助于推动课程的展开。

（一）热身法

在课程开始时，可采用一些唱唱跳跳或听听音乐等方式，来调试原本比较严肃或紧张的气氛，以“激活”学生参与活动的积极性，并使学生注意集中、精神抖擞、调整心态、准备上课。热身活动的内容，一般都与本课的主题有关。热身活动的形式要根据学生的年龄特点来设计。

（二）开门见山法

教师以生动有趣、简洁清晰的话语作一个开场白，一开始就直截了当地引出要讨论的主题，以解除学生的困惑，增强其活动的意识性和目的性。例如，一堂高中生的专题为“天生我才”的心理辅导活动课，教师在一开始上课就说：“你生来就是冠军，一出生你就成功了。在你的人生道路上，你是一步一步走向更大的成功，这就是今天这节课的主题：天生我才。请说说你对成功的理解，你认为什么是成功？”

（三）发问法

通过提出与主题有显性联系或隐性联系的设问导入主题。例如，一堂专题为“思维陷阱”的初中心理辅导课，开始上课时教师即对同学们提问：“什么老鼠用两条腿走路？”学生马上会回答：“米老鼠。”老师接着问：“什么鸭子用两条腿走路？”学生又立刻回答：“唐老鸭。”话音刚落，学生马上就发现了问题，因为所有的鸭子都用两条腿走路。老师就在同学们的笑声中引出了本节课的专题：思维陷阱。

（四）案例法

教师可选择发生在学生身边的事情，可通过教师讲述，或事先用摄像机拍下部分场景，或让学生用小品表演等形式来表达，从而引入专题。

（五）故事法

教师可借助同学们熟悉的或不熟悉的故事，或者播放事前剪辑好的影片片段，看完后提出一些相关的问题，从而引出主题。

（六）自我袒露法

教师通过向学生真诚坦露发生在自己身上的事情以及感受来导入主题。例如，一位小学教师问同学们："你们已经注意到老师今天的情绪不好，想不想知道我的心情为什么不好……这次是我第三次去参加普通话考试了，心里一直很紧张，不知道自己这一次能否通过，心情很不好……有谁能帮助我吗……今天我们的活动主题是'解心结'。你们是否也有与我一样的烦恼和困惑呢？"

此外，如果条件和精力允许，还可以尝试使用引导回忆法、自我测试法、游戏活动法、悬念法、创设情境法等。总之，在心理健康教育课开始阶段，教师应力求营造一种平等、轻松、和谐、愉悦、开放的课堂气氛，让学生从中体验到课程的特点和吸引力，使其带着期待和希望进入角色。

三、学校心理健康教育课程的教学展开

（一）引导为主

在教学过程中，教师应善于引导学生投入角色，投入活动之中，积极参与讨论。教师要注意调整自己的身份（通常是扮演一个较为次要的角色）；要注意自己的站位或坐位（教师要融入学生当中，面向全体学生，与他们"平起平坐"）；要注意自己的语言、语调，要有亲和力、亲切感，用商量、尊重、接纳的态度来引导学生。在学生思考问题前后，教师可以用诸如"你是说……"、"你觉得……"、"你相信……"等话语，引导学生思考并充分表达自己的情感和想法，以促进团体的分享和沟通。教师的作用是促进讨论和对讨论活动进行适当调节，保证讨论不离题、不冷场。教师可用如下语言和方法来引导学生深入讨论："让我们看看，我们正在讨论的……对于某同学刚才提到的想法，你的看法如何呢？""我感到有些同学似乎有不同的看法，能与大家说一说吗？""我觉得，这个观点只注意到了问题的一个方面，谁想到了另一个方面？"……通过这些语言，力求激发学生的思考活动，并使其充分表达自己的思想情感，以促进团体内开放性的沟通。

（二）善于发问

一般来说，心理健康教育课有如下各种方式的发问：导入主题的发问，创设情境后的发问，游戏活动后的发问，角色扮演后的发问，引导学生讨论或思考的发问，出现“冷场”的发问，教学结束后的发问（归纳与延伸），等等。教师的发问在心理健康教育课中的作用很重要，教师不能为了提问而提问，而是要围绕教学目标来设问。通过发问，可以引发学生的思考和讨论，从而提高教学目标的达标度。因而，教师的发问要注意以下要求：

第一，要重在情感（而不是重在认知），慎用“为什么”。教师发问的重点在于引导学生表达自己的感受，并充分考虑和尊重学生的感受，避免伤害和触及隐私。心理课要“让学生向你倾诉衷肠”，“明白感受要比明白真相更重要”，这就要求教师在提问时慎用甚至不用“为什么”。因为，我们知道，当老师提出“为什么”后，学生的回答重点就不在情感上了，而转向了认知和讲道理。

第二，要有针对性，有一定的深度。问题涉及的内容应该符合最近发展区的要求。心理学家维果茨基结合教学活动提出了“最近发展区”的概念。他认为，为了使教学能真正促进学生的发展，至少应该确定儿童的两种发展水平：一种是已经达到的发展水平，表现为儿童能够独立解决智力任务；另一种是儿童可能完成的发展水平，表现为“儿童还不能独立地解决任务，但在成人的帮助下，在集体活动中，通过模仿，能够独立解决这些任务”。在这两个水平之间的区域就是“最近发展区”。维果茨基认为，教学提出任务的要求只有落在最近发展区内，才能有效地推动人的发展。也就是说，教师提出的问题不是学生一下子就能回答的，但经过思考、讨论后能够回答，这就是最近发展区的问题；要避免或尽可能少地问“好不好”、“要不要”、“有没有”之类简单的封闭式问题。同时，提出的问题要符合学生的基础，充分考虑学生的感受程度、接受程度与认知水平；发问内容要来自学生生活中的体验、感受或困惑。

第三，内容要具体、明确、有效。提出的问题要避免空洞说教，一般可选择开放式的提问方法，并且可在问题的前面加上一定的范围，如：“通过这个活动，你想到了什么？”“这个活动，对我们与父母的沟通技巧方面有何启示?”后者的问题就比前者来得具体，表面上看起来这给同学们的感悟加上了限制，而实际上是给了他们引导，使他们找到了方向，又让这种感受分享促进了教学目标的实现。提问要有效，是指所提的问题是同学看到、听到或能感悟到的，是能够引起他们兴趣的。比如，在上“面对异性交往中的困惑……”的专题课，教师要通过事先对同学们的困惑进行收集和整理，总结出几个颇具代表性的问题——“高中生不谈恋爱是不是落伍?”“我觉得我喜欢上了一位女生，我是否要向她表白?”……只有来自同学中的问题才可以引起他们的共鸣，使他们更积极地参与到讨论之中，这样的提问才是有效的。

第四，要注意语言的简洁，语气的亲切委婉。心理健康教育课的引导更多是通过提问和归纳来完成的，教师提问的语言不要多，让人“恍然大悟”即可。而要做到这一点，不仅要求教师有精深的专业知识，还要求教师有深厚的语言功底和严谨、敏锐的思维能力，需要教师学习、再学习，实践、再实践。提问的时候，要让学生感受到教师对他们的信任和期待，感受到教师对他们的关爱和理解，这就特别要注意讲话的神态、语气、表情和肢体语言。

第五，要根据班级、学生的特点选择不同的方式。不同的班级有不同的班风，不同的学生有不同的性格。有的班级氛围活跃，很容易引起讨论，那么，可以直接给他们一些开放性的问题，让他们自由发言、讨论；有的班级比较沉闷，就可以先用封闭式的问题，让同学选择，然后再找到同学之间观念上的分歧，“刺激”他们展开讨论。比如，在讨论中学生恋爱现象时，可以先请比较赞成中学生恋爱的同学发言，再请不太赞成中学生恋爱的同学发言，最后让双方分别阐述理由，引起争议。

（三）及时反馈

反馈就像一面镜子，可以清楚、真实地把学生的情感和想法反映出来，这面镜子也给学生提供了自觉、自动修改自己意见、观点的机会。因而，教师的反馈要注意以下要求：

第一，要注意及时效应。教师要及时正确地把握学生所表达的思想情感，并将其反馈给学生，使学生知道教师和同学是关注他、接纳他、理解他的。同时，也使学生能更好地了解和澄清自己的思想。

第二，要用询问、征求意见的语气。反馈是一种认可，更是一种引导，通过教师询问式的反馈，可以让学生进一步去思考、去分析、去比较、去判断、去选择。例如，在学生交流分享了自己的感受后，教师可以问："×××，你是说……对不对?"也可以请另一个同学来概括前一个同学的想法，等等。

第三，适当运用教师的"自我表露"。在与学生交流分享的过程中，有些感受与领悟可能与教师自身的经历有相似之处，但学生的思考又不够深入，比较肤浅，教师可以用反馈的方式让学生分享自己的亲身经历与感悟，既体现了师生之间真诚平等的交流，又可以启发学生深层次的思考与领悟。教师运用"自我表露"要做到真有其事，不要虚假编造；要适当、适度，不要喧宾夺主。

第四，要注意教师情感投入的"三情"：真情、激情、煽情。心理健康教育课非常注重师生之间的心灵沟通和情感交流，非常强调师生之间的情感表露和沟通分享，这些都集中在一个"真"字和一个"情"字上，因而对于教师来讲，特别要注意真实情感的投入，教师要有真情，而不要虚假；要有激情，而不要无情；要善于煽情，而不要无动于衷。这些就要体现在教师对学生的反馈之中，只有这样，心理健康教育课才有感染力，才有吸引力，才会真正受到学生的欢迎和喜爱。

四、学校心理健康教育课程的教学结束

（一）回顾与反省

师生共同回顾刚进行的活动和讨论，引出最有感受的部分，并提出自己的看法和建议；也可检讨一下刚才活动的过程中，有哪些需要改进的地方。这不但可以培养学生的责任感，而且也可以加强学生对心理健康教育课的参与感，提高学习的积极性。

（二）计划与展望

教师可以引导学生在课后（或今后）对自己进行规划和展望，激发其改变和实践的积极性；也可以让学生对以后的课程内容和方法提出希望和建议。这样做，有助于促进学生对学习的个人意义的发现，让学生在一定程度上参与选择有关的学习活动内容，更体现了心理健康教育

“以人为本”的基本指导思想。

（三）祝福与激励

师生之间、同学之间，可以自制一些小卡片、小礼物互相赠送，也可以通过教师对学生、学生对学生讲一些祝福语等方式，以资鼓励。

第二节　学校心理健康教育课程的教师教学行为

教师是学校心理健康教育过程的重要组成部分，教师的教学行为直接影响着学生的心理品质的发展。教师的教学态度、师生关系等都在教学行为中有直接的表现，对学生的心理健康水平有直接的影响。教师的教学行为不再是单纯的传授知识，而是与学生一起分享、一起成长的过程。教师应充分与学生进行心理沟通，为学生创造民主的交流知识的平台，让学生的主体性发挥出来，从而达到培养师生良好的关系，促进学生积极的心理品质健康发展的目的。

一、教师角色定位恰当

影响心理健康教育课程效果的一个重要因素是教师的角色问题。教师在进行心理辅导活动时，常常会出现教育者和辅导者之间的角色冲突。教师教育者的角色要求他不断地教导学生，多讲道理和规范；辅导者的角色要求他引导、启发学生，帮助学生解决自己的问题。因此，在辅导活动中，教师常常会有意无意地显露教育者的角色。比如，总想代替学生作出决定，而不是让学生去探索；总显得比学生高出一等，而不是平等地与学生讨论问题。教师的角色定位应该体现在教育理念、教育方法和与学生的关系三方面。

（一）树立正确的教育观

第一，树立全面的人才观。人才结构的宝塔式，就要求教师要注重自由发展，兼顾全面提高，发展学生个性。现代教育的中心目标，是按照素质教育的要求“开发”人的智力，千方百计地培养适应时代发展要求的创新人才。因此，必然强调用教育教学工作促进学生个性自由发展，教师在教育教学工作中，要有全面的观点，既教知识又培养能力，既解决理论问题又解决实际问题，既增长学生知识，又培养其积极情感，完善心理，既要求学生掌握现代的知识，又要鼓励学生有所创新突破，促进学生身心全面发展。

第二，树立正确的教育观。时代在发展，社会在进步，作为教师应适应这种发展和进步的要求，在实践中更新教育观念，掌握教学规律，树立科学的育人思想，用科学的教育思想教学和育人。正确的教育质量观念，是要在品德上追求卓越，情感上注重关怀，意志上培养坚强，个性上不断以完美作为引导学生健康发展的起点，带动他们在智能、态度、体格、学识和经验等方面全面提高。

第三，树立现代的效益观。教师应具有前瞻与效益意识，应以最少的时间，最低的成本获得最大的教育效果。这就要求教师一方面要明确教学目标，熟悉教学大纲和教材；另一方面要优化课堂教学管理，科学地组织教学活动，以利于“教会学生学习”，培养学生自主学习、独立学习的能力，使学生养成喜欢读书、善于理解、敢于质疑的习惯，同时培养其科学表达的能力。教师要深入学生之中，了解学生，这是教育学理论与实践的交接点。要善于从个性特征方面教育引导学生，把培养学生的健康个性作为自己的信条，切实改进自己的教学方法。如果不了解学生，即使掌握了教育理论和方法也无济于事。

第四，树立科学的质量观。作为面向未来的事业，教育应促使学生“为明天而学习”，不能把分数与学生的质量和能力对等，要树立科学综合素质质量观。因此，教师应建立以过程管理为基础的教育模式。依据教学目标、学生的实际情况、教学内容，及时调整教和学，充分重视对教学过程的评价，注重利用课堂管理和积极的情感因素促进知识的传授和智力的发展。

（二）辅导方法使用合理

心理健康教育课程与其他课程一样，有着共同的教学方法，如讲授法、谈话法、讨论法、演示法、实验法、参观法等。但心理健康教育课程又有别于其他学科课程，它重在活动，重在学生参与，通过师生共同活动，达到优化学生心理素质的目的。这就决定了心理健康辅导方法要注重启发和引导。如前所说，教师要把注意力放在“导”字上，而不是“教”字上；要启发、引导学生自己解决问题，而不是教师解决学生问题。有位教师总结出一种“引导鼓励—积极活动”的方法，值得借鉴：引导就是教师通过启发、暗示和创设情境，使学生发现问题，产生活动兴趣，寻找解决问题的途径和方法。鼓励就是教师表达自己对学生的欣赏和肯定，并以此来营造集体气氛，吸引学生积极参与活动。“积极活动”包括下列几种含义：每个学生都要投入辅导活动；在活动中，努力做到直率表达自己的想法和情感；积极参与角色扮演和小品表演，努力理解、体验角色；认真倾听和观察别人的活动。这种辅导方法能促进全班同学相互交流、分享感受。同学们普遍反映：心理辅导活动课气氛宽松，没有心理压力，可以毫无顾虑地吐露自己的心声，我们真正成了课堂的主人。

（三）关系到位

心理健康教育课程的显著特点是教育者要调动学生的情感力量，尊重、信任和理解学生，与学生架起心灵的桥梁进行交流。因此，心理健康教育课程要求教师要转变角色，扮演好多种角色，如好朋友、合作者、心理专家、团体领导者等角色，而不是扮演居高临下的训导者角色，让自己成为活动中的一员而不是活动的指挥者，与学生建立尊重、真诚、理解的关系。

技巧性倾听。有关心理方面的问题，其实质性的东西，往往需要经过一段比较复杂的摸索过程才能把握，所以心理老师应注意把自己与通常的教师角色区别开来，做一个有效的倾听者，把自己也当作团体中的普通一员，专心聆听他人的表述。心理老师最基本的素质之一就是愿听和会听。善于运用的聆听技术，不仅用耳去听，还要用心去听，真正听懂学生的话、学生的故事，听出言外之意、弦外之音，才能在倾听学生心声的过程中获得学生的信任、获得真实全面的信息，在此基础上进行有效的教育引导。同时，倾听不应该只是消极被动的听。老师在听学生发言的同时，要积极地传达信号鼓励学生表达，并通过适当的提问和总结，来帮助学生澄清问题，这些也表明老师是在真正富于理解地倾听。

移情性理解。除了认真倾听，还要仔细观察成员的行为，全身心地投入团体活动，接受团体成员的一言一行，成为团体成员的知心朋友。

移情性理解也称同感、通情，即感同身受、设身处地地去感受学生的内心世界，深刻地了解其思想行为的动机。尊重、理解、同感、接纳会使学生体验到自身的价值，感受到自尊心受到爱护，从而强化学生剖析自我、改变自我的勇气。

二、教师行为改进

（一）内容的选择

在确定心理健康教育课程目的的基础上，要分析具体的教学任务，选择相应的课程内容来实现目标。课程内容是课程目标的具体化与载体。正确地选择课程内容对实现心理健康教育课程的目标具有十分重要的意义。从学校教育的角度看，课程内容应涉及学生成长发展的各个主要领域。具体表现为以下几方面内容：

第一，学习辅导。学习辅导主要是针对学生在学习活动中存在的各种心理问题开展的辅导活动，是学校心理健康教育课程教学的主要内容之一，包括学习动机、学习态度、学习习惯、学习策略、学习方法、学习兴趣、自我监控意识、考试能力等。

第二，生活辅导。生活辅导几乎包括了学生日常生活中的各个领域的内容，但核心是学生对社会生活的适应。具体内容包括生活适应、人际适应、挫折适应、青春期问题等。

第三，生涯辅导。生涯辅导是指在人一生中的重大转折关头，为人们提供指导帮助的专业性辅导。在学校里，为学生提供的生涯辅导，集中体现在帮助学生顺利完成升学和就业任务的辅导。一般涉及升学选择、专业选择、就业准备和职业适应性指导等内容。

从当前国内外心理健康教育的实践情况来看，在选择心理健康教育内容时，有三种错误倾向值得注意。一是将心理健康教育内容萎缩化，把心理健康教育课程等同于心理卫生课程，侧重于有关心理困扰或心理障碍的防治知识的传授，忽视了优化受教育者的心理素质和受教育者的心理潜能，本末倒置；二是将心理健康教育内容扩大化，把一些与具体学科相关的心理品质内容也放在心理健康教育专门课程的内容之中，忽视了心理健康课程自身的主要目标，芝麻西瓜一起抓，顾此失彼；三是心理健康教育课程内容的编排采取直线式，把心理健康教育课程内容按照学生的年龄阶段，人为地进行“纵向”排列，忽视了心理健康教育课程的内容编排结构不宜采用直线式，而以圆周式、螺旋式上升为宜。

心理健康教育活动方案忌讳思路繁杂，表现为“贪大求全，面面俱到”，想在一堂课解决许许多多问题；而考虑得太细太多往往又会滞留于肤浅，失之于繁琐。因此，教师要根据活动的专题，依据教学的目标选择相应的内容，内容要为目标服务，并不是越多越好，而是要精心选择能体现目标、符合学生实际的内容，必要时要“忍痛割爱”。

（二）活动的设计

设计哪些活动，如何组织活动，要围绕活动的目标进行。活动既不是越热闹越好，也不是越多越好，关键在于设计有一定内涵、能引起学生思考的活动，活动的安排要多样、新颖，才能引起学生的注意，激发学生参与的积极性。活动的过程还要注意学生活动面要大，不能只让比较活跃的学生“独领风骚”，而冷落了那些腼腆、害羞的学生。

（三）形式的采用

心理健康教育课程有的教学内容比较严肃、枯燥、抽象，如果只靠一支笔、一张嘴，是很难调动和激发学生的学习积极性、主动性的；适当地运用不同教学手段，将音乐、录音等听觉材料和漫画、图片等视觉材料穿插于课堂教学之中，创设一定的视听情境，就可以为心理课程增添不少生机和便利，增强教学的吸引力和感染力，提高教育实效。但是，手段和方法的使用一定要服从于课程目标的需要，不要只是为了变换一下花样。如果只考虑形式和手段的新鲜花哨，就很可能会导致舍本求末。事实证明，在条件简陋的学校，如果教师吃透了课程理念和课程目标，活动设计又比较贴近学生实际，那么，即使未能采用现代化教学手段，也同样可以开展出效果较好的心理健康活动课。因此，在具体实施过程中，教师要考虑形式的灵活多变，只有这样才能激发学生的参与热情。例如，有的老师引导学生讨论思考问题，但未注意形式的灵活，从头至尾就是让学生小组讨论、大组交流，这种形式反复出现了多次，学生产生了厌烦的情绪，对讨论也就不积极投入，仅是走过场而已，大大影响了辅导课的效果。

第七章　学校心理健康教育课程的教学策略

心理健康教育课程的教学策略，不同于一般的教学原则和教学规律，它更具有可操作性以及实用性，它主要解决了教师如何教的问题，对教师搞好教学工作有十分重要的指导作用。目前，心理健康教育课程的教学个别化倾向十分明显，每位教师对同一课题的教学策略差异很大，有的教师提倡活动游戏，有的教师讲究思维训练，还有的教师采用满堂灌，这就可能造成教学内容的传授有多有少，甚至有偏差。作为一名教师，我们对如何搞好教学工作，思考得不够深入，研究得不够具体，往往给学生留下了一种印象：心理健康教育课程的教学不太讲究方法。其实，心理健康教育课程的教学规范性决定了它必须强调教学策略。只有教学策略的不断建立与完善，才能使心理健康教育课程的教学科学化，才能改变心理健康教育课程的教学瓶颈，保证心理健康教育课程的主体地位。

第一节　学校心理健康教育课程教学策略的内涵

教学策略是关于有效地解决教学问题的方法、技术的操作原则与程序的知识。它主要包括三个方面的内容：一是解决教学问题的方法、技术，二是这些方法技术的操作，三是操作中的要求和有目的、有计划的操作程序①。通俗地说，教学策略就是对完成特定的教学目标而采用的教学活动的程序、方法、形式和媒体等因素的总体考虑。学校心理健康

---

① 黄高庆，申继亮，辛涛．关于教学策略的思考［J］．教育研究，1998（11）：50－54.

教育课程的教学策略也是为实现教学目标而制定的，付诸教学过程实施的整体方案。

一、学校心理健康教育课程教学策略的含义

（一）教学策略的概念界定

教学策略是近年来我国教育领域研究的热点问题。教学策略包括教师的教学策略（教的策略）和学生的学习策略（学的策略）。教学策略的概念起源于美国。20 世纪 60 年代，美国宣布以布鲁纳为代表的结构主义课程改革实验失败后，美国的课程改革出现了暂时的真空。相应的，人们对教育的重视程度日益增强，出现了很多教育改革的浪潮，教育改革的特点也在不断发生变化，从以往的宏观改革发展成为微观领域的学校内部整体改革，从零散的改革方案发展成为系统的结构重建。在此期间，有人发现教师的教学策略会直接影响到教学效果。教师不仅仅是教学任务的执行者，也是教学决策者。产生有效教学的关键不是一些固定的方法和技术，而是教师头脑中内隐着的认知框架，是教师在教学过程中的认知过程。教师在教学过程中面临许多复杂多变的情景，如何理解这些情景并作出相应的教学决策，对教学过程起着主要的作用。有效的教学要求教师在动态的复杂的教学过程中作出有效的决策。教学策略正是在这样一种形势下提出来的。

首先提出教学策略概念的是史密斯。1976 年，他提出了以经验为基础的两种教学策略，即内容限制性策略和非内容限制性策略。前者注重师生与教学内容的关系，后者则强调师生之间的关系。史密斯认为，在教学过程中，这两种教学策略都十分重要。加涅认为，教师取得成效上的差别反映着他们管理和指导策略上的差别，他以大量的实证研究成果，极有说服力地证明，教学策略指导教师如何改进自己的教学，指导学生如何改进自己的学习，以达到最佳效益。教学策略对教学效果、对学生的学习有重要意义①。加涅在研究中，虽然提出了“什么是教学策

① ［美］加涅．教学设计原理［M］．王小明，译．上海：华东师范大学出版社，2007：89－92.

略”的问题，但并没有直接给予回答，他在1985年还提出了“管理策略”和“指导策略”。相继地有许多研究者对教学策略发表了自己的看法。

20世纪90年代，教学策略被引入我国。我国学者在介绍、研究、推广教学策略的同时，力图为教学策略界定一个明确的概念，并在教学论中给予一定的位置。教学策略既不能等同于一般的教学原则、模式，也不能等同于一般的教学方法，更不是具体的教学活动或教学行为。

（二）教学策略、教学原则、教学模式、教学方法的关系

教学原则作为教学工作的要求、规则和规范性原理，是属于“怎么做”的理论。它处于理论和实践的中间地位。它是根据教学过程的理论和规律，来发挥规范性的职能，从而指导教学实践，即运用“是什么”的原理来达到具体指导“怎么做”的目的。因而教学原则可以说是教学理论原理和方法原理的中介。教学原则是在一定教学思想指导下进行教学活动应遵循的基本准则，具有抽象性和难以操作的特点。同时它又是教师在选择和使用教学策略、教学模式、教学方法时所必须遵循的指针。可见教学原则是比教学策略更为上位的概念，是教学策略的制定依据。

教学模式是在一定的教学思想和教学理论的指导下建立起来的，在教学过程中必须遵循的比较稳定的教学程序及其方法的策略体系。具体的教学模式一般包括理论依据、教学目标、操作程序和操作策略四部分①。一个好的教学模式能将比较抽象的理论化为具体的策略，能对教学实践起到良好的指导作用。教学模式的重要性在于它是教学理论与实践之间的桥梁和纽带。教育理论、教育思想、教育观念等宏观思想在教师的思想体系中往往以个别化了的教学原则的形式体现，它直接决定着教学模式的选择，影响着教学过程。然而，教学模式虽然确定了教学程序，但真正要想使教学活动进行下去还必须采用针对具体教学情境的具

① 刘克兰．现代教学论［M］．重庆：西南师范大学出版社，1993：180.

体教学行为，采取具体的教学方法，选择合适的教学手段。这些活动的进行是非教学模式所能毕其功于一役的，而这部分任务便由教学策略来承担。可见教学策略在教学模式与教学方法之间起到了过渡的作用。同时我们应看到教学模式是一种比较定型的教学范式，一经确定，就相对稳定；教学策略则具有比较灵活的调控功能，随对象、目标的变化而调整变动，更具变通性、灵活性，内涵也更丰富。此外，对于不同教学模式的选择也需要一定的教学策略，实际上有效的教学策略常需打破教学模式的束缚，根据教学活动的具体情况不断补充、调整。

在教学过程中，师生相互交往、共同活动，为实现教学目标而采取的方式、手段和途径，就是教学方法。例如，中小学教学中常用的讲授法、谈话法、讨论法、演示法、实验法等就属于具体的教学方法。教学方法具有工具性、双边性、可选择性、整体性、发展性等特征。教学方法的使用还具有情景性，有一定的适用条件。一种方法在这种情景下适用，换一个情景就未必适用；一个教师用起来效果好，换一个教师就未必可行；对此种教学内容可行，而对彼种教学内容就不一定好用；对这个班级适用，换一个班级可能就不适用。教师能否对教学方法灵活恰当地选择和使用是决定其教学效果的重要因素。但对教学方法的选择、安排、调整绝非教学方法自身所能完成的，我们认为教学策略的作用之一就是选择、监督、调控教学方法及其执行过程，使教学方法更好地服务于教学目标。显然这一过程中教师头脑中的原有经验、系统化的知识将是主要的依据，起到决定性作用。应该明确一点，在这里教学方法还包括教学手段和教学组织形式等。

至此，我们明确了教学策略与教学原则、教学模式和教学方法之间的关系，我们可以用图 7－1 表示。

教学策略的实质是以教学目标为指向，以一系列有关教师与学生的状态、特征等实际教学情境为条件，从而实现对教学过程的设计、执行、评价及调控反思。教学策略大致包括三方面：一是在教学活动前，根据教学目的设定的教学总体方案；二是教学活动中，根据实际教学情境进行的调整和改善；三是在所有教学过程中对教学策略的自我监控。

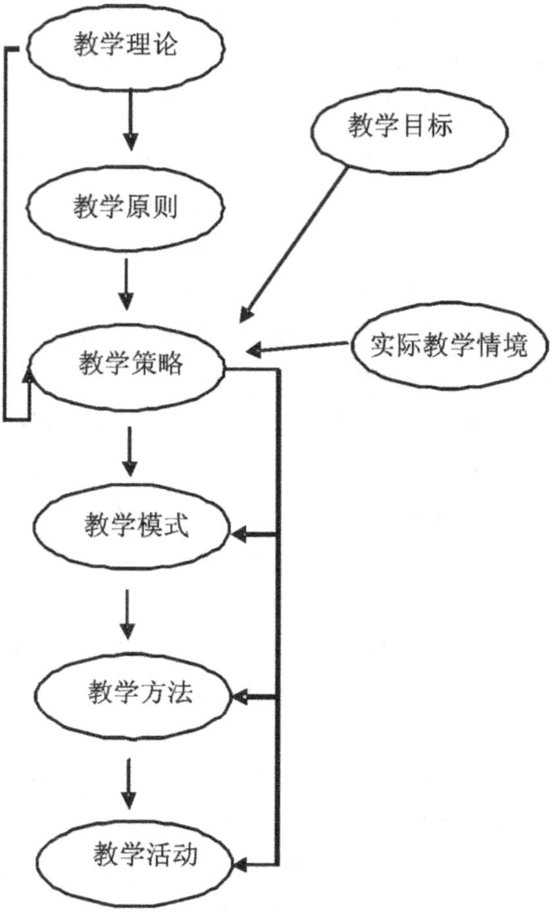

图 7－1　教学策略、教学原则、教学模式、教学方法的关系图

（三）教学策略的结构

心理健康教育课程的教学是一个可控制的开放系统，这个系统中的可操作部分包括教学方法、程序、组织形式、媒介等要素。心理健康教育课程教学策略的结构，一般应包含教学思想、教学目标、实施程序、操作技术。

教学思想是一个很宽泛的概念，它是一种纯思维的东西，无法直接操作，学生观、学习观等均属于教学思想的范畴。在实际教学过程中，教学思想具有支配教学行为的功能。任何一种教学策略的背后都有一定的教学思想作支持。在心理健康教育课程教学策略的制定和实施过程中，教师拥有不同的教学思想，就会形成与之对应的教学策略。

教学策略总是指向一定的教学目标，为完成一定的教学任务而创立的。但教学策略和教学目标又不是一对一的关系，一种教学策略可以有多种目标，其中又有主次之分。主要目标是区分不同策略的特点，也是使用教学策略的重要依据。在确立心理健康教育课程的教学目标时，教师除了要考虑学生的身心发展特点与规律外，还要顾及他们在适应社会过程中可能出现的问题。学生在适应社会过程中所出现的问题是个人自身发展与特定社会变化交互作用的产物。这种交互作用因为发展而具有动态性。因此，教学目标一定要充分考虑所处时代的特点以及学生自身发展的特点，以促进学生健康心理的不断发展为目标，为学生的可持续发展奠定良好的基础。

实施程序是指教学策略按时间展开逻辑活动步骤以及每一步骤的主要做法等，它指出教师在采取一定的教学策略时先做什么、后做什么、再做什么。例如，课堂小组合作教学策略的实施程序是：合作设计→目标呈现→集体讲授→小组合作活动→测验→反馈与补救。当然，实施程序只能是基本的和相对稳定的，有一定的前后顺序，但没有定式，可以随着教学条件的变化以及教学的进程及时调整和交换。

操作技术是指教师应用教学策略的方法和技巧。要保证教学策略的实施有效和可靠，就必须提出一套明确易行的行为技术和操作要领：①教师方面，包括教师在教学策略中的角色、作用或对教师的要求；②教学内容方面，包括教学策略的依据及教师对教学内容的处理；③教学手段方面，除平常教学所需的教学手段外，还包括应用本策略所需的特殊教学手段；④使用范围方面，包括本策略适用课程性质、问题性质或年级层次等。以上几个因素相互联系，相互制约，缺一不可，完整地构成一定心理健康教育课程的教学策略。

二、学校心理健康教育课程教学策略的特点

（一）指向性

教师制定一个教学策略，就必须充分考虑到教学目标、教学内容、

教学活动以及整个教学过程，使每一个环节的工作都能做到位，对可能产生的问题要有所应对，从而保证教学的流畅性，最终实现预期的教学效果。

教学策略的选择和运用，都是为教学目标服务的，是以教学过程中问题的解决为目标指向的。教师在教学问题解决过程中首先要针对教学问题建立问题空间，不仅要明确学生的知识水平、动机水平、问题的难度、教师的能力水平、教学的进度要求等已知条件，同时还要明确教学问题解决之后所要达到的教学目标。在条件和目标确定之后教师便要调用头脑中的程序性知识来建立算子解决问题，可见在教学问题的解决过程中目标导向是不可缺少的，这也是教学策略不同于其他教学成分的特点之一。

教学策略的选择和运用，都是从具体的教学内容出发的。在教学策略制定前，我们首先要选择合理、科学的教学内容。教学内容的选择是一个系统工程，要综合考虑各方面的因素。从宏观上讲，学生、社会、学科是影响心理健康教育课程内容选择的基本要素。具体地说，三大要素中的许多次级要素的组合共同构成了教学内容选择的依据。在“学生”要素中，个人的需要、兴趣、动机、认知水平等影响内容的选择；在“社会”要素中，现代社会的变革，社会转型，科技发展，社会、学校、家庭的互动等影响内容的选择；在“学科”要素中，心理健康教育课程的实践发展及心理健康教育课程的学科建设也是影响内容选择的依据之一。心理健康教育课程教学内容的选择主要有三种方式：由心理结构衍生的心理健康教育内容、由学生成长发展的人生课题衍生的心理健康教育内容，以及二者综合的教育内容。

心理健康教育课程不以传授系统的知识为主，而以学生获得体验为主，这就决定了心理健康教育课程是一门活动课程。心理健康教育课就是要通过设计一系列活动来体现教学内容，以学生亲历的活动来保证教学内容的实施。我们衡量一堂心理健康教育课上得好不好，主要看它的活动设计是否质量高。因此，心理健康教育课程教学策略的选择和运用，还要从具体的活动设计出发，为活动的正常开展提供全面、必要的保障。

教学策略的选择和运用要具有一定的宏观性，即它必须考虑到整个教学过程，为整个教学过程的顺利进行提供指导。心理健康教育课程的教学过程是一个动态的开放过程。其开放性表现在以下三方面：一是师生的自我开放。学生开放自己的心灵和各种感官，自由地想，自由地做，真诚地进行心灵的沟通与交流。教师无条件积极关注和接纳学生，同时向学生开放自己的心灵，以心换心。二是活动方式的开放。活动方式、途径灵活多样，可以小组和个人为单位来进行活动，可采用情景法、角色扮演法、讨论法等方法综合开展活动。三是教学目标和教学内容的开放性。教学目标是以学生综合素质的发展为目的，促进学生整体心理素质的优化。教学内容涉及多门学科、多种活动，问题没有现成固定的答案，允许学生有不同的想法。

（二）层次性

教学具有不同的层次，不同的教学层次就有不同的达到教学目标的手段和方法，也就有不同的教学策略。教学对象的层次性在于，不仅年龄不同，而且人的认知结构也是按照层次加以不断学习、建构的。我们在面对教学对象时，要充分考虑到教学策略的层次性。

课堂大致分为三个阶段：导入阶段、探究阶段及结束阶段。每个阶段占用的教学时间不同，任务内容不同，重要性程度也不同，但是每个阶段的顺利实施都必须要有教学策略的指导。因此，教学策略在整个课堂教学过程中具有明显的层次性，即它在课堂教学的不同阶段发挥着有区别的作用。

人的心理成长既有静态的一面，也有动态的一面，人生不同阶段的心理年龄特征都是动态演进的。夸美纽斯曾用春、夏、秋、冬说明人生发展不同时期的特点及其应受的教育，如其所言：六岁的孩子像“将要发出蓓蕾的嫩苗”，十二岁就像“有了枝丫与蓓蕾的幼树”，十八岁就像“长满了花朵的树木”，二十四岁就像“一株结了果实的树木”，相应地就有了小学、初中、高中、大学等适应不同年龄段的教育形式。夸美纽斯以动态的方式隐约表达了学龄期不同阶段的人生发展课题及相应的教育要求。作为教师，我们在进行心理健康教育时，一定要强调教学对象的层次性，对不同教学对象的教育要施以不同的教学策略，保证教学策略对教学对象的可用性和适用性。

教学对象的层次性决定了教学策略是一种动态选择，它关注心理健康教育内容的发展性、连续性和适切性。心理发展在不同的年龄段体现出不同的特征，这是由不同时期所面对的人生课题决定的。一方面，人的心理发展是以整体连续的方式表现出来的，心理健康教育教学策略也应注重整体连续性；另一方面，不同阶段的发展又具有独特性，埃里克森、皮亚杰、柯尔伯格的理论都揭示了这样的特点，这就要求心理健康教育教学策略具有适切性，能准确反映不同年龄段学生心理发展的特点与需求，真正促进心理品质的发展和不同阶段心理的平衡过渡。

现代认知心理学向我们揭示了人的认知结构是具有一定层次性的。激活扩散模型是认知心理学中一个极受重视的理论。按照激活扩散模型理论的观点，概念是以语义联系或语义相似性组织起来的，当一个概念被加工或受到刺激时，在该概念的结点就会产生激活，激活该结点的各个连线，同时向四周扩散，逐渐减弱。一个概念受到加工的时间越长，释放激活的时间也越长。概念之间的联系既有不同的紧密程度，又有不同的强度。信息的提取机制中包含搜索过程以及决策过程①。

（三）操作性

教学策略的作用不在于在抽象的层面上对教学活动提出基本要求，制定基本准则，那是教学原则的任务。教学策略适用的意义也不在于为教学活动设定时空维度上的框架，这由教学模式来解决。教学策略的根本任务在于解决具体教学情境中的各种问题。如针对怎样使学生头脑中的认知结构与新知识更好地相互作用，人们提出了“先行组织者策略”；针对某些概念抽象难懂，人们提出了“形意结合”的教学策略及“概念的形成与同化相结合”的教学策略；等等。这就要求教学策略必须具有可操作性的特点，真正成为完成教学任务的“工具”。

没有可操作性的教学策略是没有任何实际价值的。任何教学策略都针对教学目标中的具体要求，具备与之相对应的方法技术及拟定环节与环节前后衔接的实施程序，并且可以转化为教师的外部动作，最终通过

---

① 王甦，汪安圣．认知心理学［M］．北京：北京大学出版社．2006：118－121.

外部动作来达到教学目标。如针对一部分学生书写潦草的不良学习习惯，使用行为矫正策略，以使其书写工整，改掉不良习惯。首先向学生指出这是一种不良习惯，接着说明书写工整的益处和书写潦草的害处，再接下来是进行书写指导，最后是宣布较为具体的练习要求和检查要求。其中书写指导、练习要求，对策略运用者来说，都是已经设计好的且很具体的东西。

（四）调控性

有效的教学需要有可供选择的策略来达到不同的教学目标，而且需要不断予以相应的监控、调节和创新。教学策略的调控性特点，也就是指实际运用教学策略时，教师的思维要有灵活性，要随教学问题情境的不断变化而变化。

教学策略要根据不同的教学目标和任务，并参照学生的初始状态，选择最适宜的教学内容、教学媒体、教学组织形式、教学方法，并将其组合起来，保证教学过程的有效进行，以便实现特定的教学目标，完成特定的教学任务。教学情境的复杂性、教学策略的多样性以及教师能力的差异性决定着教学问题的解决并非只有唯一的途径，而是因地、因时、因人灵活地选择教学策略。同时教学策略也没有唯一固定的范式，它可以因情境的变化而变化。在教学中“随机应变”已构成了教学艺术的一个重要因素，可见灵活地使用教学策略是课堂教学的关键之一。而要做到教学策略的灵活运用，教师必须对各种教学情境有充分的了解，对各种教学策略了如指掌，对自身教学能力水平及其优缺点有全面客观的认识。

三、学校心理健康教育课程教学策略的类型

（一）教学准备策略

心理健康教育课程不同于一般的文化课，教学主要体现的是学生心理活动的轨迹。因此，教师应创造一种融洽、和谐的氛围，让学生积极参与教学活动，真诚沟通，说出自己的心里话。教师的教学准备内容主要包括：确定教学目标，选择教学内容，设计教学活动，收集相关资料（如案例等）支撑教学，指导学生做好必要准备（如小品表演、歌曲舞

蹈、道具奖品等)。教师在教学之前的周密设计和充分准备是取得教学成功的根本保证，也是教师良好教学态度的真实体现。

心理健康教育课程教学目标的表述应该符合以下要求：第一，教学目标表述的应是学生学习后所产生的心理和行为上的变化；第二，教学目标应尽可能表述得具体，有心理描述和行为上的表现；第三，教学目标的表述应反映学习结果的类型和层次。

精选教学内容是一个相当重要的工作。在构建和选择学校心理健康教育的内容时，我们不但要遵循教学内容选择的六条一般标准，即科学性、基础性、发展性、可接受性、时代性和多功能性，同时，还必须围绕心理健康教育以适应和发展两个基本目标为主线和以本节课所要达到的具体的心理和行为目标为准绳进行综合安排。所谓“综合安排”，主要考虑三个方面：一是根据个体心理发展的阶段性和连续性，结合总体和局部建构心理健康教育的内容体系；二是以生理、心理、社会性发展的水平、特点为出发点，针对学生学习、生活、交往和成长中普遍存在或可能出现的心理问题，进行各有侧重的教育，安排教学内容；三是照顾个别学生的特殊情况并结合课题研究，有针对性地安排教学内容。

心理健康教育的内容由八个基本部分有机构成，即适应学习、适应生活、适应人际交往、适应社会规范、发展智力、发展个性、发展社会性和发展创造性。这八个方面的内容既体现总目标要求，又分别反映两个基本目标的要求，同时力求目标内彼此衔接，目标之间上下连续，形成一个有机的内容体系，促成内容之间的协调整合。

（二）课堂教学策略

我们所熟悉的课堂教学策略一般都是以教师控制任务为中心的教学策略，如讲课策略、示范策略、问答策略和讨论策略。教师采取权威式或家长式的姿态，而学生具有较低的自由度。在心理健康教育课程中，除上述策略外，我们还提倡采用以项目为中心的个别或合作教学策略，如角色扮演策略、游戏策略、测验策略和灵活学习策略。教师采取参与者或旁观者的姿态，而学生具有较高的自由度。然而，把“控制权”交给学生并不表示教师职责的放弃，也不表示教师不再需要仔细地安排教学活动。教师仍然要时时刻刻为学生的实践及心理安全负责。

教师需要选择适合教学内容的，而且是他认为对学生最有效的教学策略。最重要的是要不断调整教学策略以保持学生的学习兴趣。其规律是，与以教师控制任务为中心的使学生变得不够积极的教学策略相比，以项目为中心的个别或合作教学策略，可以使学生的参与性与积极性达到更高的水平。但重要的是应记住教学策略是没有对错之分的。

第二节　学校心理健康教育课程教学策略的选择

每种教学策略都有自己的特点、独特的性能、适用的范围和条件，但没有一种教学策略是万能的，适用于一切范围和条件。因此，选择教学策略应全面、综合地考虑到教学任务、教学目标、教学内容、学生特点、教师特点、教学环境和条件诸多因素，对多种教学策略进行有效组合应用。

一、学校心理健康教育课程教学策略的选择原则

教学策略的选择要综合考虑好教学的具体目标、教学内容的特点、学生的实际情况、教师本身的素养以及教学时间和效率的要求。

（一）依据教学的具体目标

如果你感觉教学目标还是一个比较抽象的概念，那么教学的具体目标就应该是一个非常明确的内容。教学的具体目标，简单的理解就是教师这节课希望传授给学生的基本知识、核心内容以及操作技能。教学的具体目标不是单一的，也不是空洞的，教师一般会把具体目标再分解为三个方面：认知目标、情感目标和阶段目标。有了这三方面教学目标的清晰界定，教师就对整个教学过程的指向性非常明了，也便于教学评价时有据可依。

1. 认知目标的策略选择

（1）挖掘心理潜能的认知目标：认识人区别于动物的各种潜能，人的心理潜能的发挥与人的价值实现之间的关系；理解人的潜能是不能自行实现的，需要经过适当的开发；能对自己的心理潜能进行分析与评价。

（2）发展心理能力的认知目标：了解人的心理过程及其个性心理的基本现象；对人的一般心理能力有基本的认识；对自己的心理能力有基本的理解。

（3）塑造健全人格的认知目标：了解各种人格特质对自我发展的积极面与消极面；认识人格塑造对自我发展的意义；对周围人的人格特质能加以识别与评价。

（4）促进良好适应的认知目标：了解自我的身心特点；了解自我在不同情境中的角色及相应的角色规范；了解家庭、学校、社会与自然之间的互动关系及其对个体心理适应的要求。

（5）提高自我修养的认知目标：理解自我、自我意识、自我心理修养的基本内涵；认识自我心理修养在自我发展中的地位和价值；区别自我修养与自我中心的本质差异；客观地认识与评价自我。

（6）维护心理健康的认知目标：认识心理健康在人的身心健康中的地位；了解心理健康的一些基本要求；对自我心理健康状况有正确的认识；对健康与不健康的心理能做正确的区别与评价。

以上六个方面的认知目标都是有层次性的，里面包含了简单的认知目标，也有比较复杂的认知目标。在进行教学时，我们可以结合教学内容的特点、学生的实际情况、教师本身的素养以及教学时间和效率的要求等，充分借鉴以上六个方面的认知目标，使认知目标的策略选择水到渠成。

2. 情感目标的策略选择

（1）挖掘心理潜能的情感目标：在认知基础上认可、欣赏自己的心理潜能；以积极的心向面对自己的心理潜能开发。

（2）发展心理能力的情感目标：对自己的心理能力状态持接纳的态度；发挥情感能力、意志力、道德力等心理能力的增力作用；以开敞的胸怀实现心理能力的发展。

（3）塑造健全人格的情感目标：对高尚的人格特质怀有崇敬之情；对卑劣的人格特质持有蔑视态度；积极、自觉地追求自我人格的完善。

（4）促进良好适应的情感目标：在个人生活、家庭生活、学校生活、社会生活中保持积极进取、乐观向上的心态；认同自身的角色位置；悦纳他人的长处。

（5）提高自我修养的情感目标：勇于自助、乐于助人；以自主但不自专、自尊但不自满、自信但不自傲的态度对待自己；自主克服负性的情绪、情感体验。

（6）维护心理健康的情感目标：保持积极、乐观的心态，有幸福感；能调节情绪的波动，保持心理平和；以积极、开放的态度吸纳心理保健的信息，做到身心愉悦。

以上六个方面的情感目标也是有层次性的，里面包含了简单的情感目标以及比较复杂的情感目标。在进行教学时，我们可以结合教学内容的特点、学生的实际情况、教师本身的素养以及教学时间和效率的要求等，充分借鉴以上六个方面的情感目标，合理地选择教学策略。

3. 阶段目标的策略选择

（1）挖掘心理潜能的阶段目标：主动配合心理健康教育对心理潜能开发的行动；自觉筹划自我心理潜能的开发。

（2）发展心理能力的阶段目标：积极寻求机遇发展各种心理能力；主动创设条件发展心理能力；通过系统多样的心理健康教育活动使各种心理能力得到发展。

（3）塑造健全人格的阶段目标：优良的人格特质不断强化、张扬；不良的人格特质不断弱化、矫正；对欠缺的人格特质加以补充、发展；在动态中促进人格的不断完善。

（4）促进良好适应的阶段目标：主动适应各种社会关系、人际关系的变化；在社会生活中能自尊、自爱、自立、自强；掌握悦纳自我、控制与提高自我的技能；掌握悦纳他人、改善人际关系的技能。

（5）提高自我修养的阶段目标：在日常行为中能积极加强自我心理修养；掌握提高自我心理修养的有关方法、技巧；在实践中逐步提高自我评价、自我体验、自我控制等方面的自我教育能力。

（6）维护心理健康的阶段目标：能优化心理环境，避免负面的心理刺激和超负荷的心理压力；积极面对生活挫折，学会消解挫折所带来的心理压力；及时发现并科学地矫治已存在的心理问题，自觉维护心理健康。

以上六个方面的阶段目标也是有层次性的，里面包含了简单的阶段目标以及比较复杂的阶段目标。在进行教学时，我们可以结合教学内容的特点、学生的实际情况、教师本身的素养以及教学时间和效率的要求等，充分借鉴以上六个方面的阶段目标，灵活地选择教学策略。

（二）依据教学内容的特点

心理健康教育课程不同于一般课程之处，就在于心理健康教育课程的教学内容分为两个方面，即认知内容和情感体验，心理健康教育课程更看重后者。因此，依据教学内容的特点，我们把教学策略的选择也分为认知内容的策略选择和情感体验的策略选择。

1. 认知内容的策略选择

认知内容就是需要学生去记忆、去掌握的知识。我们在进行实际教学时，认知内容的安排是很有讲究的。对于有些教学内容，教师比较强调学生的认知学习。如记忆力的培养，教师会告诉学生记忆的基本规律、大脑需要的营养成分以及记忆的窍门等，这些内容不仅需要学生进行情感体验，更重要的是需要学生记住这些知识，才能在生活中得以应用。对于有些教学内容，教师可以在情感体验的基础上进行必要的认知教育。如什么是注意，因为注意是一个比较抽象，也很枯燥的概念，如果教师仅仅向学生讲授注意的话，学生会感到很乏味。教师一般都是通过设计游戏来向学生展示注意在生活中的体现和应用等，这是学生的情感体验。如果仅此而已，学生对注意的认识仍然是很肤浅的。此时，教师就可以向学生讲授注意的几个品质、吸引注意的途径以及抗注意干扰的方法等。这样，在情感体验之后进行必要的认知学习，将使学生对教学内容的掌握更加全面和有效。

2. 情感体验的策略选择

以情感体验为核心的心理健康教育，是与当代的教育思潮相适应的。因为人类教育曾经有重视情感体验的传统，无论是东方的儒家文化（如孔子带领弟子们周游列国）还是西方的人文精神（如家长带领孩子参观动物园、博物馆和艺术馆）都具有这种特点，然而，由于近代工业革命的兴起，科学技术的快速发展以及知识“大爆炸”，学生们所要面对的知识库变得越来越浩瀚无边，要想成为一个不被时代淘汰的人，需要学习的领域不仅要宽，更要有所深入。人们越来越认识到，唯理智的工具教育使教育的情感体验层面日渐衰微，致使教育日益显露出与人的生命意义以及存在价值相背离的现实，教育改革的目标就是让情感体验回归教育。

（三）依据学生的实际情况

由于受遗传、环境、教育以及其他各种因素的影响，学生的心理健康水平存在明显的差异，这种差异不仅表现在各种心理因素上，还表现在年龄特征上。因为心理健康教育课程是面向全体学生的，所以心理健康教育课程教学策略的选择也应当根据不同年级学生的心理需要，实事求是地列举一些贴近学生学习、生活的典型事例，遵循学生的生活逻辑和心理逻辑，做到循序渐进，设置分阶段的具体教育内容，这是保证学校心理健康教育效果的前提。例如，进行人际关系的心理健康教育时，面对不同年级的学生，所传授的知识内容，所列举的教育实例都应该有所不同，所设计的教育活动也应该有所差别。

1. 小学生的教学策略选择

小学生的教学策略选择要注意以下六个方面：

（1）强化教师心理素质，营造心理健康的氛围。因为小学生具有较强的向师性，所以我们首先就要提高教师的心理素质，要求教师始终处于积极乐观、平和稳定、健康的状态，以旺盛的精力、丰富的情感、健康的情绪投入教学工作中去。

（2）引发学生激情，引起教学共鸣。由于小学生年龄小，注意力不稳定、不持久，在教学时教师要创设各种情境，引起他们的兴趣和注意，使教学内容贯彻其中，让学生在轻松的环境中领悟心理健康知识的内涵。

（3）明确游戏规则，以纪保学。心理健康教育课程的活动开展必须以学生遵守纪律和规则为基础。小学生自律性不强，不懂得主动遵守纪律和规则，在很大程度上会影响活动的有效开展。为此，师生在教学前必须明确游戏规则，经过集体商定，对不守规则的同学给予一些约束，保障教学有质有量地完成。

（4）坚持核心原则，以点带面。一课一得，即每节课的设计就围绕一个主题。在有效的40分钟时间内坚持一条主线，让学生在一次次的活动中体验，在体验中感悟，在感悟中成长。讨论环节，让学生有感而发，娓娓道来。

（5）建立平等的师生关系，架设师生心灵沟通桥梁。小学生的思想单纯，活泼好动，好奇心强。教师要自然地走进学生的心灵，从热爱、关心、理解学生的立场出发，融入学生之中，通过平等的思想交流、愉悦的情感交流，使学生感受到教师的关爱和期望。

（6）正面引导，启发鼓励。教师要坚持启发、诱导为主，以理服人，以情动人；坚持鼓励、表扬为主，对学生多提希望和建议。

2. 初中生的教学策略选择

初中生的教学策略选择要注意以下四个方面：

（1）学习心理健康教育。学习是学生的主要任务，学生在学习过程中会出现许多心理问题，妨碍他们的学习，因此，有必要对学生进行学习心理指导。学习心理健康教育包括：智力健康教育，学习方法与学习习惯教育，考试心理的调适，学习动机与学习兴趣的教育，等等。

（2）健康情感教育。情感学习是初中生的一种非常重要的学习。情感与一般疾病关系密切，更是心理疾病的重要诱因。健康情感教育包括：培养学生丰富多彩的生活情趣，形成稳定平衡的心境；了解感情活动产生、发展、形成、表达的规律，初步培养健康的高尚情感；学习并掌握“制怒”的方法，培养幽默感；等等。

（3）人际适应教育。积极有效的交往是学生良好心理素质形成的基础和源泉。人际适应教育包括：形成良好的自我意识，愉悦地接纳自己；形成学生的博爱意识与行为；教会学生正确地待人接物、为人处世；打扮得体、举止文雅；学习各种社交技能。

（4）青春心理健康教育。初中时期，是学生青春发育的重要时期，性生理现象的产生，性心理的萌发并逐渐趋向成熟，为初中生增添了无数的烦恼与困扰。青春心理健康教育包括：性心理健康教育，性道德心理健康教育，性审美心理健康教育。

3. 高中生的教学策略选择

高中生的教学策略选择要注意以下四个方面：

（1）坚强意志教育。意志对学生的成长乃至一生的发展都有非常重要的意义。意志力薄弱的人，耐挫力差，缺少明确的行动目标，做事虎头蛇尾、见异思迁；意志力强的人，能够直面困难，迎难而上，有清晰的人生目标和远大的人生理想。坚强意志教育包括：培养学生良好的意志品质，创设一定教育情境，培养学生的耐挫能力，等等。

（2）健全人格教育。高中生正处于个性陶冶、塑造、形成的重要时期。健全人格教育包括：认识自己的气质类型与性格倾向；培养良好的性格，建立科学的人生观与价值观；学会心理的自我调适。

（3）反应适度教育。人的行为反应，无论敏捷与迟缓，都有一个适度的问题。反应适度教育包括：正确对待现实；认识挫折的双重性以及合理宣泄；增强学生的自制力；提供多种情境，提高学生的社会适应能力；树立积极的人生态度，乐观向上，锐意进取。

（4）升学与择业心理健康教育。升学志愿与职业的选择是学生生活中的一件大事。社会的现实需要、家长的殷切期望、教师的诸种想法与学生自己总是不能完全“合拍”，因此，升学与择业常常引起学生心理上的困惑、冲突。升学与择业心理健康教育包括：升学考试前后的心理健康教育，升学与职业选择指导，职业心理准备教育。

（四）依据教师本身的素养

根据中学心理健康课的特点，结合实际可以试行一种课堂结构，它可以概括为“引入话题—创设情景—展开讨论—树立样板—联系自我—反馈矫正—总结深化”这样七个环节。

（1）引入话题（前提）：方式是多种多样的。可以利用同学的来信，教师咨询时接触到的同学们关心的话题，或者是教师发现的同学们生活中经常遇到的生活现象。

（2）创设情景（依据）：可以利用小表演、投影、录像等现代化的教学手段来实现。

（3）展开讨论（基础）：通常教师提出问题，再让学生分组讨论，引导学生自己得出结论。

（4）树立样板（重点）：在讨论的过程中，同学们必然希望听到老师关于这些问题的看法，因此，教师在学生讨论的基础上，提出自己的观点，从正面来引导学生的行为方向。

（5）联系自我（手段）：学生在学习中，如果不将所学内容与自身的实际情况相联系，就不能形成深刻的印象。因此，在树立样板后，教师通常要求学生结合实际来分析他们自身的情况，形成自己对这一问题的正确认识，并将此过程作为一个最重要的环节。

（6）反馈矫正（目的）：通过讨论，联系自我，学生会暴露出一些没有很好解决的问题，教师要对这些问题作出及时的反应，为他们提供有利于其心理调整的反馈信息。

（7）总结深化（核心）：将所学知识进一步地提高，以名言警句的方式将课堂中所涉及的浅显道理从理论上提高，以期从理论的高度去指导实践，最终转变为学生的行为和能力。当然，以上七个环节并不是一成不变的，具体实施中也可以作灵活的调整，根据备课情况有所侧重。

（五）依据教学时间和效率的要求

心理辅导往往需要较长的时间，因为个体原有认知结构的解构、新认知模式的生成与建构需要经历一个逐步积累、从量变到质变的过程，需要时间，也需要不断强化。然而，目前许多学校用安排学科课程的模式来设置心理辅导活动课，每次只是一节课时间，难以安排较充分的体验活动；即使安排一些体验活动，也常常是学生刚刚热身，或刚进入高潮，下课时间就到了，转变与生成的过程往往无法完成，致使学生转变与提升的效果很有限。其实，形式是为内容服务的，时间安排是为目标和效果服务的。从提高心理健康教育实效性的角度看，可以考虑把课时相对集中起来，一学期安排几天（也可放在假期）或若干个一天或半天进行团体心理辅导活动；也可以先进行一个数天的营地辅导，然后再安排每周或隔周一次的后续辅导。总之，团体心理辅导的时间和形式应以完成若干心理辅导过程并确保实现某一心理辅导目标来确定，而不是一成不变地按学科课程模式来安排。这样，团体心理辅导活动就会更加符合人的心理活动规律，更加真实、自然，也更加有效。

二、学校心理健康教育课程教学策略的选择方法

（一）优化物理环境

第一，在环境设计上要精心考虑，课堂选在温馨的室内或幽雅的室外均可。结合每次活动的实际需要，可以把学生座位调整为“扇面形”、“圆形”、“三角形”、“对半形”或由多个小圆形组成的“花瓣形”等，这有利于学生的沟通和传达感情。第二，选择合适的音乐，让学生伴随着音乐步入教室，营造一种愉快和谐的气氛，使学生保持良好的情绪状态。第三，在黑板上精心设计配画的板书，吸引学生的注意力，调动其兴趣。第四，课前安排不同的热身活动，如“刮大风”、“心理体操”等，激发学生的兴趣和热情。第五，精心设计活动尾声。如在“相亲相爱一家人”主题活动结束时，同学可以一边做着手语操一边唱歌，还可以根据不同的活动主题给学生留下思考、留下余味、留下快乐、留下期盼等①。

教学的组织形式体现着课程理念，也规定了教室空间的安排，而教室的空间安排又直接影响、制约着教学活动的进程和效果。传统的学科教学以接受学习为主，教室里摆放固定的桌椅和秧田式的座位。在这样的教室里，无法开展游戏活动，学生没有身体的活动、位置的变化，难以热身，也难以体验；不是面对面的座位安排，使生生互动的讨论也缺乏一种氛围。课堂环境应简洁、明快、安静，有充足的光线。如果是分组讨论，就按组摆桌子，各组同学围坐在一起；如果是全班集体讨论，最好是围成圆桌；如果有角色表演等活动，最好围成半圆，空出场地。这样的课堂环境设置，实际包含着新型师生关系观念的确立，体现了心理健康教育课的特点。

（二）优化心理环境

重视新课导入环节的教学，力求收到“热身”和“点醒”之功效。在新课导入形式上，教师应尽量避免使用简单化或陈述式的言语导入形

① 冯亚莉，肖遥．浅谈如何提高心理健康教育课教学效［J］．吉林农业科技学院学报，2007，16（3）：61－62.

式，而应多借助案例评析、故事轶闻、心理测评、角色扮演和游戏等新异的导入形式，把学生吸引到当前的训练课题上，起到“热身”作用。从功能上看，新课导入不能仅仅起到“闹台”作用，教师更应借助适宜的导入形式，让学生知晓自己某方面心理素质的优长和缺失，激发他们参与训练的积极性，起到“点醒”的作用。

正如开展体育运动需要进行身体预备活动一样，在实施心理辅导时也需要做一定的暖身活动。心理辅导是一种心灵与心灵的沟通，要达到其辅导目标，必须营造安全、开放、轻松的气氛，让学生进入一种放松、舒心的情绪状态。只有在良好的气氛与情绪状态下，学生才能积极投入到辅导活动中来，开放心灵，并在活动中获取成长的经验。因此，有效的暖身活动对于保证辅导活动的顺利进行和取得成功是十分必要的。暖身活动的形式很多，大肢体的运动是一种常用的技术，因为身体的放松会减少情绪上的紧张与焦虑。

课前暖身活动有多种形式，如身体放松运动、拍掌活动（即学生随口令由慢渐快地拍掌）、礼节操（即让学生面对面，微笑注视对方，点头问好，握手问候和拥抱拍肩）等，其目的都是使学生减少紧张焦虑，进入放松的情绪状态。

（三）问题呈现策略

任何一种活动都是在一定问题导引下进行的，问题总是在特定状态下产生的，从这一意义上讲，问题本身即构成一种情境，根据认知心理学的观点，问题是给定信息与目标状态之间主体需要加以超越的一种情境。心理健康教育活动中，一定的问题情境是不可缺少的，但心理健康教育的性质决定了这种问题情境不是停留在单纯的认知意义上，而是涵盖知、情、意、行等多重意义上的问题情境，心理健康教育活动中问题情境的呈现也常常是综合的，需要活动者理解、体验、反思等。在同一问题情境中，主体的反映也常常是各不相同的，它与现行学科教学中“求同”的认知情境截然不同，即心理健康教育活动中问题情境的导向并没有统一的答案，也不求统一的答案，旨在通过情境促进活动者的认知、体验及心理的建构。

1. 言语呈现法

故事联想式。教师在活动开始或活动中，利用学生喜欢听故事的心理，引入故事，同时通过学生的观念联想活动，训练学生的想象力、创造力，训练学生表达内心的感受和经验。

讨论澄清式。该方式针对当前学生关心的敏感性问题、热点问题、争论性问题展开专题讨论或辩论，主要指以言语向学生呈现、说明问题，启发学生正确认识自我，激发学生自我成长的愿望和学习的动机。以言语方式呈现问题可以采用讲故事、提问等口头言语呈现方式，也可以通过心理测验等书面操作让学生发现自己存在的心理问题或心理障碍。

2. 声像呈现法

该方法是指教师运用视觉和听觉媒体帮助学生发现问题。利用录像、录音、电影等多媒体手段，真实地再现某些生活场景，让学生或感受环境之优美，或感受人物之心态起伏。青少年学生的思维虽然以抽象思维为主，但还离不开感性材料的支撑。多媒体辅助教学以其特有的声像呈现，可以使学生各种感官得到延伸，把学生的感官所难以感觉到和不可能感觉到的事物、现象、事件直观、形象地再现给他们，拓展学生认识心理世界的时空广度，同时声像呈现还可改变心理问题的抽象、概括化层次，适应学生的认识发展水平，便于学生接受。在对青少年学生进行的问卷调查中，当问及对改进目前心理健康教育教学的建议时，许多同学都提出要多用多媒体辅助教学，可见这是一种学生喜闻乐见的问题呈现方式。

利用声像呈现问题时，可以有两种呈现方式：一是直接呈现，即直接呈现一个案例或短剧引起学生的心理认同，发现其中人物所具有的与自己相同的心理问题或障碍。二是诱发心理问题，即通过声像材料创设情境诱发学生已存在的心理问题，引导学生对之进行剖析，分析成因，探索解决途径。

3. 表演呈现法

根据活动需要，让学生扮演活动中某一人物角色，按角色需要思考、行动，体验该人物角色的思想、心理，模仿好的一面或更清楚地认识到其不恰当的思维方式，进而增进自我认识，减轻或消除心理问题，发展良好的心理品质。活动方式有：

（1）哑剧表演。辅导教师提一个主题或一个场景，要求学生不用语言而用表情、动作表演出来。

（2）空椅子表演。由一个人表演。将两张椅子相对摆放，学生先坐在其中一张椅子上，另一张椅子空着，但假设坐着另一个人，让该生先表演彼此之间曾经发生过的对话，或心中所想的话，然后坐到对面去，扮演对方的角色以对方的立场说话，如此重复多次，增进学生对对方的了解，改善与对方的交往。

（3）角色互换。与前者相似，但参与的人可以是两个以上。比如，辅导教师让一个学生扮演失败者，一个学生扮演帮助者。两人对话一段时间后，互换椅子或角色。

（4）双重扮演。两个学生，一个是有问题的学生，一个是助理演员。有问题的学生表现什么，助理演员就重复表现什么，这样表现、重复事实，帮助问题学生清楚认识自己。

这是心理健康教育课所特有的问题呈现策略。即由学生扮演或模仿一些角色，重演部分场景，以角色的身份，充分暴露自己或角色的人格、情感、人际关系、内心冲突等心理问题供全班同学认识和讨论。这种活动由学生自己亲身参与体验，学生在其中更能发现自身存在的问题，是一种富有实效的策略。

（四）问题解决策略

心理健康教育课的实施过程中，可以运用认知探究策略、体验内化策略实现学生认知和情感等心理品质的内化，运用行为训练策略将形成的心理品质外化为稳定的行为习惯。

（1）头脑风暴法。头脑风暴法要求把一个组的全体成员都组织在一起，使每个成员都毫无顾忌地发表自己的观念，既不怕别人的讥讽，也不怕别人的批评和指责，使每个人都能提出大量新观念、创造性地解决问题。头脑风暴法以这样一种方式释放人的智能以至于人们不再轻易地接受普通和常规的思维定势。头脑风暴法实践的规则是：要求学生说出他们的想法，越快越好；要求学生不能对其他同学无论积极还是消极的想法做任何评价。通过对系列问题的主动积极的思考，学生既找到了解决问题的方法，也在这个过程中通过自己的领悟将解决问题的过程内化为自己的认知策略。

（2）案例研究法。案例研究法旨在帮助学生从对一个特定的片断或情景的集中剖析中发展认识与理解。运用案例研究法的关键是研究主题要经过慎重的选择，要保证所选定的案例确实代表着一个普遍的问题或情况。很显然，如果所选的案例不是普遍问题，学生学习后所产生的体验将来就不可能熟练迁移到真实的生活世界中去。相反，如果案例选择得谨慎得当，就能很好地激发学生的兴趣。许多学生都感觉到从一个案例中认识某些特征或情景比单纯从课本或教师的生硬解说中了解要容易得多。在调查中，学生也纷纷建议教师在上课时多举实例，尤其是发生在自己身边的事。但教师所举案例如果来自学生，就必须坚持心理素质教育中的保密性原则，注意修改某些特征性的细节，以保护当事人的个人隐私。

（3）讨论法。讨论是心理健康教育课的一种常用的教学策略，尽管有些教师感到比较难控制，他们认为课堂讨论需要的准备时间较长，而且本来安排 10～15 分钟的讨论时间，结果学生们讨论 2～3 分钟就没兴趣了。出现这些问题的主要原因是教师缺乏运用讨论法的具体策略。讨论法的基本策略有两方面：一是教师对讨论的介入策略，二是教师对讨论的组织策略。通过讨论，学生能更深入地对自己和他人的心理问题进行思考，并积极地探索解决心理问题、克服心理障碍的方法，在此过程中，也能将学习过程内化为自己应对心理问题的认知策略。

第八章　学校心理健康教育课程实施的原则和技术

心理健康教育课程是一门以班级心理辅导活动课为主要方式，以学校适应、自我认识、自我调控、学习技能、人际交往、合作意识、自我生涯规划等为主要学习内容，致力于提高学生的心理素质、充分开发他们的潜能、促进人格健全发展的专门课程。良好的心理素质是学生全面发展和终身发展的重要基础。心理健康教育应该而且能够为造就现代社会所需要的具备良好心理素质的新一代人才发挥重要作用。因此，心理健康教育课程必须引起足够的重视，应该采用适合学生心理发展水平的辅导方式进行，操作实施过程中应当遵循一定的原则和技术，使心理健康教育课程能真正为学生成长和发展服务。

第一节　学校心理健康教育课程实施的原则

青少年学生正处于身心发展的重要时期，随着社会政治、经济体制改革的不断深化和社会价值取向的多元化，竞争压力的增大以及青少年个体心智模式的变更，某些心理问题也日渐凸显。有效开展心理健康教育既是青少年学生健康成长的需要，也是现代教育的必然要求，是社会发展对人才素质要求的迫切需求。心理健康教育课程是以发展和提高学生的心理品质为目标的，开设这门课程，必须从心理健康教育的根本目的出发，遵循学生的身心发展规律，反映心理健康教育的基本要求，重在引导，保证心理健康教育的实践性与实效性。因此，在课程设计与实施过程中就要科学地遵循以下几项基本操作原则：

一、面向全体学生，关注个别差异

（一）全体性

首先，全体性原则是指心理健康教育课程要面向全校所有学生。全体学生都是心理健康教育的对象和参与者。以班级为单位的集体教学方式，需要教师针对不同年龄层次、不同心理发展水平的学生，设计相关的教学内容，有目的、有计划、有组织地对全体学生的心理健康施加影响。与个别咨询相比，心理健康教育重在预防和发展，且能让更多的学生受益。

其次，在教学内容的设计上，心理健康教育课程必须着眼于全体学生的发展，以绝大多数学生的共同需要和共性问题为出发点。因此，教育者就要多留心观察，注意了解相关信息和学生心理特点，把握所有学生的共同需要以及普遍存在的心理健康问题；设计课程内容时也应当全面，注意涵盖学生生活和学习的各个方面。所有工作的出发点都要有利于促进全体学生的发展和成长，以提高绝大多数直至全体学生的心理素质和心理机能为最终目标。

最后，心理健康教育课程以全体学生参与活动为载体，以学生自身体验、感受和领悟为中介。因此，活动的设计和实施过程要面向全体学生，鼓励每一位学生的积极参与，避免出现仅一部分活跃学生唱主角，另一部分同学受冷落的情况。教师必须由衷地接纳班级中的每一位学生，倾听他们的心声，关注他们的反应，对学生一视同仁，组织活动时也可以努力地创造条件，最大限度地让尽可能多的学生参与所有活动，引导学生自我体验和发展。

（二）差异性

差异性原则是指心理健康教育课程要关注和重视学生的个别差异，根据学生心理发展特点和身心发展规律，因材施教，有的放矢，开展形式多样、针对性强的心理健康教育活动，以提高学生的心理健康水平。

人是有差异的，青少年学生也不例外，他们具有自己的个性特点，拥有不同的社会背景、家庭环境、生活经验和价值观念。心理健康教育不是要消除这些特点与差异，相反是要使学生的差异性、独特性最合适而完美地展示出来。因此，教师在心理健康教育课程的实施操作过程中，首先要了解学生的个别差异，如年龄差异、性别差异、学习差异、思想差异和心理差异等；其次是可以根据不同学生的不同特点和需要灵活采用不同方法、手段和技术，充分考虑学生的年龄特征和个性特征等具体运用心理健康教育的原理和方法；最后就是认真做好个案研究，积累资料，总结提炼，增强个别教育的实效。

心理健康教育课程的差异性原则与全体性原则并不矛盾，这实际上是一个“点面结合”的理念。心理健康教育的目的是使每个学生的人格都得到健康发展。在面向全体学生进行全面教育的前提下，教师还需要时刻把握“因材施教”这一古老的教育原则，关注个别差异，针对个别学生在学习、生活中产生的心理问题进行教育和疏导，让学生的共性健康发展的同时，又要使其个性得到充分施展，从而实现共性与个性的统一。

（三）针对性

针对性原则是指根据学生生理、心理发展特点，针对学生实际生活的需要等，恰当合理地运用有关心理健康教育理论和技术手段。这实际上就是由全体性原则和差异性原则“点面结合”延伸而来，即心理健康教育课程的目标、对象、技术和方法等必须明确适宜。

心理健康教育作为实施素质教育的重要内涵，源于学生心理发展的需要，是一项科学性、实践性极强的工作，这就要求教育工作者必须以化解学生心理问题为重点，以提高心理素质为目标，以激发心理潜能为方向，突出针对性和实效性。

二、整体设计目标，重视学生发展

（一）整体性

整体性原则是指在心理健康教育课程实施过程中，教师要运用系统的观点进行教学设计和操作，注意学生心理活动的有机联系和全面性。

首先，树立学生全面发展的观点，课程教学活动时刻要关注学生人格的完整和身心素质的全面提高，重视知、情、意、行几方面协调发展，防止片面性。其次，对学生心理问题的分析，要从整体、全局、多方面的角度进行，把内外因，主客观，家庭、社会、学校和个人诸因素综合起来全面考察和系统分析。从系统的观点出发，心理健康教育的对象是完整的活生生的人，而人的心理也是一个有机整体。因此，学校心理健康教育应从个体心理的完整性和统一性，个体身心因素与外部环境的制约性、协调性等综合因素出发，全面把握和分析学生心理问题的成因，并采用相应的教育与辅导对策。这样，心理健康教育课程才更有成效和意义。另外，对学生心理问题的教育与辅导可采用综合模式，不局限于某一种方法和技术，可根据具体情况来选用，充分体现课程实施操作的整体性、灵活性和开放性。

（二）发展性

发展性原则是指在心理健康教育课程实施过程中，教师要运用动态的观点引导和帮助学生发展个性，完善自我。心理健康教育课程不同于个别心理辅导或咨询，其服务对象是全体正常的学生，其教学目标是预防和发展。心理健康教育课程侧重于学生心理潜能的开发、心理品质的培养，既要帮助学生解决成长过程中遇到的各种发展性问题，又要帮助学生形成正确的自我观和良好的人际适应，完善自我，促进全体学生的心理在原有基础上得到可持续的、全面的健康发展。

教师应当注意关注学生发展中存在的各种问题，如学校适应问题、自我认识问题、学习策略问题、人际关系处理问题、异性交往问题、生涯规划问题等。在课程教学过程中，一方面实施的途径、方法和策略应具有弹性，富有灵活性、权变性；另一方面，必须科学评估和客观分析学生的心理问题。青少年的身心正处在高速的发展变化之中，心理问题也是动态呈现的，若教师把握心理健康的标准不一、评估方式不同，可能导致学生心理问题的不同评价结果，而以此作为心理健康教育的依据显然有局限性，甚至是不合理的，还有可能导致学生心理问题的扩大化。企图用统一的模式约束不同学生的心理发展，或解决不同学生的心理问题，不仅徒劳无益，且极易产生负面效应。只有用动态发展的眼光看待和评析学生的心理问题，并以预防为主，着眼于学生的健康发展，才能科学有效地开展心理健康教育。

（三）激发性

激发性原则是指在心理健康教育课程实施过程中，教师通过启示、鼓励、引导或是创设一系列的情境和氛围，逐步激发学生的热情和兴趣，增强自信心，激发学生的自尊和潜能，发展创造力，充分调动学生的主动性和积极性。

教学过程中，教师所说的每一句话、做的每一件事、表现出来的每一种态度都会对学生产生极大的影响。心理健康教育工作者更需要注意自己在课堂上的一举一动、一言一行，要真诚地接纳每一个学生，通过激励的语言和行为使课堂气氛充满热情和关爱，帮助学生建立一种被接纳感和归属感，体验成功的快乐，获得进步的动力。教师要通过正面诱导鼓励学生积极参与活动，勇于敞开心扉，以便建立良好的师生关系和更真实地了解学生心理，给予及时有效的疏导；同时要善于抓住学生的闪光点，肯定他们的表现，适时适度地进行表扬，帮助他们形成相信自己、重视自己、接纳自己的自我印象。

三、强调活动过程，倡导体验分享

（一）活动参与性

活动参与性原则是指心理健康教育课程不是纯知识传授，而是通过创设活动情境，调动学生参与活动，将知识融于丰富的可操作性活动中，促进主体将内外活动协调整合，进而形成健全的心理素质。

心理健康教育中的活动有外部的行为实践活动，它表现为人的行为系列和行为模型；还有内部的心智操作活动，即对自己的认知，对一些心理和行为情境的体验与反思，对一些心理事件和心理现象的领悟，等等。如游戏、情境扮演、绘画、想象、小组讨论、演讲、辩论赛等。丰富多彩、形式多样的活动是心理素质形成和发展的条件，学生主动参与，在活动中体验领悟，是心理健康教育成功实施的前提，也是心理健康教育课程有别于其他学科教学的主要特征。

心理健康教育课程的重点在于提供给学生直接经验，而不是仅仅呈现教材、学习理论知识。它是以灵活、多样、开放性的活动为轴心且由师生一起参与互动的过程。因此，教师在课程具体操作时，要面向全体学生，根据不同学生的个性差异设计师生互动、生生互动的活动形式，引导每位学生积极主动地参与课堂活动的全过程，让学生在全身心投入的同时获取对生活的间接经验，促进学生对生活的体验和感悟，在参与中、在亲身体验中获得成长与发展。在活动设计实施与参与互动的过程中，教师尤其要注意顾及全体学生，让每一个学生参与活动的机会均等，这样才能调动所有学生的积极性，同时对学生的参与给予及时积极的回应和反馈，注意营造轻松、愉悦、主动、活泼的课堂氛围，与学生一同参与一同成长。

（二）过程开放性

过程开放性原则是指心理健康教育课程重在学生活动的过程及过程体验、思维启发上，把握、优化活动过程是课程成败和学生心理品质优化的关键。

在心理健康教育课程中，教师应以过程性评价为主，注重培养和激发学生参与的积极性和自信心，注重学生自我认识、自我调适等能力的发展，注重过程的价值，一切要有利于促进学生心理健康的发展。心理健康教育课程不能以任何测验或考试作为最终的评价手段，而应当以学生参与活动的积极性与主动性作为主要评判标准之一，不要拘泥于结果，做到：有“问卷”，无“试卷”；有“测验”，无“竞技”；有“答案”，无“对错”；有“结果”，无“分数”。总之，要有别于其他学科以考试分数来评价学生的方式，让每一个学生都能在课堂中得到各种各样的心理体验，在活动实施和分享交流的过程中有所感悟和成长。

青少年学生的心理发展具有开放性的特点，教材在课程中只起导引或例子的作用，教师应当重悟性的启迪、思维方法的引导和情感的健康导向。整体活动设计，结构上不拘泥于线条结构，而表现为模块交互、线索清晰，围绕主题逐步推进，活动问题的答案也具有不唯一性，使每个学生都有话可说，敢于说出自己的想法和观点，勇于自我表现。

（三）情境体验性

情境体验性原则是指教师注意在心理课堂上创设互动式情境，以激活或唤醒学生心理活动，诱发行动愿望，使其在学生与教师之间、学生与学生之间、学生与家长之间相互作用而构成的心理环境中得到培养和锻炼。在心理健康教育课程中，活动只是一个载体，重要的是让学生在教师的引领下，通过参与、合作、感知、体验等方式，在相互反馈和分享的过程中促进自我觉察和成长。

互动式情境的创设是心理健康教育的主要特色，以学生情感的激发、起伏、变化、发展为核心，关注学生的情感体验和共鸣，注重同感等技术的运用，这样有效地避免了课程内容的概念化、单一性。情境具有移情与感染的作用，创设模拟情境或利用真实的活动情境，能够引导学生参与活动，领悟主题，在活动中达到入境入情。各种形式的情境能够以自然、直观、形象等特点吸引学生感受事物，获得体验。通过设置问题情境，还可以诱发学生的好奇心与求知欲，激发认知矛盾与冲突，学会解决问题的方法，领悟事物或人生真谛。

（四）团体动力性

团体动力性原则是指心理健康教育课程的主体不是单个的学生，而是作为团体的整个班级，因此，教师应特别重视利用团体气氛来调动学生参与活动的热情，鼓励学生相互分享和反馈，教师自身也应当重视掌握和提高团体领导的技巧。

青少年学生本身就有团体生活的倾向。在学校里，学生常会组成小团体，三五成群，一起学习、游戏，面临共同的成长课题，拥有类似的困扰。他们在和同伴交往的过程中，较为容易对朋友吐露心中的烦恼，也常常可以得到来自朋友的支持和帮助，获得安全感，同时他们也很在意同伴对自己的评价和态度，也容易受到朋友的影响。

在心理健康教育课程中，人际沟通是多向的和多角度的，容易在观念上达成共识，情感上形成共鸣，形成相似的态度倾向，因此，能够形成一种极具感染力的团体动力场。每个学生身处其中，或受到了启发，或得到了安慰，或宣泄了消极情绪，减轻了心理压力。在充满信任的良好团体氛围中，通过班级团体成员彼此之间的支持和鼓励，成员之间的示范、模仿、训练等方法，学生能够学会从多个角度洞察自己，增加对自己和他人的认同感，激发潜能。学生之间可以建立起一种较为亲近的人际关系，形成互助自助的风气，而团体中的言行也可以使他们增强信心，并将这些言行迁移到团体之外的日常生活中。

四、以学生为主体、教师为主导，建立良好师生关系

（一）学生主体性

学生主体性原则是指心理健康教育课程要把学生作为认识和发展的主体，在学习目标、学习内容、学习方式的设计与选择上都要以学生为出发点和归宿点，激发学生自我心理发展的自觉性和积极性，充分发挥其能动性，把教师的科学教育与辅导和学生的积极主动参与有机地结合起来。通俗地说，就是要在课堂中鼓励学生“唱主角”。

心理健康教育课程的基本功能在于促进学生成长和发展，使其能够做到生活自理、行为自律、评价自省、情绪自控和心境自悦，而成长和发展从根本上说是一种自觉和主动的过程。学生素质的形成是认知经验、道德规范和技能技巧的心理内化的过程，其过程必须依赖于主体自身的主观能动性和自我教育，依赖于主体自身与外界环境之间的交互作用。如果学生不通过主体的践行，没有主动意识的调节，任何外在的教育举措都会成为一种强制性行为，变得毫无意义。因此，学生的主体意识发挥程度如何，直接影响心理健康教育的成效。

学生的主体性主要表现在独立性、主动性和创造性上。在心理健康教育课程的教学过程中，教师要从学生的实际状况和需要出发，以学生现实生活和存在的问题为基准，这样心理健康教育课程才能唤起学生的兴趣，成为学生自觉的需求。尽可能地增加学生的自主活动，让学生能够多说、多想、多做；在活动目标的确立、设计及实施中均可由学生参与；还可以采用游戏、角色扮演、小组讨论等方法，创设生动形象、潜移默化的情境和氛围，吸引学生的注意力，激发学生学习的兴趣，调动他们参与活动的积极性；同时也可以采用鼓励的口吻和非言语动作，如点头、拍肩、赞许的目光等，强化学生成功的体验，增强信心，引导学生自我体验、自我启发、自我指导和自我完善，促使学生自知、自觉、自助。教师发现学生的心理困惑后注意引导和点拨，对疑难点进行解释，起到协助作用，促使其自悟，提高认知水平，从而自信、自主、自立地处理问题；不能采取强制手段，也不应替代学生解决他们自身存在

的问题，而要让学生学会通过不断参与各种训练和活动，来自我培养、自我优化各种心理素质。

（二）教师主导性

教师主导性原则是指教师在教学活动中始终把自己看做是心理健康教育课程的主持者和教学方向的引导者，为学生的终身发展服务。

心理健康教育课程的性质决定了教师要充当学生朋友的角色。教师需要对学生进行积极的引导，以平等的身份参与学生的交流，而不是扮演居高临下的领导角色。首先，教师是课程活动的设计者和组织者，要全面了解学生，根据学生的心理需要，设计好自己的教学思路，组织好自己的教学步骤，这样才能有计划、有序、有效地对学生进行教学与辅导。其次，在实际操作过程中，教师要将预先设计的教学活动内容通过自己良好的语言艺术和肢体动作，调动起学生的参与热情，让学生的心理融合到所创设的环境氛围中，并且关注课堂的气氛和学生的反馈，注意引导话题和活动方向，及时适当地给予学生激励、肯定与协助，逐步推进活动的开展与深入，在学生良好的心理体验中达到课程目标。最后，教师在课堂活动结束后还要做好分析与评估，引导学生进行反思与成长。

因此，心理健康教育课程对教师的个人能力提出了较高的要求。一方面，教师必须熟练掌握有关教育理论、教育过程和教育活动的规律，具有较高的心理学专业水平，同时又要与时俱进，不断学习提高，关注当前的热点问题、社会现象，拥有广博的知识体系，不断用新知识来充实自己的头脑、用新观念来指导自己的行动。另一方面，教师想教好学生就要全面深入地了解学生，掌握学生心理活动的特点，洞察学生的内心世界，体会学生的心理需求。另外，局面的应变能力和控制能力、人际的敏感性和影响力、健康的人格特征、积极的人生态度、适度的幽默感，都是非常重要的。

（三）师生和谐性

师生和谐性原则是指进行心理健康教育课的教学，应建立平等、尊重、理解的师生关系，真诚相处，接纳认可。

学生和教师是学校教育中最基本的两大要素，师生之间的关系直接影响到教育教学效果和学校培养目标的实现，关系到学生的心理健康和全面发展。与传统的学科教学不同，心理健康教育课程中的师生关系是平等、双向、互动的。教师要时刻把学生放在与自己完全平等的位置，用自己的爱和尊重去打开学生的心扉、获取学生的信任。真诚是教师与学生建立信赖关系的基础，也只有师生之间形成信赖关系，才能实现双方心与心的沟通、情与情的交融。教师必须充分理解、接受和关爱学生，不能用强制手段去逼迫学生，这就要求教师充分尊重每个学生的人格和发展潜能，尊重每个学生的权利，承认每个学生都是不同于其他人的独立的个体，给予学生无条件的接纳和关怀，耐心启发、积极转化和有效疏导，不将自己的观点和选择强加于学生身上，能够认真虚心地听取学生的意见和建议，并能理解认可学生的不同意见与分歧。师生之间的活动是一种合作的、民主的、商谈式的协助活动。和谐平等民主的氛围利于学生心理和生理的健康发展。心理健康教育必须在愉悦中进行，于活动中开展，寓教于乐，真正帮助学生达到心智模式的最佳组构和个体人格的完善发展。

五、注重知行教导，履行保密承诺

（一）教育性

教育性原则是指教师在心理健康教育课程中根据具体情况，提出积极中肯的分析，始终注意培养学生积极进取的精神，帮助学生树立正确的人生观、价值观和世界观，引导学生助人自助。

在课堂教学中，针对学生在学习、生活、交往中的矛盾冲突所引起的种种心理问题，以及由此而产生的对社会中的人与事的不满言行、错误观点甚至敌对情绪与态度，教师不应随便附和他们的观点和思想情感，而应该进行实事求是的分析，明辨是非，重视正面的启发教育和积极引导，培养学生积极进取、乐观向上的精神，帮助他们端正看问题的角度，调整看问题的方法，建立积极的思维模式，形成合理的信念。教师还应注意引导学生用多种感官去观察、体验、感悟社会和生活，获得对世界的真实感受，让学生在活动中探究、在分享中发现和解决问题，引导学生学会对自己负责，及时鼓励学生相互之间的支持和互助行为。

心理健康教育课程不是单纯的知识传授，而是体验式的活动课，是实际应用。因此，教导时应遵循知行并重的原则。让学生能够了解和掌握一些与心理健康有关的知识是必要的，教会学生调适心态的具体方法，让学生了解自己，了解自己与社会的关系，因为知是行的前提或基础；因为学生年龄较小，知识经验少，人生阅历不够丰富，所以在提高认知水平的同时，重点应放在行为的塑造上，让学生学会自我分析、自我体验和自我调控，学会排除生活、学习及人际交往中遇到的困惑、烦恼、焦虑等不良情绪，能够解决生活、学习中的实际问题，充分发挥自身的心理潜能。

（二）保密性

保密性原则是指在心理健康教育过程中，教师有责任对学生的个人情况、谈话内容以及心理测验的数据等予以保密，维护学生的隐私权和名誉权，尊重学生的人格。

在心理健康教育过程中，学生会向教师透露很多个人的秘密、隐私、缺陷，以及由此而产生的心理和行为的困扰、矛盾、冲突等，教师有责任、有义务对所有这些信息保密。学生的所有信息绝不应作为社交闲谈的话题，教育者应避免有意无意以个案举例来炫耀自己的能力和经验等。除非在某些特殊情况下，教师为了进行科学研究，为了学生和他人的利益免受伤害，可以进行正当泄密，但依然不能损害学生的利益，要最大限度的保护学生。教师恪守保密原则，才会赢得学生的信任，从而获取有价值的信息，准确而客观地评价学生的心理发展现状。保密性原则是学校心理健康教育极其重要的原则，是鼓励学生畅所欲言和建立相互信任，保证心理健康教育获取理想结果的心理基础。

第二节　学校心理健康教育课程实施的技术

心理健康教育课程是以学生的心理需要来组织活动内容的，它重视建立良好的师生关系，强调人际关系的发展及其对心理的影响，尤以学生的心理感受和体验为核心。每一堂课都可以看做是帮助学生自我认识、探索、体验和成长的一个过程，通过唤起情感共鸣或震撼、激活学生心理来达到学生学会自助和助人的教学目的。这就对教师的各方面能力提出了很高的要求。为了提高教学效果，教师在课程设计与实施过程中，除了要科学地遵循基本的操作原则，还必须重视自己课堂教学中一些操作技术的运用。

一、倾听技术

倾听是教学的第一个环节，它能使教师了解学生的情况，同时也有助于学生对教师产生信任和亲切感，是心理健康教育课程中最基本的操作技术，是建立良好师生关系的基础保障。

（一）倾听的定义

倾听是指教师通过自己的言语和非言语行为向学生传达类似这样的信息，“我正在很有兴趣地听着你的叙述”，“我表示理解和接纳”，使学生能够在比较宽松和信任的氛围下诉说自己的烦恼，从而发现和解决学生可能存在的心理问题，以提高学生的心理素质，促进其人格的健全发展。

倾听不仅仅是用耳朵去感知来访学生所讲的内容，更是用心去探索、去发现，能在其言语和非言语的表达中“听”出潜台词、话外音，以便更全面地了解学生的情况。

（二）倾听的功能

（1）充分表达了对学生的尊重，呈现出一种专注投入、谦和开放的心态，有利于培养和建立良好的师生关系。

（2）接受和理解当事人的言语及非言语信息，明了情况。

（3）鼓励来访者更加开放自己，坦诚表白自己。

（4）具有助人效果。

（三）倾听技术的操作

倾听包含通过身体传达的专注，以及心理的专注，是一个积极参与的过程。教师必须善于倾听，表现出有兴趣听、愿意听的态度，做到耐心听、全神贯注地听，同时应当有言语或非言语方式的反应，鼓励并引导学生的课堂参与行为。

1. 用心倾听

倾听并非仅仅用耳朵听，更重要的是要用眼睛、用头脑、用心灵去听。与传统学科教学模式不同，心理健康教育课程中教师不是“主角”，而是要鼓励学生积极参与教与学的活动，让学生坦诚地倾诉，大胆地表现自我，教师可以利用各种感觉途径去获得学生整体信息。用耳朵去听学生的发言、讨论及其语调；用眼睛去注意学生的手势、身体姿势等行为表现；用头脑去领会话语和动作中潜在的信息；用心灵去设身处地地感受。

正确的倾听要求教师以机警和共情的态度深入到学生的感受中去，细心地注意学生的言行，关注学生如何表达问题，如何谈论自己及他人的关系，以及如何对所遇问题做出反应。不仅要听懂学生通过言语、表情、动作所表达出来的东西，还要听出学生在交谈中所省略的和没有表达出来的内容或隐含的意思，甚至是学生自己都不知道的潜意识。有时学生在谈论自己的问题时，说的和实际的并不一致，或者避重就轻，自觉或不自觉地回避本质性的问题，这就要求教师能够通过正确而有效的倾听加以辨别。

因此，教师在组织课堂教学活动的同时，还要密切关注一些细节，耐心细致地去“听”学生在活动中的言语和行为表现，注意学生在叙述时的犹豫停顿、语调变化，描述人和事时所使用的词语或结构，以及伴随言语出现的各种表情，从而对学生的各种具体情况做出更完整的判断。

2. 设身处地地倾听，并适当地表示理解

倾听更重要的是要理解对方所传达的内容和情感，不排斥、不歧视，把自己置于对方的角度来思考。因此，教师要认真、有兴趣、设身处地地听，并适当地表示理解，不要带有偏见或做价值评价，将自己的观点强加给学生。教师对学生讲的任何内容都不应表现出惊讶、厌恶或气愤等神态，而是予以无条件的尊重和接纳，鼓励其宣泄，帮助其澄清自己的想法。

情感反应和表达在倾听中具有重要的价值。教学过程中，学生以言语或非言语方式表述自己的问题和感受时，总是伴随一定的情感，并通过一定的线索表现出来。教师若能准确地对学生的情感进行反应，则使学生深切体会到被人理解的感觉，能促使其更深入地表达自己，同时有助于促进师生双方情感的沟通，提升课堂教学的情感体验；另外，还有助于学生对情感的自我理解和对自我问题的深入探索。有时课堂游戏活动中，学生的情感流露是自发的，或并未意识到其隐含的意义，若教师能作出准确的反应，可使学生正视被忽略的情感，有利于学生对情感的疏理，加深对自我的理解，从而获得某些感悟，达到教学的效果。教师也能通过学生的反馈，来检验自己的判断和理解，不断修正和完善教学设计。

3. 有参与、有适当反应地倾听

倾听不仅在于“听”，还要有参与、有适当的反应。反应的目的既是为了向学生传达教师的倾听态度，鼓励学生大胆叙述、自我表达和参与活动，促进师生关系的发展，同时也是为了深入了解、澄清问题，促进教师对学生的理解和学生对自己的了解，以达到课堂教学效果。倾听中的反应既可以是言语性的，也可以是非言语性的。教师可以用某些简单的词、句子或动作来鼓励学生把谈话继续下去，这是一种倾听的技巧，简便实用，效果较好。常用的词或句子如“嗯”、“哦”、“是的”、“确实”、“然后呢”、“我明白了”、“你再说得更详细些”等。这些言语向求助者提供了这样一种信息：“我在听你说”，“我对你说的内容很感兴趣”，“请继续说下去”。而最常用、最简便的动作是点头。但点头时应认真专注，充满兴趣，适时适度，常配合目光的注视、微笑等。具体的反应技巧有以下几点供参考：

（1）运用鼓励和重复。教师可以全部或部分复述学生所表达的内容，或仅以某些词句（如“嗯”、“是这样”、“还有吗”、“说得非常好”、“大家为他精彩的回答掌声鼓励下”等）来强化学生叙述的内容，并鼓励其进一步讲述，从而使学生感受到被关注和理解，真正打开内心世界，积极参与到课堂活动中。教师正确运用鼓励和重复，有助于深入了解学生的情况，验证自己的理解是否正确。如果有误，可以通过学生的反馈得到及时修正；如果正确，可以使学生感受到已被理解，从而有助于增进表达。另外，重复的往往是一些关键内容，由此可使学生后继谈话的主题得到明确，引导学生注意其忽略或未说清的部分，促使其对此再作出详细的说明，也有利于总结和归纳学生的表达，引导班级讨论朝着一定方向深化，帮助学生对问题进行自我审视和体验。但是教师必须注意：可以用自己的话，对学生表达的内容进行重复，但某些关键的或敏感的词汇和重要的词句，仍沿用学生用过的词句为好；重复不能增加或减少学生表达的基本思想；重复要尽可能避免用专业性或生僻的词汇，语言要清楚、简洁并尽可能口语化；重复不可过度使用。

（2）恰当运用提问技巧。在倾听时，为了更准确全面地了解情况，在较短的时间里获得最多的信息，控制课堂互动的主题、节奏，教师需要穿插询问。询问有两种方式：一种是开放式询问，一种是封闭式询问。开放式询问是教师用“是什么”、“为什么”、“怎么样”等词向学生进行提问。它能引导学生对某些内容进行深入表达，迫使学生就某些内容作出进一步思考，有助于教师深入了解和掌握学生的情况，具有交谈自由、信息量大的特点。封闭式提问是指教师用“是不是”、“对不对”、“有没有”等提问，学生只需简单地作出肯定或否定回答。课堂教学时间有限，教师要充分发挥自己的主导作用，在实际操作中可将两种询问方式结合起来运用。开放式询问虽然信息量很大，但学生诉说的时间可能过长，诉说的内容也可能太分散，当每个学生都有话可说，课堂气氛过于热烈而讨论偏离主题太远时，可以用封闭式询问控制课堂教学过程，使学生交谈范围缩小，集中到主题上来。但不能过多使用封闭式询问，使用过多就会剥夺学生充分表达自己的机会，不利于营造宽松、愉悦的课堂氛围。

4. 运用非言语关注

课堂教学中并非只有听和说、问和答，教师还可以通过面部表情、语调、手势、姿态等与学生进行交流。在倾听过程中，教师的非言语活动起着非常重要的作用。很多时候，通过非言语行为所表达的信息和传达的共情态度比口头言语还要多，也更真实，影响力更大。

在心理咨询中，咨询者身体的倾听，指咨询者的全身姿势，传达出他对来访者的关切，愿意聆听与陪伴。Egen 提出了下列五要素（简称 SOLER）：①面对（squarely）来访者。并非正面对正面，“面向”一词也可以作象征性理解，关键是你要将身体朝向当事人，能够告诉当事人，你正与他同在。这是一种表达投入的姿态。②开放的（open）身体姿势。这是一种显示接纳当事人的态度。③身体稍向前倾（lean）。我们经常可以看到两个进行亲密交谈的人上身自然地向对方倾斜。它是一种体现关切的交流手段，表达了你正全身心地投入到当事人所关心的问题上来的心理。④保持良好的目光（eye）接触。眼睛是心灵的窗户，可传达对来访者的关切、温暖、支持与重视。⑤身体姿势放松自然（relax）。放松意味着表情大方自然、泰然自若。这不仅使你自然而然，更有信心，也有助于来访者保持轻松状态。这五要素也可以运用到心理健康教育课程的教学实践中，心理健康教育课上教师合理地运用非言语关注，可以起到配合和加强言语的作用，使言语的意义更丰富，情绪色彩更鲜明。教师要让学生有被重视、被尊重的感觉，感受到教师正在注视着他，在倾听他的诉说，从而促使他自我表达、自我开放；另外，在听的同时也给予适当的非言语反应，如点头、微笑，用表情动作特别是面部表情表示理解，使其产生“教师重视我说的话”的感觉。可以看出，能否赢得学生的信任、好感，很大程度上取决于非言语行为的传达。具体来说，目光接触、身体语言、空间距离、沉默、语调等都是传递信息的重要方式。

在人的面部表情中，目光接触具有非常重要的意义。通常注视对方，表示对他（她）说的话感兴趣，尤其是学生，一般都会对教师的目光比较敏感，渴望得到教师的关注。教师的目光应以亲切、柔和、自然为主，表情不能过于严肃或过于随便，目的是让学生感到受注意或感到被关心、得到鼓励，从而使学生能积极地思维、认真地与教师沟通。身体语言是教师必不可少的一种教学辅助手段。最常用也最起作用的身体语言包括手势、触摸和躯体姿势。教师可以用文明大方、自然得体的手势语，如伸出大拇指或鼓掌等，来表示对学生言行的肯定，感染学生，激发学生的情绪，引起学生强烈的情感共鸣。这样有利于建立平等、民主、和谐、友善的课堂气氛和师生关系。触摸也是教师发挥影响力的重要非言语动作。教师用手轻拍学生的肩膀或者握着他（她）的手，可以使学生感受到老师的信任。另外，一些躯体姿势，如教师注视对方、身体前倾、面带微笑，会让学生感受到被重视和尊重。心理健康教育课上经常需要做游戏，需要教师讲解游戏规则，若教师能够运用躯体姿势辅助讲解并示范，则会取得很好的效果。

空间距离也是教师应当注意的一种重要非言语行为。每个人都有一个无形的空间，以保持自己的独立、安全和隐私。侵入这一空间，就会令人产生不安、焦虑、不满和反抗。在心理健康教育课上，师生双方相距太远会使学生产生冷漠、疏远的感觉；而相距太近，又会使对方局促不安。因此，教师应善于把握师生双方的空间距离，根据学生年龄大小，性别、性格不同而灵活掌控，总之，应以学生觉得合适为宜。

（四）注意事项

正确运用倾听技术，教师应当尤其注意避免犯以下几个错误：

（1）轻视学生诉说的问题。即缺乏共情，认为对方是大惊小怪、无事生非、自寻烦恼，流露出轻视、不耐烦的态度。虽然有些学生的问题在他人看来无关紧要，但对于学生自己而言却是一个困扰自己的难题，因为他的思维方式、认知模式影响了他对事物作出客观、理智的评价，这也就是心理问题的特点。对于教师来说，重要的是如何通过课堂活动的开展让学生开放性地表达，让其真实地感知到问题的性质，转变观念。

（2）急于下结论。即在真正了解学生所述事情真相之前，便急于下结论，提供咨询意见。这有很多弊端：学生感到教师没有耐心听自己诉说，会因讲话被打断而扫兴，从而影响师生和谐关系的建立；教师对学生问题的把握会因此不够全面、准确，若学生也意识到了这一点，就会对教师所作的判断和提供的意见表示怀疑；由于倾听不够，教师对学生的个性、思维方式、情感特点等就可能缺乏了解，把握不准，从而影响心理健康教育工作的针对性和有效性等。

（3）干扰、转移学生的话题。即教师在了解情况，尤其是寻找问题根源时，把握不了问题背后所潜藏的东西，不时打断学生的叙述而转移话题，学生刚讲了一点就又提出了新的问题。这样会使学生无所适从，不知道说什么好，课堂交流的主题也会比较混乱、不鲜明。

（4）作道德或正确性的评判。即教师按照自己的标准或价值观，对学生的言行举止和价值观念发表评论。并不是说不能作这样的评判，而是这样的评判一不要轻易做出，二不要在学生还在表达自己观点时就讲，三不要仅仅只作判断而没有具体有说服力的解释，四是尽量少作这样的评判而改用其他方式。最好让学生自己来评价，或者通过小组讨论，分组辩论的方式得出最后的结论，教师只是做好引导工作，而不是把自己的价值观念、是非标准强加于学生。

（5）不适当地运用某些技巧，如教师询问过多。这样学生只是被动地提供资料，处于一种被询问的无奈状态中，难以充分表达自己。充分表达自己是非常重要的，这使学生不仅能够在课堂上更多地表露自己的观点和看法，而且具有合理宣泄情绪的作用。许多情况下，学生遇到问题后往往不知道自己的真正困惑在哪儿，根源是什么，如果教师倾听得当，他才会渐渐理出头绪，找到问题及根源。因此，在通常情况下，教师应尽量多听少问，非问不可时再问。教师概述过多也不好，会占用课堂时间，而且让学生觉得教师领悟力不足。

教师不适当的情感反应，比如次数过多或程度过重，反而对学生产生某种不良的心理暗示，强化了他的某些不良情绪。尤其当学生比较信任或崇拜教师时，教师的话就更有分量了，其暗示作用就更强。而那些自知力、判断力较强的学生，则会觉得教师太啰唆，反应不准确，心理可能会感到不舒服。而且过多的反应会打断求助者的思路，转移谈论的话题。

二、引导技术

在以往的学校教育中，经常出现这样的误区：认为对学生进行心理健康教育主要是班主任的工作，无形中把心理健康教育与学科教学剥离开来，阻碍了心理健康教育课程在学校的普及。因此，如今开展心理健康教育课，教师必须重视对学生的心理引导，让心理健康教育进入课堂。我们可以根据学生生理、心理发展特点，运用有关教育方法和手段，加强对学生心理的健康引导，掌握学生某些心理特征产生的原因，懂得其处理方法，使学生消除心理负担，变消极因素为积极因素，培养学生良好的心理素质，促进学生身心全面和谐发展和素质全面提高。

（一）引导的定义

心理引导具体来说是一个过程。在课堂教学的各个环节中，教师通过各种技术的运用，给学生以一定的帮助和指导，促使他们的认知结构、情感与态度模式有所转变和完善，能对自己的行为作出评价和选择，解决在学习和生活中出现的问题，从而更好地适应新环境，不断保持与增进身心健康，促进自身的发展，迈向自我实现。

要注意心理引导不是思想政治教育，不是只有教导或只在说教；心理引导也不是进行逻辑分析，给予忠告与建议，更不是替学生解决问题；心理引导不是社交式的谈话，更不是指责、批评、游说或嘲讽。心理引导就是通过心理咨询、心理疏导、心理调适、心理训练以及改变外部环境、心理氛围等方法，缓解心理压力，转化心理状态，从而提高人们心理健康水平的心理治疗和指导活动。所以正确地运用引导技术要遵循一定的操作方法。

（二）引导的功能

（1）心理引导实际上就是教师帮助学生促进其全面发展。最简单的可以定义为“帮助一个人自助”。

（2）引导充分尊重学生，激发学生内在自主性，鼓励学生自己解决问题，因而引导给予了学生自我成长的机会。

（三）引导技术的操作

1. 深入了解学生，重视情感教学

要将引导技术在心理健康课上运用得恰到好处，那么教师首先必须深入地了解学生，科学、客观地看待学生的心理问题，同时要重视情感教学，优化学生的心理环境。因为每个班的学生都来自不同的家庭，有着不同的文化背景和家庭教育环境，有的学生性格内向、忧郁，有的则性格倔强、易冲动，教师应当面向全体学生设计活动，针对不同性格的学生采取不同的辅导方法，鼓励每一个学生都参与课堂教学，讲授内容和活动形式力求得到学生的共鸣。平时教师也可以多利用业余时间与班级学生沟通、交流，沟通是架起人与人心灵之间的桥梁，通过沟通和交流，促进师生之间的相互理解，让学生懂得教师对他们的关爱。关爱学生也是为师执教的职业道德规范，对学生的关爱有利于培养出富有爱心、心理健康、品德优秀的高素质人才。

在课堂教学过程中，学生可能会袒露自己的一些问题，而这些问题往往可能是由学生的心理暂时不平衡所致，教师不要急于给问题定性，而要细心了解情况，站在学生的角度看问题，透过表面现象分析其心理动机，然后施以心理疏导和教育。总之，教师只有对学生进行全方位、多角度、多途径的了解，才能有效地实施心理健康教育，引导学生提高心理素质和综合素质，逐渐达到让学生学会学习、学会生活、学会做人的目的。

心理健康教育课程以丰富多彩的游戏、互动活动为特点，而任何认识活动都伴随着一定的情感，都是在情感的动力影响下进行的。学生"尊其师"方能"信其道"，以往的学科教学实践也告诉我们，在教学中我们经常会碰到某些学生由于喜欢某个老师而喜欢其教的那门课，也由于不喜欢某个老师而厌烦其教的某门课。因此，心理健康教育课教师尤其要注意对学生表达真诚的鼓励和热情的期待，以唤起学生的进取心。我们对学生要信任，不能偏袒，要关心，不能冷漠，尤其是对那些性格腼腆内向、不容易调动起积极性参与到互动活动中的学生，更应当注意采取各种技术和方法激励、鼓舞、唤醒他们的学习动机，给予他们快乐与成功的体验，让学生从师生感情中吸取向上的力量，从而克服学习和生活的困难，增强自信心，形成一个热爱生活、积极向上的心态。

2. 开展多样活动，激发学生兴趣

心理健康教育课程不同于其他各门课程，它的主要任务是帮助学生认识自我及其与周围环境的关系，侧重于培养学生良好的心理素质和促进其知、情、意、行心理过程的和谐统一。教师针对学生的普遍心理问题，有计划地开展一些形式多样的活动，是有效引导学生提高心理素质、自助助人必不可少的。例如，针对一部分学生以自我为中心的心理特点，教师可以开展"请让我来帮助你"、"宽容是美德"等活动，帮助学生学会宽容、学会给予，处理好与他人关系，这不但使学生之间的相处更加融洽，同时也增强了集体凝聚力；针对学生中存在的嫉妒心强的现象，教师可以开展"我来夸夸你"的优点轰炸活动，让学生懂得为他人的成绩、进步而高兴，学会真心地学习他人的优点和长处；针对学期期末考试压力，以及各种考证考研压力，教师可以组织开设一些调整学生应试心理的辅导课，降低学生的焦虑水平，使学生能够调整好心态，从而轻松应试。

“兴趣是最好的老师”，也是学习的原动力之一。教师选取学生关心的问题，或是学生感兴趣的主题来进行教学课程设计，可以充分激发学生的积极性，达到较好的教学效果。有时教师在课程设置中准备一些适当的音乐剧和生活剧，让学生观看后再进行讨论，使学生产生心灵上的共鸣，这种方式能让更多的学生受到心灵上的洗礼，事半功倍。人们对美的各种形式的感受，往往能使大脑进入兴奋状态，从而产生愉快的体验，因此，美的东西最容易被人们接受，而且很难忘记。音乐能激发或抚慰情怀，绘画使人赏心悦目，诗歌能动人心弦，哲学使人获得智慧，教师综合运用多种教学方法和形式，使其组合起来更好地为心理健康教育服务，能够达到丰富课堂内容，引起学生的学习兴趣，加深印象，产生情感共鸣等效果。

3. 综合运用各种引导技术，融入课堂教学实践中

引导是教师积极的引领推动过程，在心理健康教育中是一项关键性技术。教师以鼓励和启示性的语句，引领学生理清思路、正视自我，并对自我做出更为深入的了解和剖析。教师在课堂教学实践中可以综合运用多种引导技术，充分发挥自身的主导作用，引领和推动课程主题的深入。具体有以下几种方法作为参照：

（1）解释。解释是指教师运用自己的理论、教学理念、人生经验等来描述学生表达的思想、情感和行为的原因、实质，为学生提供一种认识自身问题以及认识自己和周围关系的新思维、新理论、新方法。解释问题是课堂中最重要的环节之一，它可以使学生的世界观产生认知性的改变。教师首先应了解情况，准确把握，其次应明确自己想解释的内容是什么，最后要把握对什么样的人，在什么时间运用什么理论怎样解释最好。这就需要教师提高理论修养，完善知识体系。解释分两种：一种是来自各种专业的理论，另一种是根据教师自身的经验、实践与观察。针对不同的问题，教师可以创造出各种不同的解释。应该说解释是语言运用中最为复杂也是最有创造性的一种。在心理健康教育课上，教师有针对性地用本年级本班级学生愿意听、能接受的新鲜话去讲道理，多用学生身边的例子去讲道理，学生才不致厌烦，才容易入脑入耳入心。教师不能把解释强加给学生，最好的办法是经教师富有技巧性的帮助后，学生有了足够的思想准备。最有效的解释是与学生的思想基础、理论取向有某种程度的吻合。

（2）内容表达与情感表达。内容表达是指教师传递信息、提出建议、提供忠告、给予保证、进行褒贬和反馈等，使学生借此了解自己的状况。使用这种指示性技巧时，教师应十分明确自己对学生指导些什么以及效果怎样，叙述应清楚，要让学生真正理解指导的内容。同时，不能以权威的身份出现，强迫学生执行，若学生不理解、不接受，效果就差甚至无效，还会引起反感。尽管许多心理健康教师不赞成心理课上给予学生过多的指导，但在学校心理辅导中，因为学生的经验、阅历、知识有限，提供建议和忠告的价值还是很大的，在实际课堂上教师也都或多或少使用某些指导。需注意的是，话语要含蓄委婉，措辞要和缓、尊重，例如，多用“如果我是你，我可能会……”、“我希望你……”、“如果你能……或许会更好”这样的句子，而切不可用“你必须……”、“你一定要……”等句子，应该把“你应该”改为说“我希望”，把“一定”改为“争取”。要不然学生会觉得听了不舒服，有强迫的感觉。另外，教师不应该认为自己的忠告和意见是唯一正确、必须实行的，提供的忠告和建议一般也不宜太多，过多使用则会失效。

情感表达是指教师告知学生自己的情绪、情感活动状况。正确使用情感表达，既能体现对学生设身处地的反应，又能传达自己的感受，使学生感受到一个活生生的教师形象。同时教师的这种开放的情绪分担方式为学生做出了示范，易于促进学生的自我表达。但要注意，教师做出情感反应，是为学生而服务的，而不是为作反应而反应，或者为了自己的表达、宣泄。

（3）自我暴露。自我暴露是指通过言语向他人表露自己情况的自愿行为。心理健康教育课程讲述人的心理，阐述人的心理发展规律，因此，教师可以通过适当向学生讲述自己的经历，与学生分享自己的生活事件、个人情感、态度、观念、爱、知识和幽默等，从而让学生能够很好地理解某种心理现象和规律。教师适当、适量的自我表露是课程教学中采取的常见方式，也是提高教学效果的重要途径之一。

一方面教师可以告诉学生一些自己过去的、与课程内容有关的经历、经验及情绪体验；另一方面，教师可以向学生表明自己在教学过程中对学生言行问题的态度、感受和体验。但应当注意：首先，教师自我表露的内容要有针对性，应当与课堂教学的内容（如现象、原理）相一致，主要功能在于举例说明；其次，教师表露的是其本人亲身的经历和情感，通过对自己经历事件和内心心理活动细腻的描述，从而帮助学生认识到老师也是一个活生生的人，亲切而真实，容易引起学生强烈的情感共鸣和体验。

（4）引导分享。心理健康教育课是要通过活动及其情境，使学生在互动中经历身心变化，因此，活动后教师应安排一个分享时间，使学生在其中得到体验、顿悟、启示、情理迁移，使个体在成长中得到一个新的飞跃。教师应当注意使用开放性的问题，引导学生自由开放地发表意见。例如，“让我们来讨论一下这个问题”、“活动中有什么感受”、“我们还有什么意见”等。问题的措辞应尽量能刺激学生的思考和讨论，例如，“我们如何可以……”、“我们认为怎样……”、“谁可以举例”等。尽量不要问可以只用“是”或“否”作答的问题。教师要注意一步步引导学生从活动的体验中寻找深层的意义，回顾反思，再迁移到自己的实际生活中，升华理论的认识。

合理有效地发问，引导学生积极思考，是体验学习的重要整合环节。下面的“2H4W法”可以作为参照：

How do you feel？你的感受如何？目的是让成员在活动的触发后进行简单的情绪宣泄，其他成员耐心聆听。

What happened？发生什么事？让学生讲述他本人在活动中所碰到的人与事。

What did you know？你学到了什么？鼓励学生讲出论点，但要提出论据。注意事件的情节记录。

How does this relate to the real world? 如何联系实际？引导学生把活动联系到或用来隐喻实际。

What if? 如果……你有什么改变？引导学生把感悟出来的经验运用到日常生活实际中，并期望会发生什么样的变化。

What next? 下一步的实际行动？引导学生计划或尝试行为的改变。

当然以上六个问题的次序不是僵化的，而是可以灵活运用的。问题引导的形式也是千变万化的，全靠教师个人的创意发挥，这样教师就不会光停留在问感受的表层上了。这就对教师的素质提出了较高的要求：首先，看其是否能有效地掌控课程的发展和深入，把握好教学的方向，引领和推动学生的关注点和思维动向。其次，教师应当保持中立和公允，营造一个宽松、和谐的课堂讨论氛围。不要左右学生的意见，不要对某一部分人特别表示好感或偏袒，禁止人身攻击。分享过程中，遇有意见分歧而引起争论时，教师可以表示欣赏他们的意见，然后请另一些人也发表自己的看法，而对不同态度的参加者，采用不同的方法引导他们集中讨论。总之尽量使所有学生有机会参与讨论。最后，在分享的内容方面，教师的一个重要任务就是保证学生畅所欲言而不离题，如果看到有重点被忽略时，则应当及时加以引导。

（5）概述与总结。概述与总结是指教师将自己所叙述的主题、意见等经组织整理后，以简明扼要的形式表达出来，让学生有机会重温教师所说的话，加深印象，提炼重点。当一段讨论完成或一堂课结束时，作一个简明扼要的总结，会使讨论或整堂课显得富有条理，避免混乱，同时会使师生双方有机会对刚才的内容作一番检查，强调某些重要内容，还可以为下一步的主题做好准备。教师在运用这项技巧时，要注意条理分明，重点突出；另外，概述和总结要简明扼要，通俗易懂，适合所教年龄段的学生，容易理解和记忆。

三、同感技术

同感，被人本主义心理咨询家认为是影响心理咨询进程和效果的最关键的特质，而在心理健康教育课程的教学过程中，同感技术也是不可或缺的。教师以温暖、尊重、接纳的态度对待每一个学生，以感同身受的方式体会学生诉说的内容、观点与情绪，使学生感到教师和班级是温暖的和安全的，能够了解他们，因而愿意敞开心扉，把自己的心里话和感情表露出来，促进了课堂互动和师生之间的理解与支持。

（一）同感的定义

同感是指体验别人内心世界的能力。即教师在与学生进行沟通时，放下自己的判断与评价，全面聆听学生的问题，敏锐地观察、了解学生的感受和看法，并有效地将所理解的内容传达给对方。在这个过程当中，教师不对学生进行评判，而是站在学生的角度考虑问题。

（二）同感的内容

心理健康教育课上，教师一面聆听学生的叙述、分享与讨论，一面走进学生的内心世界，以感同身受的方式体验学生主观的想法与情绪，然后将其对学生的了解传递给对方知道。同感技术的内容主要包括以下三个方面：一是教师借助学生的言行，深入学生内心去体验他们的情感、思维；二是教师借助知识和经验，把握学生的体验与他的经历和人格之间的联系，更好地理解问题的实质；三是教师运用各种操作技巧，把自己的感受传达给对方，以影响对方并取得反馈。

同感技术可分为初层次同感和高层次同感。初层次同感技术回应的内容是学生向教师“明白表达”的感觉与想法，让学生感到被支持、被了解。高层次同感技术适用于课程进行的中后阶段。此时教师与学生已经建立了良好的关系，教师帮助学生了解自己未知或逃避的感觉与想法。

（三）同感的功能

（1）教师能设身处地地理解学生，真正了解学生所面临的实际问题与需要，从而更准确地把握材料，因而作出的反应也会较有针对性。

（2）学生会感到自己被理解、接纳，认为教师很明白他们所表达的内容，产生一种满足感和愉悦感，进而促使其继续表达和剖析，促进了学生的自我探索，从而获得更多的自我了解和师生双方更深入的交流。

（3）同感技术运用得好，教师会更了解学生内在的感受和想法，有助于教师在短时间内进入学生的内心世界，建立良好的师生关系，也使课堂气氛融洽，教学实施计划得以顺利进行。

（4）对于那些迫切需要获得理解、关怀和情感倾诉的学生，有更明显的教导效果。

（四）同感技术的操作

1. 同感不等于同情

同感要求教师放下自己的主观判断，不以高高在上的权威态度对待学生，愿意真心帮助学生，不指责、不批评、不嘲笑、不歧视。同情，一般是强者对弱者的一种体现。这种帮助包含某种施舍的意味，违背了平等、公平、尊重的原则，而且同情的存在不利于教师开展教学工作，会让教师自己陷入学生的情境中，不便认清问题，无法做出客观公正的及时应对措施。教师应当具有的是同感的态度和能力，同感表达的是理解而不是同情。

2. 走出自己的框架

教师要把自己放在学生的处境中来尝试感受他的喜怒哀乐，就必须走出自己的参照框架，进入当事人的内心世界，感同身受地体验学生的感觉与想法，然后用自己的话语，将自己的体验传递给学生，引领学生观照其内在，进一步了解自己。对此感受越准确、越深入，教师同感的层次就越高，学生才会越感觉到自己被理解和接纳。

学生：我马上要到美国去留学，我从来没有离开父母这么远过，国内又有很多要好的朋友，于是一想到马上要一下子走那么远，人生地不熟的，有点担心和焦虑，不知道过去后会怎么样？

教师：能申请到美国这所不错的大学去读研究生是多么大的好事啊！有什么好苦恼的？（忽视学生的感情，显然缺乏共情。）

教师：你又聪明又漂亮，我相信你会很快适应的。（没有理解学生的茫然和担忧。）

教师：每个人总有一天要独立的，这没有什么了不起，有什么可担心的？（以长者身份高高在上地评判，忽视学生的情绪。）

教师：到了新地方是要面临一个适应问题，会面临不少困难，但是，要相信自己，只要勤奋努力，没有过不去的坎。（前半句回应了适应问题，站在学生的角度对其表示了一定程度的理解，但是后半句显得很空洞。）

教师：你以前没有离开过父母，现在到那么远的地方独立生活和学习，是很不容易的，我能理解你的担心，如果是别人的话也会有这种想法的。那么，现在让我们来具体聊聊，分析一下到时候可能会遇到哪些问题？（同感，学生感到被理解和支持。）

3. 及时反馈与必要验证

教师不仅要有理解学生信息的能力，还要拥有将该信息完整准确地反馈给对方的能力。只有这样，学生才会意识到自己被理解，愿意继续表达袒露。当教师不太确定自己是否达到了同感时，也可以使用尝试性、探索性的语气来表达，请学生检验并做出修正，这是十分有必要的。

教师：听你刚才的叙述，你好像对你的室友有一些反感或怨言，想说又没有说出来，是不是这样？

学生：不是这样的，我对他的印象并不那样坏。

教师：哦，那对不起，我可能听错了。但由于这一点很重要，我希望你能举些例子，好让我更清楚地了解你对你室友的感受。

（学生列举了几个他和室友相处的典型例子，于是教师把对他的同感做了修正，更加准确了。）

4. 同感表达因人而异

教师表达同感应考虑到学生的性别、年龄、个性等特点，对于同性别或者年龄较小的学生，可以适当地用拥抱、抚摸等身体接触，传达自己的关切和理解，而对于有些学生这样的表达方式就显得不适宜了，因此，要因人而异。另外，对于急于倾诉、情绪反应强烈、寻求理解愿望强的学生，教师应当给予更多的同感。同感反应的程度应与学生的问题程度、感受程度相适应，适时适度。过度，会让学生感到教师小题大做；不足，又会让学生觉得理解不够。

5. 善于把握角色

角色把握在同感时显得十分重要。教师的同感是指体验学生的内心“如同”体验自己的内心，但永远不要变成“就是”。教师要能进能出，出入自如，恰到好处，才能达到最佳效果。有些教师确实做到了设身处地，以至同喜同悲，而完全忘了自己的角色，这样就可能失去客观性，没有发挥好在心理健康教育课程中的主导作用。教师应该保持客观公正的立场，防止完全受学生情绪的影响。

6. 善于使用体态语言

同感的表达除了言语表达外，还有非言语行为，如目光、面部表情、姿势、动作等。有时运用非言语行为来表达同感要比运用言语表达更简便而有效。教师应注重将两者结合起来运用。

7. 注重丰富自身经验和阅历

为了更好地开展自己的教学工作，教师应在平时多注意丰富自己的经验和阅历，这样在面对学生进行同感技术时，可以更加理解学生的处境和感受。性别、年龄、宗教、社会经济地位、教育水平以及文化上的种种差异等都会阻碍同感的发展。丰富的人生经验可以提高教师的同感能力。例如，看电视、电影，阅读报纸和小说，外出旅游，对诗歌、文学作品以及社会经济、政治、文化状况都努力有所涉猎，拓宽自己的知识面和生活面，对人性和生活将会有更深层次的理解。

第九章　学校心理健康教育课程的教学评价

为了使心理健康教育课程更加科学有效的开展，适时进行教学评价是很有必要的。心理健康教育课程设计是否合理、课程实施过程安排是否恰当、课程实施后结果是否有效，都必须通过科学的教学评价才能回答。通过教学评价，教师可以了解现状与进程，明确工作重点，还可以了解工作中存在的问题与困难，寻求解决方法，以促进心理健康教育课程更加趋向合理，实施更加有效。心理健康教育课程的教学评价是心理健康教育理论的重要构成部分，对课程本身质量的保证、学校心理健康教育工作的开展以及学生的健康成长都具有重要的意义。

第一节　学校心理健康教育课程评价的特点

学校心理健康教育课程的建设、实施与完善离不开合理的、具有自身特点的课程评价体系的建立。学校心理健康教育课程评价具有内隐性、发展性和多元性等特点。

一、学校心理健康教育课程评价的内隐性

心理健康教育课程具有隐性课程的特点，它是在形成教学与活动所要传递的知识技能的同时，以潜移默化的方式作用于学生，塑造其心理品质，影响其心灵成长。因而，心理健康教育课程的教学效果并不是立竿见影的，而是寓教于无声无息之中，“渐于礼义而不苦其难，入于中和而不知其故”。这些因素都使心理健康教育课程的教学评价也具有明显的内隐性特点，具体包括：教学导向的积极性、教学方式的体验性以及教学内容的情境性。

（一）教学导向的积极性

心理健康教育课程作为一种素质教育，以“为学生终生发展和幸福奠基”为导向，把开发潜能、助人成才作为终极目标，因此，具有导向性。积极应是心理健康教育的基本价值取向，积极价值取向使学校心理健康教育课程的培养目标回归到本原。积极的心理健康教育教学不但可以有效地预防心理疾病的发生，起到心理保健的作用，而且更注重人格重塑，培养学生优良的品格和完善的人格。因此，心理健康教育课程的教学应关注个体和群体自我的积极面，关注个体内在经历的知足、满意等主观感受和过去体验的良好状态，同时也关注个体对未来的乐观和希望及当前普遍的幸福感，关注个体积极独特的个性（如爱、勇气、给予、创造性等），并且促使个体的潜能得到最大化的发挥。在群体水平上，培养个体承担社会责任的美德，培养更好的公民特征。教师应该围绕学生积极的品质建构活动和寻找增强学生积极行为的小环境，在课堂中创造一种不会让学生感到压抑和低自尊的流畅感。当经历幸福时，学生会更少地沉浸于自我关注，而会更多地采用一种合适的方式进行社会比较。

（二）教学方式的体验性

心理健康教育课是一门体验性课程，它与生活密切相关。为保证心理健康教育课程的有效实施，教师应该深入到学生的现实生活中去收集、采撷、整理、归纳课程资源，这就要求教师要密切关注学生的一切，知晓学生的一切，从学生当下的生活状态中挖掘有价值的课程资源进行针对性的指导。收集的方法多样，如对学生、教师、家长进行访谈、问卷调查或通过报刊、影视、网络等多种形式发现学生的问题。教授这门课的教师如果能够同时进行学生的心理咨询工作，则更能深入地了解学生的内心，所发现的问题更能引起学生的情感共鸣。

在心理健康教育课中安排的一些活动，往往能让学生不断地体验及掌控自己情绪的发生、发展及改变，能让学生在体验的基础上激发自己的思维与探索。这样做能够扰动学生自身固有的认知系统和反应系统，可能会打破学生固有系统的平衡，在以后遇到同样的事情时，学生就可能会重现上课时的体验，就可能改变原来的应对方式，用新的方式去处理，从而建立新的平衡，并在这种改变中有所悟。体验式教学更多的是激活学生的右脑，多途径、多渠道的学习方式能带给学生不同的感受。左脑学习的内容主要是理论知识，右脑学习的主要是体验，这种感受如果没有身临其境，很难带给学生深刻的体验。

（三）教学内容的情境性

心理健康教育课程离不开特定的教学情境。只有特定的情境刺激，才易于引发学生的情感共鸣。真切的情境氛围为学生提供了易于感受、易于体验、易于激发的心理空间，使置身其中的每一个人都受到感染和熏陶，并被激发起探究的心向。学生的心理发展是无法通过直接传授心理知识而实现的，它必须借助良好的发展情境。情境设计的关键是强化主体的积极能动性，使之自主地投入活动，实现心理的自主建构。心理健康教育课的教学要提供真切的情境，把学生带入“可思可感”的境界，使之直指自身的心理世界，进而建构心理结构、生成价值理念。心理健康教育课的教学需要根据学习目标、内容和学生的特点创设情境，开展教学活动。教师应考虑学生学习方式的差异而创设不同取向的学习环境，以满足不同学生的需要，让他们通过观察、反思和概括，最后把体验运用到新的情境中去解决问题。

情境是心理健康教育活动展开的背景，也是参与活动者心理发展的空间，心理健康教育活动的组织始终是在一定的情境中进行的，由此可见，情境对于心理健康教育活动至关重要。然而，在教育理论研究领域，情境常常成为一种“不言自明”的概念，缺少明确深入的界定，它常常与“情景”、“场景”等相联系，这种理解的明显不足在于忽略了主体的作用，任何一种情境都是客体与主体相互交融的产物，作为课程意义上的心理健康教育活动更应该强调主体对情境的营造与建构作用。在这一点上，莱夫的见解具有一定的启发意义：“情境，并不意味着某种具体的和特定的东西，或是不能加以概括的东西。它意味着，在特殊性和普遍性的许多层面上，一个特定的社会实践与活动系统中社会过程的其他方面具有多重的交互联系。”[①] 活动情境并非某一单一的事

① Lave J, Wenger E. Situated learning [M]. Cambridge, UK: Cambridge University Press, 1991.

物或事件，而是一种综合的、主体与客体相互作用的、动态的场景，情境既是具体的，也是抽象的，在活动的进程中不断地发生变化。

二、学校心理健康教育课程评价的发展性

学校心理健康教育课程的服务对象是绝大多数正常的学生，课程的目的是帮助学生解决成长过程中遇到的各种发展性问题，充分开发学生的潜能，促进全体学生的心理在原有的基础上得到可持续的、全面的发展。

（一）学生的发展性

学校心理健康教育课程评价应围绕学生的发展，为学生的发展服务，要反对那种站在学生对立面的评价，防止为评价而评价的做法。评价应重在提供一种反馈信息，使学生在客观认识自己心理的基础上，促进自身心理素质的发展和提高。如若将评价变成一项以甄别学生优劣为主要目的的工作，则与以张扬人性、促进发展为宗旨的心理健康教育活动背道而驰。贯彻发展性原则，首先，要求评价者破除陈腐的评价观念，如“只有难倒学生的评价才是好的评价”，“评价是甄别学生优劣的重要途径”；其次，评价者要认识到心理健康教育课程的特殊性，评价的实施也应把握好促进学生发展这个重要原则。

发展性原则决定了教学目标的制定必须符合学生心理发展的规律和需要，应从心理发展过程出发来解决培养素质的问题。每个年级都有其相应的课程教学目标，达到目标可以一步一步地促进学生心理健康、完善地发展。学生心理素质的发展，不仅随着客观现实的变化而发展变化，而且还随着学生年龄的增长而发生质与量的发展变化。

（二）教师的发展性

心理健康教育活动课程作为一种综合体验类课程，对教师的综合素质要求较高。承担心理健康教育活动课程的教师，除了要具备一定的师德水平和相应的教育学、心理学等方面的知识以外，还应在人性观、基本态度、语言、活动组织能力以及敏感性和灵活性等个人素质方面具有较高的水准。

心理健康教育活动课的教师都是生活在现实世界中的普通人，也会

有自己的喜怒哀乐和爱恨情仇。不管是上课前，还是上课过程中，教师行为都会受到自身情绪的影响。处于积极情绪状态的教师，上课时观察力比较敏锐，思维和表达比较清晰，行为自然而放松，这些对课程的实施产生助力作用；而情绪状态不佳的教师，上课时注意力不太集中，对学生的反馈不及时也缺乏准确性，活动的组织效率不高，这些对课程的实施将产生极大的阻碍，甚至可能会影响到良好师生关系的建立。

心理健康教育活动课是一门需要一定专业知识的课程，需要教师具有相关的专业知识和辅导技术。由于缺乏专业教师，担任心理活动课的教师常常是班主任。班主任在长期的教育、教学实践中，积累了许多成功的经验，他们的适应能力、迁移能力、应变能力都很强，有能力胜任情感型的活动课，但由于欠缺专业知识和辅导技术，常会对活动效果产生负面影响；难以胜任专业知识和辅导技术要求很强的认知型的活动课。

心理辅导的原则、方式方法、技能技巧，不是仅仅具备专业知识就能够灵活运用的。它对心理辅导人员的一些非专业素质要求也很高，包括师德水平、语言技巧，甚至一些难以言传的先天的敏感度和领会能力；它需要心理辅导人员对这项工作富有热情并深入研究，还需要其拥有经过一定实践而逐渐具备的辅导能力，等等。教师作为活动课的设计者和学生心理的辅导者，必须加强自身的业务素质和个人修养，教师个人“魅力”在活动课这一特定环境里，对课的实效性有很大影响。教师个人“魅力”既包括教师的心理学、教育学素养，也包括个人亲和力、热情、真诚，思维的敏锐性，语言的准确性、丰富性及对学生特点的把握。

（三）课程本身的发展性

我国中小学心理健康教育迄今已走过20年的历程。中小学心理健康教育存在的问题与不足十分明显。例如，实践性研究成果丰富，但理论研究仍然薄弱，突出表现为理论指导实践不力；师资队伍建设已得到重视，但进程缓慢，收效不大，突出表现为师资数量仍然严重不足，教师水平普遍不高；相关活动层出不穷，尽显繁荣，但大多缺乏规划、规范，且管理混乱、薄弱，突出表现为短期行为明显，功利色彩浓厚；等等。

我国心理健康教育活动课程起步较晚，有特色的心理健康教育活动课程理论不健全，缺乏行之有效的、可操作性强的教学方法，教学缺乏规范性。为了保证心理健康教育活动课程实施的有效性，必须重视科研工作，加强学术交流，进行教法研究。各地应成立区域性的心理健康教育协会，心理健康教师应经常参加这些协会组织的学术交流、科研项目和教法研究等，尽量探索出适合本地、本校实际情况的丰富多彩的活动形式和教学方法，使心理健康教育落到实处。

（四）评价工作的发展性

从教学系统论的观点来看，教学过程是多个有目的、有顺序的教学环节的集合，各环节之间有机配合、相互影响，共同对教学目标的最终实现发挥合力作用。因此，要想全面、客观地评价教师的教学质量，必须对教学中的每一个环节都进行认真的了解和检查。

对于仔细检查教师是否认真完成了课前的准备工作，学校普遍采取的做法是，要求教师将上述反映教学准备情况的纪实性材料集中起来，交给校教师教学评价委员会，作为反映教学质量的基础档案或佐证材料。除此之外，大多数学校还让学生根据自己在学期中的观察，对教师的教学准备进行如实的评价。通常情况下，教师课前准备的权重约占总体教学评价的15%。

从信息论的角度说，教学过程是一个信息输入、转换、输出、反馈和调节的过程。其中反馈和调节实际上也就是教学评价的一部分。教学评价的结果不仅为教师了解教学状况提供了大量的反馈信息，使教师根据反馈信息对原来的教学设计作出必要的、适当的、及时的调节，以取得最佳的教学效果；而且为学员了解自己的情况、自己和别人的差距等提供了直接的反馈信息，学员就可以根据反馈信息自觉地、有意识地进行反思，对自己的学习态度、学习方法等进行自我调节、自我完善，以便达到自己的预定目标。

三、学校心理健康教育课程评价的多元性

（一）评价类型和方式的多元化

按照不同方式可以对学校心理健康教育课程评价进行不同的划分。按评价的功能及运行的时间可以将学校心理健康教育课程评价划分为诊

断性评价、形成性评价和总结性评价。按评价涉及的范围可以将学校心理健康教育课程评价划分为宏观评价、中观评价和微观评价。按评价的基准可以将学校心理健康教育课程评价划分为相对评价、绝对评价和个体内差异评价。按评价对象的复杂程度可以将学校心理健康教育课程评价划分为单项评价和综合评价。按定量或定性的评价方法可以将学校心理健康教育课程评价划分为定量评价和定性评价。按参与评价的主体可以将学校心理健康教育课程评价划分为自我评价和他人评价。因此，学校心理健康教育课程评价的类型和方式是多元的、多视角的，在具体的操作过程中如何选择评价类型和方式，要根据实际情况来确定。

（二）评价参与者的多元化

以往学生学习的评价者主要是教育者，学生缺少对自己学习活动主动进行回顾评价与反思的机会，更少有这种意识。皮亚杰认为，认识主体的能动作用没有发挥，认识就不能得到发展。学习的主动性应该更多地产生于学习者自身。而且学生不断增长的自我意识、批判意识与他们渴望受到尊重、渴望有独立的个性行为的追求也使他们在参与自我评价、他人评价时表现出极大的热情。《基础教育课程改革纲要》提出：建立促进教师不断提高的评价体系。强调教师对自己教学行为的分析与反思，建立以教师自评为主，领导、同行、学生、家长共同参与的评价制度，使教师从多种渠道获得信息，不断提高教学水平。自评就是被评者对自己经过心理健康教育后心理素质是否获得提升进行评价。他评是让熟悉被评者的人对他的心理健康水平是否获得提升进行评价。他评者可以是其他老师、父母、同学、邻居等。自评和他评相结合的方式，可以尽量多地收集反映学生心理素质提高及相应行为变化的信息，从而使教师对心理健康教育课的教学效果做出较客观的评价。

第二节　学校心理健康教育课程评价的类型

按照不同方式可以对学校心理健康教育课程评价进行不同的划分。按评价的功能及运行的时间可以将学校心理健康教育课程评价划分为诊断性评价、形成性评价、总结性评价。

一、学校心理健康教育课程诊断性评价

（一）诊断性评价的特点

学生心理素质的起始状态是心理健康教育课的重要依据。教师事先调查、了解、评定学生心理素质的发展现状和水平能够为教育活动提供必要的背景资料支持。在上课前，教师如果能借助信度和效度良好的学生心理素质测查量表对学生施测（前测），则能系统而科学地了解学生心理素质的现状和水平，合理明确教育目标、确定教学内容、选择教学方法，增强教育活动的针对性。

诊断性评价主要是在课程总体教学开始之前或阶段性教学开始之前进行的，也称准备性评价或起始性评价。这类评价可以了解学生在心理健康教育课程实施之前的认知、情感、意志、人际、行为等方面的起始状态，并以此作为学生在学习心理健康教育课程之前的心理发展状况资料，便于与学生学习心理健康教育课程之后的心理发展情况进行比较分析，也可作为教师安排心理健康教育课程教学的参考信息，借此信息修正教学目标，调整教学课时，增减教学内容，制作教学用具，收集教学资料等。简单地说，诊断性评价是为了确定学生学习的准备程度以决定教师应如何对学生因材施教。

（二）诊断性评价的评价重点

诊断性评价评价关心的是学生的初始行为，它特别注重类似下列的问题：①学生具备教学所赖以进行的知识和技能吗？②在多大程度上，学生理解了教学目标？如果学生充分地掌握了教学目标，那就意味着学生有跨越某些讲授内容或学习高难课程的愿望。③在多大程度上，学生的兴趣、习惯和个性特征表明，一种类型的教学可能优于另一类型的教学？（例如，小组教学和独立学习。）回答诸如此类的问题，要求运用多种技术：预备检查、性向测验、预测课程目标掌握的程度、自我汇报、观察技术等等。初始评价旨在确定教学次序和教学方式，这关系到能否使学生取得可喜的成绩。

诊断性评价与学生经常性的或重复出现的学习困难有关。这些困难是发展性评价的纠正性测验所没有解决的。如果交替采用了多种教学方

法（例如，运用程序教材、直观教具），学生在阅读、数学或其他学科仍然接连不及格，那么，就需要更加详细的诊断。借用医学的相似意义，诊断性评价对急救治疗没有效果的那些问题进行诊治。因此，诊断性评价更为广泛和细致，它需要采用特制的诊断试题，以及多种观察技术。严重的学习问题还可能需要专门补课人员，以及心理学家和卫生学家的帮助。诊断性评价的主要目的在于确定学习问题产生的原因，并制订计划，采取补救措施。

（三）诊断性评价的实施特点

心理健康教育课程实施前学生对心理健康教育知识的掌握情况和心理健康问题的关注情况，是课程实施的前提。换句话说，课程的设计要基于学生心理健康知识掌握与运用的现状，在设计中简化那些学生已经掌握的知识或者提高知识的深度，避免重复。

诊断性评价就是在教学活动开始之前进行的教育心理评价，它的主要任务是评价学生进入新的教学活动前所具有的前提条件如何，包括对学生能力、个性特点、各种优点和缺点、各种心理或行为问题类型等的识别。其目的是把握学生所具有的不同学习准备状态，就能力、兴趣、性格和心理问题对学生进行定性和定量的评价，然后制定相应的教学策略和教学方法。评价所得的资料既可作为课程设计参考，又可作为评价课程教学效果的依据。评价的方法有许多，包括查阅学生以往的记录、心理档案、教师对学生的评价，以及采用各种心理测验的方法，把握学生心理特点和心理行为问题，等等。

二、学校心理健康教育课程形成性评价

（一）形成性评价的特点

形成性评价旨在对正在实施的心理素质教育活动进行有效的监控和评定，对活动各个环节的实施情况进行诊断分析，针对偏离教学目标的做法，及时做出反馈、调整和完善。实践证明，科学恰当的形成性评价是心理健康教育课取得良好效果的重要保障。心理健康教育课最注重学生的主体参与性，对不同的教学环节的评定也各有侧重，有的环节偏重学生的感受与体验的真实度和深度，有的环节强调对训练策略的理解和

应用以及对行为方式和行为习惯的调整，有的环节则着重考察学生的自我反省和心理调节的效果。

形成性评价也称过程性评价，通常贯穿于课程实施过程的始终，是为了及时检验课程计划实施效果，从中发现不足之处，随时进行更正，推进课程完善的阶段性评价。形成性评价是在课程实施和教学过程中进行的，目的在于监控学生的学习进展情况，因而重点在于对课程开展的活动表现的了解而不是对活动效果的等级评定。它有别于诊断性评价和总结性评价，通常采用调查问卷、作业、讨论等手段和方法找出影响课程开发和课程完善的各种成分，并将评价结果反馈给学生和教师。这类评价可以使学生从中了解到自己在课程学习中的表现，激发学生学习的兴趣和继续学习的动机；同时也使教师对教学效果有更清晰的认识，进一步明确课程教学的调整方向。

（二）形成性评价的评价重点

形成性评价注意的不只是学生学习的结果，而是学生认知形成的全过程。在课堂教学中，教师要根据教学目标及时测评，跟踪学生的认知过程，这样不仅能及时了解教学过程中学生学习的情况，发现存在的疑难点、模糊点等，而且可以及时调整教学策略，最大限度地提高教学效果。

形成性评价是在教学过程中为改进和完善教学活动而进行的对学生学习过程及结果的评价，其主要职能是信息反馈。

（三）形成性评价的实施特点

实施形成性评价时，教师应进行较为详细的教学设计，划分出学习单元和具体课时，明确规定每个学习阶段的学习目标、评价内容和标准；形成性评价能对学生是否已经达到阶段性目标、达到的程度情况做出判断，从而肯定学生已有的发展成就，增强学生的自信心，提高学生的学习兴趣，起到强化学习行为的作用。

三、学校心理健康教育课程总结性评价

（一）总结性评价的特点

总结性评价也称终结性评价，一般是在课程结束之后对课程实施的

总体效果进行的客观评价，主要包括对教学目标的达成程度、教学实施的有效程度和学生心理的发展情况及学习效果的评定。总结性评价在对课程总体实施状况进行总结的同时，还为教师开展后续教学提供反馈信息，为下个阶段的诊断性评价提供有效依据，有时也可代替下一阶段的诊断性评价。

总结性评价也是对心理素质教育实施效果的综合性评价。教师可通过问卷测评法、活动产品分析法、观察分析法等方法全面获取量性和质性教学评价信息。在量性评价方面，教师既可通过比较学生训练的前测后测的得分差异来评定心理健康教育课对学生心理素质发展的影响效应，也可设计教学评价问卷，让学生评定教学效果；在质性评价方面，教师应尽量了解学生对心理健康教育课的体会、感受、要求和建议，同时还要全面考查学生在学校、家庭和社区的表现，客观全面地评价心理健康教育课对学生的心理和行为的实际影响。

（二）总结性评价的评价重点

总结性评价一般是在教学活动结束时进行的一次性评价，如期末的考核、考试等，目的是考查学生是否达到了相应的教学目标。其评价的主要信息来源于教师平时的即时评价、单元教学的形成性评价、学期结束时学生的终结性评价。教师最后把所有结果结合起来对学生进行综合性的评分。这样的评价方式有利于学生进行更有效的学习，能够真正满足学生的发展需要。把形成性评价与总结性评价结合起来，才能形成对学生的相对完整、全面的评价。

总结性评价大多在一个教学阶段（或单元）结束时采用，旨在确定学生对教学目标掌握的程度，也主要用作评分，或测验学生达到预期学习效果的程度。总结性评价中采用的技术受到教学目标的限制，但首先包括教师编制的成绩测验试题、各种表现的量表（如实验、口头报告）和结果评价（如论文、绘图、研究报告）。尽管总结性评价的主要目的是评分，或检查学生对教学内容的掌握情况，但它也为判断课程目标的合理性和教学效果提供了依据。

（三）总结性评价的实施特点

心理健康教育课的总结性评价，也就是对教育目标达成性的评价。

教育目标达成，显现在教育对象心理与行为的改变上。因此，我们在进行总结性评价时，可以从评价学生的心理素质是否提高与行为是否变化两个方面进行。

心理健康教育课的总结性评价主要可以从量和质两个方面进行评价，这两种评价互为补充，应该同时进行。一方面，从量的方面通过心理测试，了解学生在实施心理素质训练前后心理素质的变化，进而评定心理健康教育课对学生心理素质发展的影响。另一方面，可以从质的方面进行评价，主要有两种方式：一是相关分析，对学生内省材料进行分析评定，如通过学生的学习体会、周记等来对其心理变化进行评定；二是对学生参与心理健康教育课后发生的行为变化（如学习习惯、人际交往等）进行评定。

总结性评价通常是在一门课程结束或一个教学方案结束时所进行的结果评定，包括评定学生的进步和评定教学方案的有效性。可以采用学生满意度评定量表来了解学生对课程的感受和意见，作为改进课程的参考。

下面列举了诊断性评价、形成性评价、总结性评价的主要作用、主要目的、评价重点、实施手段等内容（见表 9－1），便于对比理解。

表 9－1　诊断性评价、形成性评价、总结性评价的对照表

种　类	诊断性评价	形成性评价	总结性评价
主要作用	查明学习准备和不利因素	反馈课程问题	评定课程效果
主要目的	确定课程开展的前提条件，因材施教	改进学习过程，调整教学方法	证明学生已达到的水平，预言在后继教学过程中成功的可能性
评价重点	课程实施、学生素质	过程	结果
实施手段	学籍档案、相关测验、观察记录	作业、评价问卷、日常观察	评价问卷、相关测验
实施时间	课程或学期、学年开始时，教学过程中需要时	每节课或单元教学结束后，经常进行	课程或一段教学过程结束后，一般每学期 1～2 次
特　点	测定式	前瞻式	回顾式

第三节　学校心理健康教育课程评价的实施

学校心理健康教育课程评价的实施，要确立心理健康教育课程评价体系、操作步骤，按照一定实施要求来开展。

一、学校心理健康教育课程评价体系构建

（一）评价指标制定的原则

在课堂教学中，评价一堂课的高效与低效，往往需要通过一些可以观察的外显指标来进行。但是这些指标需要依据不同的学科特点和教学目标而定。心理健康教育课因其关注学生的心理素质培育和心理适应指导而具有独特的目标，在教学过程中更关注课堂的训练活动和学生的情感体验、反思内化等，因此，构建心理健康教育课堂评价指标需要遵循如下几个原则。

1. 目标指向心理品质

20 世纪 90 年代兴起的积极心理学思潮，改变了心理学对消极心理因素关注的局面，转而关注个体的积极心理品质。积极心理学使心理健康教育从诊断和治疗转向发展和预防。积极心理学认为培养人的善端和积极品质比查漏补缺式的心理咨询更能有效预防心理困扰，倡导关注个体的积极的情绪和情感（主观幸福感、快乐、爱）、积极的人格特质（乐观、开朗、积极向上）以及创造力等。《中国教育改革和发展纲要》也将当前我国学校心理健康教育的根本任务定位于提高学生的心理素质，因此，心理健康教育课程评价指标体系必须转变消极心理学主导的局面，转而以积极心理学为指导，目标指向培养和塑造学生积极的情绪和情感，让学生更快乐地学习和生活，提高其主观幸福感，培养其积极的人格特质。

2. 内容着眼心理问题

心理健康教育课程评价指标内容的选择与设置必须关注学生的年龄特征，以学生的发展任务为切入点，关注学生在发展过程中可能遇到的心理困惑和心理问题。按照心理学家埃里克森的观点，个体的每个发展

阶段都有一定的发展任务和要求，完成发展任务则能顺利过渡到下一个阶段，否则就会影响个体的发展。因为每一阶段的发展都存在着两面性——积极和消极，所以个体在发展过程中就必然存在困惑，倘若过多走向消极一面，则容易出现心理问题。因此，心理健康教育课堂教学评价的内容必须着眼于学生可能存在的心理困惑和容易出现的心理问题的解决和引导上。

3. 过程关注心理交流

心理健康教育是“以心育心”的过程，要使个体的心灵得到教化就必须敞开心扉，进行心与心的交流。心理健康教育课为学生提供一个心理交流的平台，教师为学生创造一个安全、自由、民主的课堂氛围，激发学生分享自我的兴趣和动机，引导学生积极参与心理活动。引导学生进行心理自我的反省，反思自我是否存在心理困惑和问题，是否缺失某种积极心理品质；引导学生进行与同伴的交流，探讨处理心理问题的方式和方法；引导学生与教师分享自我的成长困惑和疑问，分享、传递心理健康维护的相关技巧。

4. 小结强调体验内化

心理健康教育课程开展的实际效果取决于学生在课堂中体验和感悟的程度。任何“说教者”“灌输者”仅仅告诉学生应该怎么样、不应该怎么样而不顾学生的自我体验，都将导致事倍功半。实际上心理健康教育课程的实效性最终要靠学生的体验内化，课堂中的训练教育活动都必须依赖于学生的自我反思，将所有心理技能、知识内化吸收，并运用到生活中解决实际问题。

（二）建构评价指标体系

学校心理健康教育课程评价指标体系是实施评价的主要依据，它是由各级各项指标及其相应的权重和标准所构成的集合体，是一个有机整体。

特尔斐法是1964年由美国兰德公司的道尔奇和赫尔发明的，是经过诸多领域实践证明的一种科学的技术测量方法。其特点是以匿名方式，向专家们分发咨询表，函询征求意见，然后由组织者进行汇总整理，并反馈给专家作为参考，再次征求意见。经过多次反复后，使专家意见日趋一致，最后得出结论。

指标体系由指标、数量及标准构成，它是评价的主要依据。它以指标的方式提示评价者，应该搜集哪些方面的信息才能对评价对象作出全面的评价；同时以权重的方式显示各个信息的重要程度，并以标准的形式揭示信息搜集的具体程度，有些指标体系中末级指标就会含有评价标准。一个良好的指标体系应该充分发挥上述功能，为此它应该具有下列特点：措词准确、内容科学、层次清晰、操作简便。

设计指标体系可遵守以下程序：一是指标的设计。在此阶段可以先初步拟定尽可能详细的指标，再对这些指标进行筛选，决定保留或舍去哪些指标。二是指标的分解。如一般心理健康教育的评价指标大致可分为教育工作者、教育活动场所、课程、档案、管理、教育效果等几大方面。对每一个指标再细化，如教育工作者的指标进一步细化为年龄、学历、专业、人数等。年龄还可细化为老、中、青等。层层分解，就确立了指标体系。三是权重的确定。指标设计出来后，就要赋予它们相应的权重。权重的导向功能十分明显，哪方面赋予的权重大，就说明评价者特别重视这个方面，被评价者在今后的活动中往往也相应重视这个方面。因此，权重应该科学、合理，不能随意而定。各种标准在学校心理健康教育工作中的重要程度是有区别的，如心理健康教育的活动场所和教师相比，显然后者更重要，教师的权重要大一些。在教师这一指标里，年龄和专业相比，专业更重要，专业的权重要大一些。经过各级指标的权重比例分配，评价就易操作，结论也更科学。四是标准的规定。在确定了指标和权重后，还须确定各个指标的评价标准，并对其作出具体阐述。要求对每个指标分为优、良、中、及格、差进行评价，然后对每一等级的评价标准作具体规定，如“优”有什么特征或表现，“差”的特征表现有哪些等。最后是编制评价表，并对评价表及使用作说明。详见表 9－2①。

① 莫雷．中小学心理健康教育基本原理［M］．广州：暨南大学出版社，1997：191.

表 9-2　心理健康教育绩效评价指标体系

一级指标及权重	二级指标及权重	等级分值					备注
		优 90	良 80	中 70	及格 60	差 50	
领导重视 10%（A）	有学校领导亲自负责学校心理健康教育工作（0.3） 学校领导定期检查心理健康教育工作开展情况（0.3） 发现工作中的问题并及时处理（0.4）						
师资素质 15%（B）	有一定比例受过专业培训的教育人员（0.3） 心理健康教育人员有机会参加研讨班或进修（0.3） 定期为学校教师举办有关心理辅导技能的培训活动（0.4）						
活动场地与设施 15%（C）	有专门的心理健康教育场所（包括教师工作室、团体辅导室、个别辅导室）（0.3） 具有完整的学生档案（0.3） 测验工具完善（0.3） 有开展工作所需的充足的书籍报刊资料（0.1）						
教育过程 25%（D）	教育计划的制订（0.3） 心理健康教育课程的开设情况（0.3） 资料的传播及有关的宣传工作（0.1） 心理测验的使用（0.2） 教育者的合作精神（0.1）						
教育质量 35%（E）	学生的评估（0.3） 教师的评估（0.2） 专业人员的评估（0.2） 心理健康教育人员能及时发现学生心理问题（0.1） 心理健康教育人员能及时处理学生心理问题（0.1） 心理健康教育课气氛活跃（0.1）						
总　分							

说明：总分 = A × 10% + B × 15% + C × 15% + D × 25% + E × 35%；B、C、D、E 得分分别为该项各二级指标得分与其权重的乘积之和。

教学评价指标体系是心理健康教育课程教学评价的客观依据。心理健康教育课程评价需要一个具体、可行的评价指标体系。心理健康教育课程和其他学科课程一样存在教师、学生和教学内容三个元素，不过心理健康教育课的教学内容不是知识而是策略和方法，并且主要通过活动来体现。因此，心理健康教育课程的教学评价须从教师、学生、教学三个核心元素着手。具体的评价指标体系参见表9－3。心理健康教育课程教学评价的指标主要包括教学目标、教学内容、教学组织形式和方法、教学过程和教学效果五个方面。表9－3所列是结合教育实践，对心理健康教育课程教学评价指标体系所作的一些初步探讨。

需要说明的是，表9－3中的“评价项目”为一级指标，“评价细则”为二级指标。权重就是对各级不同指标重要性的反映。一般来说，比较重要的指标权重较大，所占的分数比例较高；相对次要的指标权重就较小，所占的分数比例较低。表9－3侧重于探讨教学评价指标体系，具体评价时所需确定的评估等级和每个等级的具体评价标准及其分值尚未涉及。心理健康教育课程教学评价指标体系确定得是否完整，各级指标的权重和评价的标准制定得是否合理、明确，都直接关系到教学评价的客观性、公正性、规范性和全面性。可见，教学评价指标体系是心理健康教育课程教学评价的客观依据。如何在教学评价表中反映评价指标体系和评价标准及权重是实现成功的教学评价的首要工作。

（三）建构评价指标体系内容

1. 对心理健康教育课堂教学中教师的评价

对教师的评价可以从教师的基本素质和心理健康教育能力两个方面来考察。心理教师的基本素质评价着重考察教姿教态、教学理念。教姿教态是教师教学过程中对自己言语信息和非言语信息的管理和利用。教师展现的态度，是比教学方法更重要、更能影响教育效果的因素。课堂教学评价需要关注教师语言是否真正做到了亲切、自然、大方，肢体动作是否恰当。其观测指标包括：言语自然大方，平易近人，透露关怀而不显威严；表情自然、亲切，不生硬；肢体动作自然大方，能恰到好处地对学生的反应进行反馈。不正确的教育理念是导致中小学生产生心理障碍的主要原因之一。心理健康教育两大任务在于对心理问题的疏导和对学生积极心理品质的培养及潜能的开发。因此，对教师教学理念的考察应着重于教师是否将心理困惑的消解与心理品质的培养放在同等重要位置。

表9－3　中小学心理健康教育课程的教学评价表

评课维度（分值比例）	评价项目	评价细则	得　分
教师（占总分的40%）	教态（25分）（教师教学时对自己言语信息和非言语信息的管理和利用）	亲切、自然、大方	
	共情（25分）（教师对学生情感的理解能力）	理解、感同身受、共情表达	
	关注（25分）（教师对学生感受及体验的关注，对学生反应的反馈以及对学生进行积极正性的关注）	学生的心理问题和心理需要，学生感受及体验	
	理念（25分）（以学生为中心的教学理念）	学生主体，教师主导	
教学过程（占总分的40%）	教学目标（20分）（是否准确清晰地关注心理素质，对主题认识的深刻性及达成度）	准确性、清晰性、深刻性、达成度	
	教学材料（20分）（为实现教学目标，在教学材料过程中使用的各种工具性材料）	恰当性、生活性、新颖性、趣味性	
	教学环节的衔接（10分）（教学的整个流程、衔接）	流畅性、逻辑性	
	教学方法（20分）（为实现教学目标，在教学过程中采取的各种方式和手段）	教学结构的完整性及清晰性、心理健康教学原则的体现、教学板书的科学性及生成性、心理素质的训练性	
	教学过程评价（10分）	积极性、具体性	
	课堂气氛（20分）（课堂教学的心理气氛，包括学生是否感受到安全、自由、轻松）	安全性、自由度、轻松感	
学生（占总分的20%）	行为参与（30分）（学生的参与程度、积极性以及与教师的配合度）	参与面、主动性	
	情感体验（35分）（学生对课堂教学内容的感受和体会）	充分性、丰富性	
	认知观念（35分）（学生对课堂内容的思考，理解的正确性和对自身原有消极、错误观念的修正）	改变、发展	
总　分			

心理健康教育课程的活动性决定了学生是活动的主体，强调以学生为中心，教师旨在为学生提供心理资源，营造气氛，让学生自主决定其心理的发展。评价教师的教学理念需考察教师是否抛弃了传统的权威角

色，以及在课堂中主导、支配课程的时间和程度。其观测指标包括：是否对学生的积极和消极行为同等关注，而不偏向一种行为；学生和教师在课堂教学中各自支配时间的比例；教师是否发挥了“助推器”的作用，是否对学生的发展给予了无私的帮助，是否鼓励学生积极纠正问题、发展品质，等等。

心理健康教育能力从增进咨询效果的两个必要因素——共情体验和积极关注的能力两个方面考察。共情体验是指教师暂时放弃自己成熟的理性，设身处地地站在学生的角度体验学生的感受，理解学生的世界，分享学生的喜怒哀乐。考察教师的共情体验能力要看教师是否能尽快走入学生的内心世界，能否体验到学生的情感，是否成为一个“知心教师”。其观测指标包括：耐心倾听学生；设身处地为学生着想，站在学生的立场，感受学生的内心，与学生同喜同乐融为一体，同时不失教师的主导性地位；做好一个解释者，能与学生交换和交流意见；能进行适当的自我暴露，促进学生的发展；等等。积极关注是指教师无条件地接纳学生作为一个主体所拥有的情感、行为。心理健康教育的关注应避免出现两类偏差：其一是关注个别化倾向，只关注少数甚至个别学生；其二是关注点的偏差——只关注学生的不良行为。对于学生群体，教师应关注课堂中每一位学生的反应，对每一位学生的活动进行积极的反馈；对于学生个体，教师在关注学生不良的行为和情感时也要关注他们积极的情绪、行为及品质。关注层面也有深浅，教师的关注不应该局限于表面，需要深入学生内心，关注学生的情感体验及感受并给予积极的肯定支持和帮助，时刻体现着无条件的温情，体现着对学生的尊重与关心。其观测指标包括：关注的广度——关注班级所有的学生而不是只针对个别学生；关注学生的积极和消极行为而不存在偏颇；尊重学生的自主性，不对学生的行为进行无建设性的消极批评。关注的深度——深入学生的内心，向学生传达出无私的温情，处处体现着关爱，而不是流于表面的敷衍塞责。

2. 对心理健康教育课堂教学过程的评价

（1）教学目标。中小学心理健康教育课堂的主要目标分为两个：积极适应与主动发展。从较高层面来说，需要考察教师是否以适应和发展为主要目标，是否按照学生发展的年龄特征及心理需要制定活动目标；从较低层面来说，考察教师是否能够准确、清晰地理解教学目标，课堂教学目标有没有偏离出适应或者发展的目的。其观测指标包括：教师是否依据学生的年龄特征来制定课堂适应性和发展性教学目标；实际教学是否以促进学生适应生活、学习、人际交往，发展智能、个性、社会性、创造性等为目标；教学目标是否细化、具体且有操作性；教师在实际教学过程中是否以既定的教学目标为主，严格执行教学目标的同时是否关注生成性目标；教学目标的达成程度；等等。

（2）教学内容。为了达成教学目标，教学内容必须适应教学目标，两者不出现冲突或脱节。建构主义课程观要求心理健康教育课堂活动内容必须“回归生活世界”，这就要求教学材料要来自生活，活动内容必须新颖、有趣，否则会影响学生的参与度。其观测指标包括：教学内容与教学目标的适应情况；教学内容是否具有科学性且有助于教学目标的达成；教学内容是否来源于学生的生活，是否新颖、有趣、具有吸引力；教学内容是否与学生的年龄特征相符合，是否易于被学生接受和理解；内容的组织是否具有条理性，层次分明，层层深入。

（3）教学过程。教学过程的流畅反映出教师的教学设计与课程内容、目标、教学方法的切合度，是教师课堂教学能力的良好体现。教学过程的各个环节过渡顺畅、自然，水到渠成，才不会影响学生的情感体验；教学过程的逻辑性体现出一个教师对课堂内容理解的程度，缺少逻辑性的课堂显得杂乱无章，影响教学的正常进行，也从侧面反映出教学准备时间不够。考察活动过程可以从活动的衔接是否环环相扣、逻辑是否严密、是否做到了层层递进入手。其观测指标包括：教学过程是否流畅，层层深入；教学过程是否存在过度牵强、生硬的问题；教学过程是否具有逻辑性，条理清晰。

（4）教学形式。由于心理健康教育学科的特殊性，教师应注意活动形式和心理健康教育课程目标、教学原则等相适应，尤其要控制讲授法在课堂中所占的比例。心理健康教育课应以活动为载体，活动的形式可以多种多样，如心理剧、角色扮演、心理游戏、行为训练等。在选择具体活动形式时必须注意方式方法的适切性。其观测指标包括：活动时间与理论讲授时间所占的比例，是否促进了学生与教师之间的互动；教学方法、手段具有多样性，是否能恰当选择教学方法吸引学生，且与教学内容做到了最好的适应。

（5）课堂氛围。学生在自由、民主、有安全感的课堂气氛中更容易表现真实自我。因此，教师需要为学生创造自由、民主的气氛。学生能在民主的课堂里自由自在地探索，任何正确适当的学习行为都不会受到批评，课堂是安全、相对无拘束的，学生拥有发言权和一定的决定权。良好课堂气氛的创设有利于学生的参与体验。课堂氛围的观测指标包括：教师是否融入到学生群体之中；课堂是否是安全、民主、自由的；学生能否真实地表达自己的想法；师生关系是否融洽，学生是否足够信任教师；等等。

3. 对心理健康教育课程中学生表现的评价

受到建构主义思潮的影响，一味强调认知目标达成的观念逐渐转变成关注认知、情感等多方面的目标，关注终极认知目标的同时也关注教学过程中学生的兴趣与热情。心理健康教育课程的课堂教学评价同样关注学生的认知、情感和参与度。

（1）行为参与。学生的行为参与是对教师教学的直接评价。只有学生真正成为课堂主体，充分发挥主动性、自觉性、创造性和想象力，主动支配和调节自己的活动，教师的预设目标才有可能实现。从学生的行为参与方面评价教学，就必须考查学生参与课堂的积极性、参与面、参与程度等。其观测指标包括：参与面，指有多少学生积极参与了课堂教学活动，表现出多大的兴趣；参与度，指学生多大程度上积极投入到班级活动中，是否能够完全跟着教师的教学过程步步深入。

（2）情感体验。心理健康教育课程的主要目的在于使学生获得“心理体验”，在活动中产生心灵的触动或震撼，使学生的学习超越认知，深入情感。学生体验的充分性、丰富性直接影响心理健康教育课堂教学的实际效果。在课堂中学生能否感受到心灵的碰撞，能否产生情感的震撼，能否有所想、有所感、有所思，能否对教师预设的教学内容有深刻而丰富的体验等，都是教学评价需要考察的。其观测指标包括：学生是否在活动中充分体验到教师所创设的心理环境；学生是否有强烈的情感体验；学生的情感体验能否促使学生反思自己的观念和行为。

（3）认知改变。心理健康教育课程教学评价需关注学生通过教学或通过活动在认知层面的发展和改变。即结束课程后，学生在认知上能否去除自己的非理性想法，进而接受理性的观念。其观测指标包括：学生在参与活动中是否深入思考；是否在课堂中反思过自我的不良认知；是否去除了与课堂主题相关的不合理信念；掌握了多少发展积极品质的技巧；等等。

心理健康教育课程教学效果的测评指标体系设置为5个一级指标和31个二级指标。具体内容包括：

一级指标之一——教学目标。主要选取了是否符合学生的年龄特征与心理水平、是否具有实现的可能性、是否与学校心理健康教育课程目标相一致、内容与范围是否合理与恰当等4个二级指标。

一级指标之二——教学内容。主要选取了是否满足学生的需要与兴趣、是否具有一定的广度与深度、是否符合学科的自身特点、是否具有社会适应性、是否有效与有意义、是否与其他学科教学相协调等6个二级指标。

一级指标之三——教学方法。主要选取了是否符合学生的心理特点、是否适合学科自身特点、是否多种方法灵活运用、是否有效、是否让学生主动参与、是否保证师生间的互动等6个二级指标。

一级指标之四——对学生个体的影响。主要选取了学习、生存、人际交往、耐挫折、情感、恋爱、自我意识、人格、品德、心理与行为的积极变化、心理问题的预防与矫治等11个二级指标，测评心理健康教育课程对学生个体的影响。

一级指标之五——对学生集体的影响。主要选取了集体凝聚力、班风、班集体形成、班集体自主自育能力等4个二级指标，测评心理健康教育课程对学生集体的影响。

二、学校心理健康教育课程评价操作步骤

（一）评价准备工作

开展评价，必须建立或委托一定的评价组织。作为一项专业性很强

的活动，其评价组织成员的结构决定着评价理论、方法、工具的选择和设计分析以及评价的质量和价值。一般来说，结构合理的学校心理健康教育评价组，应由这样一些人员组成：教育行政部门的分管领导及管理人员，心理健康教育理论研究的专家学者，学校心理健康教育实际工作者，学校领导，等等。具有这种结构的评价组织，可以较全面和准确地开展评价。“凡事预则立，不预则废”。准备阶段对于学校心理健康教育课程评价的过程来说，是必不可少的一个步骤，是成功地开展评价工作的前提，它将直接影响评价工作的成功与否和质量好坏。准备阶段的具体工作包括以下几个方面：

1. 建立评价组织

组织准备指成立有关的学校心理健康教育课程评价组织，如成立专门的评价委员会或评价领导小组，聘请有关专家组成专家组，动员教职员工参加评价活动。人员准备指组织有关人员学习学校心理健康教育课程评价理论，使他们明确评价的目的、意义、范围、内容、原则、方法，进而以高度的责任感、实事求是的态度，认真负责地做好评价工作。

2. 设计评价方案

一份完整的评价方案应该包括：①评价的目的、意义和原则；②评价的内容及确定该内容的依据；③评价的指标体系和评价的标准；④评价的预计实施步骤；⑤评价的方法、技术；⑥评价结果的应用。所谓评价方案就是评价工作的计划。一般涉及九个方面：评价目的、评价对象、评价标准、评价方法、组织实施、实施期限、评价报告完成的时间、评价报告呈送的时间、评价报告的接受者。

3. 确定评价目标

进行评价，首先必须认真分析和确定自己的评价目标是什么，评价想达到什么目的，需要完成什么具体的任务，这是设计和选择评价理论、方法和评价工具的依据。为使评价的目标、目的和任务更加明确、清晰，并为其他人员所接受，评价者需要组织信息交流和协商活动，事前应进行认真调研，广泛征求意见，特别是征求心理健康教育实际工作者的意见，明确有关组织和人员特别是评价发起人的需要。在评价目标确定阶段，要注意目标的分解和细化，使评价便于操作，易于执行。

确定评价目标就是确定评价什么，对于学校心理健康教育课程评价来说，就是要确定评价学校心理健康教育课程的哪些方面。笔者认为，学校心理健康教育课程评价的目标应包括：对学校心理健康教育课程计划、学校心理健康教育课程标准、学校心理健康教育课程教材、学校心理健康教育课程效果等方面进行评价。

（二）对教学过程的评价

心理健康教育是一种情绪调节、情感体验，是心灵的沟通、理念的认同，所涉及的内容十分广泛，这就要求教师教学的重点不是引导学生死记硬背概念和理论，而是把学生引导到心理健康知识的真正应用上。心理健康教育课应当是生活活动体验型的，而不是知识传授累积型的，因此，对课程教学过程的评价应从活动、教师与学生三方面进行。

对教学过程的评价主要看教学过程是否采用变化的教学组织形式、是否作出合理的活动安排、是否运用灵活的教学方法以及是否形成良好的课堂氛围。心理健康教育课组织形式的变化和活动的合理安排对课程质量有重要的影响。正如列昂捷夫所说，成为什么样的人，这由他们的活动来决定，而活动则由活动方式和活动组织形式的发展所达到的水平制约。因此，评价教学过程要看活动设计是否有针对性、创新性、形式多样，活动实施是否规范、灵活变通、围绕主题，每位成员（包括教师）是否积极参与、充分投入。同时，评价还要看教学过程中教师是否善于灵活运用教学方法，鼓励学生相互分享，引导学生合作探究，是否能营造一种宽松、活跃、融洽的课堂氛围。

心理健康教育课的教学不同于其他学科教学，它较少采用静态知识传授的方式，而更多通过各种活动来实施教学。心理健康教育课的教学必须坚持活动为主，注重体验和感受。学生通过体验，建构一些自我发展的方法，亲历“感受—分享—感悟”这一心理成长过程。心理健康教育要以课堂教学、课外教育指导为主要教学方式，形成课内与课外、教育与指导、咨询与自助紧密结合的心理健康教育工作的网络体系。

（三）对教师的评价

对教师的评价，首先，看教师个人对心理健康教育的过程能否积极参与、感情投入，并做到适度的自我开放。其次，看教师对学生的态度是否真诚，对每一个学生能否做到尊重、关注。教师在与学生交往的过程中，应接纳他们，尊重他们，倾听他们的意见和愿望，使他们感到自己的存在与价值。最后，看师生关系是否平等。教师要少指导、说教，多交流、沟通；师生之间以诚相待、相互理解；每个学生机会均等，可以自由发表意见。

对教师教学行为的观察，应侧重于五个方面：①教学活动的组织能力。包括教材、语言、教学活动等方面的组织能力。②注意中心。苏霍姆林斯基强调“教师在课堂的注意中心应从自己的思想或教案转移到全班学生的思维”。除了观察教师在自己讲授时是否把自己的注意中心放在学生身上，还要观察当学生自主活动时，教师的注意中心是否放在学生活动的反馈与调节上。③教学机智的运用。既要看教师是否能敏捷快速地捕捉教学过程中各种信息，又要看教师是否灵活果断地采取恰当有效的策略与措施，推进教学发展的进程。④教态。观察教师在与学生的交往中，是否对学生尊重和信任，对学生的发展负责。同时，也要观察教师在课堂上是否表现出足够的热情与宽容，是否鼓励学生的好奇心、坦率与自发性。⑤教学追求。观察教师的教学水平主要处于“授受知识”、“启迪智慧”和“人格生成”三个层面中的哪一个层面，以引导教师对这三个层次进行整合发展，鼓励教师向更高的教学水平努力进取。

（四）对学生表现的评价

学生是心理健康教育课程的出发点和归宿。因此，心理健康教育课程的评价实质上都是围绕学生进行的。如前面所谈的课程目标、课程材料、课程效果的评价，以及教师的评价和过程的评价，都是以学生作为评价的核心依据。此外，心理健康教育课程的评价还要看学生是否是课堂的主角，在课堂上能否充分地参与并获得教师和同伴的关注与尊重。

对学生学习行为的观察，主要集中在五个方面：①参与课堂的状态。一要观察学生是否全员参与学，二要看学生是否还参与教，把教与学的角色集于一身。②课堂上的交往状态。一要看课堂上是否有丰富的、多边性和多样性的信息交流，二要看人际交往与合作的氛围是否自然、积极。③学生的思维状态。学生的主动创造和积极的思维活动是课堂教学中最亮丽的风景，而这需要教师长期的培养。因此，观察学生在课堂上的思维状态，不仅能看到学生的一时表现，也能看出教师的长期工作。在此，一要看学生是否敢于提出问题、发表见解，二要看问题与见解是否有挑战性与独创性。④学生的情绪。一要看学生是否有适度的紧张感和愉悦感，二要看学生能否自我控制与调节学习情绪。⑤课堂的生成状态。主要看学生是否都各尽所能，是否对后继的学习更有信心，感到轻松。

三、学校心理健康教育课程评价具体要求

（一）课堂心理氛围是否融洽

心理氛围是心理教学过程中相对稳定的集体情绪状态，它是集体心理动态结构的特点之一，是教学活动的心理背景。心理健康教育的基本形式是在课堂教学中，师生之间、学生之间会进行频繁的交往，交往时每个个体本身都带有一定的感情色彩，并具有强烈的感染力。个体之间的情绪互相交流，互相感染，会使个体产生认知上的共鸣、情绪上的共鸣，进而达到思想上的升华，从而形成某个时刻的集体心理气氛。学生只有在轻松的环境下，才能加快思维进程，所学知识才能加以巩固并快速转化为能力。和谐的心理氛围是教学任务顺畅完成的有力保障。那么怎样才能判断心理氛围是融洽的呢？其指标是教师积极投入、学生全神贯注、师生之间交流融洽、学生思维活跃、知识接受愉快高效、信息反馈及时等。

（二）师与生、生与生是否充分沟通互动

沟通是人与人之间的信息交流过程，也是人与人之间发生相互联系的主要形式。课堂教学活动也应该是教师与学生、学生与学生之间的一种特定沟通。师生之间、生生之间的有效沟通是有效课堂教学的保证。心理健康教育注重分享和倾诉的巨大功效，而分享和倾诉来源师生之间和生生之间的充分沟通。教师要把有声语言和无声语言自然地、和谐地结合起来，以促使课堂师生之间、生生之间的沟通达到较佳状态。评价要关注沟通者之间的心理背景，尤其是沟通者之间心理交往中的人与人

之间的吸引。

（三）活动是否具有深入性和分享的过程

心理健康教育就是对学生的心理活动进行关怀，让学生的学习过程成为一种享受心理活动带来快乐的过程。这个过程要求师生之间和生生之间有充分的分享交流。我们总是强调倾诉在心理咨询中的重要性，然而在心理健康教育教学中同样需要倾诉的过程，但是这个教学中的倾诉往往称之为分享。生活中的许多快乐，都是互相分享得来的。如果心理健康教育课堂上没有分享的过程，只是一味由老师来引导，那么心理健康教育也只是一个单一影响过程，而不是一个多面影响状态。当然分享的过程应该是一个由浅到深，再由深到浅的过程，只一味停留于表面的分享无法引起学生们的共鸣。

纵观评价方法的发展历史，教学质量评价方法由以量化评价为主、质化评价为辅，发展到以质化评价为主、量化为辅。课堂教学评价的方法很多，其中，量表法、随堂听课评价法、情境式评价法等是主要的方法。量表法是指通过编制评价量表来对课堂教学进行评价的方法。在课堂教学评价中使用量表法时，量表中的指标或指标体系是评价的基础。指标是指具体的、行为化的、可测量或可观察的评价内容，即根据可测或可观察的要求而确定的评价内容。但是，量表法往往在指标范围内进行，对于一些不在指标内的因素无法纳入考核范围之内。随堂听课评价法可以弥补量表法的缺陷。评价者可抓住任何一个细节，对一些特殊行为保持高度的敏感，并对这些行为进行及时的记录和分析。通常这种方法要求观察者有熟练的观察技能和丰富的观察经验。这种方法的难度较大，为了简化难度，教师有计划在课堂上创设某些片段，也就是创设某些情境来让学生根据所学的理论和知识去应对这个情境。最后，教师对学生在情境中的反应作出客观的评价。

总而言之，教学质量评价的最终目的是以评促建，将心理健康教育的目标、内容、过程以及评价方法及时反馈给心理健康教育者。这对未来学校心理健康教育教学建设具有重要的意义。

第十章　学校心理健康教育课程的教学保障

心理健康教育课程是以发展和提高学生的心理品质为目标的，开设这门课程，就要立足教育、重在引导、遵循学生的身心发展规律，以保证心理健康教育的实践性与实效性。下面将从课程设计、校本教材开发、教学研究三个方面探讨保障心理健康教育课程实施的措施。

第一节　学校心理健康教育课程的设计

心理健康教育课程的教学经常以学校现有班级为单位进行，心理健康教育课程的内容广泛，涉及学生学习与生活的各个方面；课程的作用也比较全面，既可以是预防性的，针对学生可能存在的心理困惑与问题，也可以是补救性的，针对学生已经遇到的带有普遍性的心理困惑与问题。正因为心理健康教育课程具有上述优势，它已成为现代学校心理健康教育的基本途径，也是将心理健康教育落实到实处的重要保证。目前，世界上许多国家已经将心理健康教育课程列为学校教育中的核心课程之一。自 20 世纪 80 年代以来，我国已有不少学校专门开设了心理健康教育课程，并进行了有益的探索，取得了宝贵的经验，但也存在很多问题，尤其表现为忽视课程设计或课程设计不科学、不系统，这直接影响了心理健康教育课程的实效。

一、设计形式

心理健康教育课程是以学生的活动为中心来组织教学的，要求活动形式新颖有趣，符合学生的实际需要和心理特点。但影响学生心理发展的因素是复杂多样的，这就决定了心理健康教育课程的组织形式具有灵活多样的特点。

（一）校内心理健康教育活动课程

校内心理健康教育活动课程包括课内心理健康教育活动课程与课外心理健康教育活动课程。课内心理健康教育活动课程是指列入学校课程计划内，在学校课堂内有计划、有组织、正式实施的课程。它在时间、场地、师资等方面都得到了保障，是开展心理健康教育最主要的一种形式。课内心理健康教育活动课程常用的方法有讨论法、心理训练法和自我陈述法等。

心理健康教育活动课程不仅在课内进行，还延伸到课外活动中。学校课外心理健康教育活动课程主要有以下形式：班会社团活动、文体活动、科技活动等。

（1）班会社团活动。学校的班会社团活动（包括共青团活动）的内容涉及个人、集体、学校和社会等各个方面的主题。作为学校心理健康教育活动课程的一部分，班会社团活动尤其要突出心理健康教育的主题，在活动中增加心理健康教育的内容和要求。通过班会社团活动对学生进行学习、生活、人际关系、自我等各个方面的教育，促使学生形成正确的人生观、价值观，增进学生的自我认识和对他人的理解，改善人际关系，培养学生的耐挫力和社会适应能力。

（2）文体活动。文体活动主要是指文学艺术活动和各类体育活动等，它们都有利于学生心理素质的提高。文学艺术活动主要包括书法、歌咏、舞蹈、音乐、摄影、雕刻等各个方面。在文学艺术活动中，美的刺激，如声音、乐曲、光线、色彩、形态等，可对人的心理产生积极的影响，有利于人们宣泄和排除不良情绪，产生积极的情绪体验，进而增强心理承受力，提高心理素质。在艺术创作活动中，可发展学生的艺术兴趣和特长，使他们获得成就感和自豪感，提高感受美、鉴赏美和创造美的能力，促进学生发展包括审美素质在内的综合素质。心理健康教育活动课程通过组织学生参加各种体育锻炼、体育竞赛和体育游戏等活动来促进学生身心健康发展。体育活动有助于学生充分宣泄不良情绪，缓解心理压力；还能促使学生形成积极向上的人生观，增强学生竞争意识、竞争能力和团结合作精神；有利于培养学生顽强的意志、良好的情操以及心理承受力，从而增进学生的心理健康，提高学生的心理素质。

（3）科技活动。科技活动主要有创新研究、课题研究、科学发明等形式，内容以自身专业为核心，辐射天文、地理、环境、气象、电子技术、无线电、农业等方面。科技活动可发展学生对科技的兴趣和勇于探索科学的精神，培养学生的想象力、思维力和创造力，帮助学生形成顽强的意志，提高耐挫能力。

（二）校外心理健康教育活动课程

校外心理健康教育活动课程的形式主要有夏令营和冬令营、社会考察、社会服务、社会交往、社会实践等。

（1）夏令营和冬令营。近年来学生的夏令营和冬令营活动中增加了心理健康教育的内容，如“抗日生活夏令营”、“越野拉练冬令营”等，用以培养学生坚强的意志、吃苦耐劳的精神，增强学生的抗挫能力、良好人际交往能力及团结合作能力等。

（2）社会考察。社会考察主要有参观、访问、调查等方式，如通过访问烈军属、参观法制教育展览会等活动，使学生了解社会，理解他人，认识自我，增强社会责任感和法制观念，从而达到教育自我的目的。

（3）社会服务。社会服务主要包括社会公益劳动、志愿者服务和社区服务等，如志愿陪养老院的老人谈心、照料孤儿、定期为图书馆等社会公益机构义务服务等，都属于社会服务的内容。学生在社会服务中，可增强社会责任感和归属感，学会体谅、关心他人，树立为他人献爱心的观念，克服过于注重自我、不关心他人的缺点。此外，学生还可以掌握一定的劳动技能技巧，形成正确的价值观、劳动观和耐挫能力。

（4）社会交往。在城市学校和乡村学校的学生之间、正常家庭和残缺型家庭的学生之间、富裕地区和贫困地区的学生之间开展“手拉手”活动，通过学生集体和个人之间的通讯和互访活动，扩大学生的视野，丰富学生的情感，使学生富有爱心、同情心，有利于培养学生的助人品质、社会责任感和合作精神，增强学生的交际能力。

（5）社会实践。社会实践是由教师引导学生参加社会的体验式学习，帮助学生形成对社会和家庭的责任感以及工作责任心，促使学生掌握必要的生产和生活技能，形成热爱劳动、热爱劳动人民和热爱生活的情感，增强社会适应能力、交际能力和自理能力。

（三）网络心理健康教育活动课程

网络心理健康教育活动课程是指利用互联网开设心理健康教育活动网站，引导学生在网络上自主参加活动以促进心理健康发展的一门课程，它将是21世纪我国心理健康教育最重要的途径之一。心理健康教育活动网站开设的主要栏目有以下几种：

（1）“心理测试中心”。学生在此可参加心理测试，了解自己的心理健康状况和气质、性格等特点，以便有针对性地进行心理自助，提高自我心理素质。

（2）“心理论坛”。利用BBS（电子公告牌系统）讨论版、聊天室等开设心理论坛。在“心理论坛”中，教师通过精心的设计有关心理健康方面的问题或选择典型案例，也可利用学生自由提出的热点心理问题或自己的心理困惑、心理矛盾，来引发学生自由讨论，教师在必要时作适当的指点。在讨论和交流活动中，学生自由表达自己的观点，相互宽慰，起到了宣泄情绪、交流情感、提高认知的作用。

（3）“演艺剧场”。利用聊天室或语音聊天室，开展角色扮演活动。这样可突破时空的限制，使学生能够随时随地上网借助角色扮演来实现心理自助，尤其能帮助部分不敢当众表演的同学在网络上自由地表现自己，使全体学生的心理素质都有望得到提高。

（4）“精彩专辑”。将幽默影视片、幽默小说、笑话、漫画等制成网页，使学生在欣赏过程中开怀大笑，达到消除烦恼和抑郁、改善现状、愉悦身心的目的。

（5）“让我露一手”。在网上定期开展征文、征画、征校徽设计、征校歌等比赛活动，培养学生的竞争意识、创造能力和抗挫能力，使学生在创作中体验到成就感和自豪感，增强集体意识。

（6）“游戏专栏”。设计生动有趣、寓心理健康教育内容于其中的娱乐游戏、体育游戏（如棋类游戏）等供学生参加，使学生在轻松愉快的游戏气氛中进行情绪的调节和心理锻炼，从而达到释放和宣泄学生心理压力、提高学生心理素质、开发心理潜能的目的。

（7）“社区采风”。将现实社会中有教育意义的活动场所（如青春期展览会、博物馆、烈士纪念馆、法制展览会等）搬上网络，变成仿真性极强的虚拟社区的一部分，让学生进入其中参观访问、讨论交流，接受心理健康教育。

（8）“模拟体验”。将现实社会中很难再现的情景，如车祸、水灾、地震等场面，通过网络技术再现出来，使学生在模拟的情景中产生各种体验和感受，培养学生的抗挫能力和适应能力，让学生掌握一定的劳动技能技巧，形成正确的价值观、劳动观和耐挫能力。

二、设计方法

（一）心理健康教育课程设计的基本要求

1. 课程设计必须将学科、学生及社会三方面整合起来

课程设计就是对课程的各个方面做出规划和安排。一般来说，制约课程设计最基本的因素有三个：学科、学生及社会。在心理健康教育课程中，学科、学生及社会三者是对立统一的关系，在课程的基础层面，三者是统一的整体，但当它们进入课程设计的操作层面时，常常表现为此消彼长的对立关系，即有意无意地偏向某一方面而不能兼顾其他方面。目前，国内的心理健康教育课程设计有以下三种不良理论取向：一是以“学生”为中心组织心理健康教育课程设计，忽视了学科和知识结构的组织；二是以“社会”为中心组织心理健康教育课程设计，忽视了个人价值和个人需要；三是以“学科”为中心组织心理健康教育课程设计，忽视了个人的需要和各种社会能力的培养。现代课程理论发展表明，课程设计已向学科、学生及社会整合的方向迈进。课程理论学者罗顿认为，从事课程设计时须从三方面考虑：一是知识的本质，二是儿童的本性，三是社会的情境。由此看来，现代课程设计强调综合取向，即强调同时兼顾学科、学生及社会三个方面，这是在心理健康教育课程设计中首先应注意的理论支点。

2. 课程设计必须注重心理学学科知识的实际应用

心理健康教育课程不是单纯的知识传授的学科课程，而是综合的实际应用课程。它不同于其他课程，它主要不是解决知与不知的矛盾，不是要学生掌握一门文化科学知识，而是要直接地影响和干预学生的现实心理状态。尽管心理健康教育课程的内容不可避免地涉及许多心理学理论，但教师在课堂上对心理学知识讲授过多，会使学生对理论望而生畏并失去兴趣，而且学生在面临现实的心理问题时，依然会束手无策、不知所措。因此，与一般课程设计相比，心理健康教育课程设计应当轻理论的系统传授，重心理学知识的实际应用，使学生学会自我分析、自我调控，学会排除生活、学习及人际交往中遇到的困惑、烦恼及焦虑等不良情绪，学会解决生活、学习中的实际问题，充分发挥自身的心理潜能，使全体学生在心理发展方面都有一个提高。

3. 课程设计必须以活动为基础

活动是指主体与客观世界相互作用的过程。人是活动的主体，活动是人生存和发展的必要条件，是人的经验和体验产生的前提条件。活动也是教育之本，一切影响都只能通过活动对学生的心理和人格产生作用。同样，人的心理状态的变化和改善也只能在活动中实现。那种空洞的与学生内在心理世界无关的说教，不可能对学生的心理健康产生实际的影响。关于这一点，弗里德曼指出，教育者或教师如果企图让儿童不通过自己的活动去掌握知识、培养品德，即将知识、品德、要求加到儿童身上，则任何企图只会破坏儿童健康的智力发展和精神发展的基础，破坏培养他的个性品质的基础。因此，心理健康教育课程设计必须将主要的努力放在组织和引导学生活动方面。在活动中，学生的感受和体验必然产生和表现出来，在这样的基础上，通过师生之间和学生之间的沟通、分享，学生的心理便可能得到调节和影响，从而实现转变和改善。活动组织得越成功，学生的感受与体验越真实充分，心理健康教育课程的作用就越显著。

4. 课程设计必须重视学生的整体参与

心理健康教育课程以培养学生良好的心理素质、促进学生身心全面发展为目的。学生良好心理素质的培养必须依赖于学生主体的自我教育过程，即依赖于学生自身与外界环境之间的互动，通过主客体的交互作用，使心理结构趋于完善化、复杂化及平衡化，从而使心理机能得以提高，心理潜能得以发挥。可以说，在心理健康教育课程的实施中，学生主体的积极性和参与性程度直接影响教学的效果。因此，重视学生的整体参与是心理健康教育课程设计的一个重要特征。

5. 课程设计必须贴近学生的实际

首先，心理健康教育的课程设计必须贴近学生的年龄及身心发展的实际。不同年龄的学生具有不同的发展特点，如小学生以形象思维为主，初中生以经验型的抽象逻辑思维为主，高中生则以理论型的抽象思维为主。在课程设计时要充分考虑年龄特征，根据学生的现有水平进行诱导体验教育，并兼顾学生的个别差异，让学生在体验成功的过程中寻求自我满足感和自我价值。

其次，学生往往十分关心发生在自己身上的学习、生活方面的事，教师如果把一些贴近学生学习、生活实际的典型事例运用到心理健康教育课程的内容上，将极大地调动学生的积极性，引起学生心灵的共鸣。因此，心理健康教育课程在内容上与学校其他课程表现出显著的区别：它不是独立于学生生活之外的知识或理论体系，而是与学生生活密切相关的各种事件和问题，包括学习、交友、情感等。课程设计必须贴近学生生活实际，根据学生生活和发展的逻辑选择和安排课程内容，这样才能保证课程的效果。

6. 课程设计必须凸显和谐信赖的师生关系

心理健康教育课程实际上是师生双方的一种交往过程，只有当学生把教师看成是可以信赖和尊敬、可以交流思想并能获得帮助的朋友时，他们才会敞开胸怀向教师吐露真情。反之，学生一旦不认可教师，就会导致心理隔阂，产生严重的逆反心理和闭锁心理，此时，教师的所有努力，即便是最好的教学内容配以最理想的教学方法，也难以收到预期效果。因此，心理健康教育的课程设计，必须摈弃传统的师生之间我“讲”你“听”、我“说”你“做”、管制与被管制的关系，选择有效的教学模式，使师生双方实现心与心的沟通、情与情的交融，建立一种和谐信赖的师生关系。

7. 课程设计必须将情感贯穿始终

心理健康教育的课程设计必须突出学生的情感体验，这对于课程效果来说至关重要。因为心理健康教育课程不同于学科教学，仅仅有认识是不够的，教师应通过创设情境、进行相关训练，使学生产生深刻的情感体验，从而产生相应的符合要求的行为。可以说，在心理健康教育的课程设计中，情感的唤起是起始，情感的体验是过程，情感的升华是目的，只有将“情”贯穿始终，才能真正收到实效。

（二）学校心理健康教育课程设计的步骤

1. 课程目标的确立

课程目标的确立是课程设计的首要环节。确立心理健康教育课程的目标，就是确立心理健康教育课程的出发点和所欲达到的结果。只有科学、合理的目标，才能正确指导课程内容、教学方法、教学手段等的选择与运用，课程的实际效果才能得到保证，课程才具有其存在的价值。正因为如此，课程目标的确立是心理健康教育课程设计的核心问题。在确立心理健康教育课程目标的过程中，应注意以下几点：

（1）体现发展性要求。从根本意义上来说，心理健康教育课程的总目标与国家的教育目的是一致的，就是使受教育者全面发展。然而，总目标要通过一系列具体的目标才能实现，它不可能在短期内实现，而是要经历一个从简单到复杂、从低级到高级、由不自觉到自觉的发展过程。因此，必须根据不同年龄段学生心理发展的特点及规律，制订各年级的具体目标，只有达到这样的目标，才可以循序渐进地促进学生心理的健康发展。

（2）体现时代性要求。当前的国际局势充满了激烈的竞争，“优胜劣汰”在社会生活的各个方面表现得淋漓尽致。只要有竞争，就会有成功和失败，青少年学生是我国未来发展的希望，不仅需要学习必备的科学文化知识、技能，而且要有强健的身体和良好的心理素质。只有这样，才能肩负起振兴中华的重任。因此，确立心理健康教育课程目标，一定要适应时代发展的要求，选择有利于学生在时代发展背景下生存、发展的心理品质及特征作为心理健康教育课程的目标。如心理承受力、自主独立性、竞争性、团结协作能力、学习能力、创造力等心理品质的培养与训练。

（3）体现可操作性要求。心理健康教育课程直接把情感、意志、个性等当作教学目标，关注的焦点不在于认识目标的达成，而在于将观念的东西转化为学生实际可行的、可训练的行为。因此，课程的目标不能抽象、模糊、空泛，而要具体、明确、实际；制定课程目标时要将抽象的心理学概念、原理具体化为各种行为表现及特征，变成可以观察的、可以通过一定的测验和评定方法来评估的，并且可以通过一定的教育手段和措施来加以训练和改造的可操作的行为目标。这样，心理健康教育课程才不会流于形式。

2. 课程内容的选择

确定心理健康教育课程目的的之后，就要选择相应的课程内容来实现目标。课程内容是课程目标的具体化与载体，正确地选择课程内容对实现心理健康课程的目标具有十分重要的意义。

从当前国内外心理健康教育的实践情况来看，在选择心理健康教育课程内容时，有三种错误倾向值得注意。一是将心理健康教育内容萎缩化，把心理健康教育课程等同于心理卫生课程，侧重于有关心理困扰或心理障碍的防治知识的传授，忽视了优化受教育者的心理素质和开发受教育者的心理潜能，本末倒置；二是将心理健康教育内容扩大化，把一些与具体学科相关的心理品质内容也放在心理健康教育专门课程的内容之中，忽视了心理健康教育课程自身的主要目标，芝麻西瓜一起抓，顾此失彼；三是采用直线式方法编排心理健康教育内容，把心理健康教育内容按照学生的年龄段，人为地进行“纵向”排列，忽视了心理问题的复杂性及心理品质训练的反复性。因此，心理健康教育课程的内容编排结构不宜采用直线式，而以圆周式、螺旋形上升式为宜。在选择课程内容时，除了注意上述三点之外，还要注意课程内容要适合学生年龄特征，贴近学生的生活实际；要有利于学生广泛参与，具有一定的趣味性。

3. 课程单元的设计

（1）了解学生需要。心理健康教育课程以直接满足学生维护和发展自身的心理健康的需要、促进学生心理健康发展为目的，因此，为了使心理健康教育课程具有实效性，必须对学生的实际心理需要进行充分的了解，做到心中有数，有的放矢。学生心理健康发展的需要包括两个层次：一是一般性需要，指在某一年龄段的所有学生普遍存在的心理和行为发展上的需要。要了解这种需要，教师可以通过研究发展心理学的有关资料分析确定，也可以参考一些现成课程设计中提出的一般性需要。二是特殊性需要，指本校、本班学生或某些特殊学生群体，由于处在特殊环境中或遇到特殊事件的冲击或压力而产生的解除困境、度过危机的需要。要了解这种需要，教师可以通过实地调查收集有关信息，调查对象可以包括学生、家长及教师和有关的社会机构，调查方法可以是谈话法、问卷法、座谈会等。

（2）确定单元主题。在了解学生需要的基础上，教师要进行科学的选题。有些教师不顾学生的需要，不顾本校的实际情况，依据现成的参考书照样画葫芦，使心理健康教育课成了走过场的脱离学生实际的摆设，这就违背了心理健康教育的主旨。科学选题时，应因人、因事、因地、因时制宜。如某中学教师通过调查发现，本校初二男生在校外聚集抽烟的现象比较普遍，进一步又了解到许多学生与同伴在一起吸烟的主要原因是经不住其中少数同学的劝说（不好意思对朋友说“不”），对此就可以考虑开设主题为“学会说不”、“真正的朋友”、“吸烟害处大”等心理健康教育课。

（3）确定单元目标。单元目标是指某一具体单元的活动主题所要达到的目标。在确定单元目标时，应注意三方面：一是教学目标陈述的应是学生的学习结果，而不应该陈述教师做什么；二是教学目标的陈述应力求明确、具体，可以观察和测量，尽量避免使用含糊和不切实际的语言陈述目标；三是教学目标的陈述应全面，包括认知、技能、情感、态度等方面。

（4）确定单元课时。因为单元有大小之分，所以每个单元主题所需课时是不等的。大单元一般指主题系列单元，由多个（8～10个）同类或相关的主题组成。如在“学会交往”系列主题单元设计中，可以包括以下小主题：学会打招呼、学会微笑、学会称赞、学会拒绝、学会竞争、学会合作、学会宽容、学会助人等。大单元的课时一般需要8～16课时。小单元就是针对某一特定的心理品质所确定的一个独立的主题，如“了解你的气质”、“如何与陌生人交往”、“和时间比赛”等，这样的小单元以1～3课时为宜。

（5）确定教学方法。心理健康教育课程与其他课程一样有着共同的教学方法，如讲授法、谈话法、讨论法、演示法、实验法、参观法等。但心理健康教育课程又有别于其他学科课程，它重在活动，重在学生参与，通过师生共同活动，达到优化学生心理素质的目的。这就决定了心理健康教育课程有一些特殊的方法，如角色扮演法、心理测量法、学生自陈法、联想活动法、演讲法、游戏法、辩论法、专题讨论法等。教师在确定教学方法时，要综合考虑课程内容、单元目标、单元主题、学生的身心状况、学校和班级的条件以及时间、地点等多种因素，灵活运用多种教学方法，使其互相配合、协调一致，共同发挥作用，实现心理健康教育课程的目标。

（6）做好课前准备。课前准备主要是确定活动形式和准备好活动所需的用品、资料。活动形式的选取一定要与学生的年龄和活动的主题相匹配，教学地点也不能仅限于教室。对于教学所需的电教设备和影视、录音材料，教学游戏所需的玩具，角色扮演所需的道具，各种印刷品，身体活动用品等，均应在课前准备好。

（7）拟定活动程序。这是单元设计的主要部分，它规定了教学活动过程的具体步骤和实施程序。从活动开始到活动结束的每一个步骤都应有周密的说明、细致的安排。活动程序的拟定要符合学生的认识规律，由近到远、由浅入深、由表及里，由感性到理性；要符合逻辑规律，即环环相扣、丝丝相连、循序渐进，做到既完整又系统。

（8）撰写活动方案。活动方案是在上述单元设计的基础上，用书面形式记录下来的具体方案，是对单元设计的提炼和升华，它通常以一个课时为单位编写。有了活动方案，教师就可以有目的、有计划、有步骤地在规定课时内有条不紊地组织教学活动，它是保证课堂教学效果的前提。心理健康教育课程的活动方案一般包括以下内容：主题（一般用一句话概括）、教学目标（包括分目标）、教学时间、教学方法、教学准备以及教学过程（实施程序）等。综上所述，学校心理健康教育课程的设计是一项科学系统的操作，它需要每一个心理健康教育工作者在实践中以高度的责任心积极面对、认真探索，只有如此，才能全面实现心理健康教育课程的目标，确保心理健康教育课程走上科学与成熟的发展道路。

第二节　学校心理健康教育课程的校本教材开发

心理健康教育课程以培养学生良好的心理素质、促进学生自我成长和潜能开发为目的，它不同于专业课程，而是一种以学生为主体，体验性的、回归生活的课程。心理健康教育是一项系统工程，不应只是心理学家的工作，而应该是全体教育工作者的任务。开发适用的校本教材成为普及心理健康教育课程的迫切需求。

教材是课程知识的核心载体，是教学活动的施工蓝图。心理教材是教师教学过程中的基本依据，是学生学习和自我成长的参考资料。它主要起到引领和指导的作用，激发学生的兴趣，在潜移默化、循序渐进的过程中促使学生有所体验和感悟，并主动自我探索，培养自身能力。

一、指导原则

心理健康教育课程是一个开放的课程体系，它既要满足心理健康基本知识普及的需要，又要满足不同学生对自身心理能力发展的特殊需要。因此，心理教材并非心理理论和概念的枯燥传授，而应更注重实践，突出操作性和发展应用性。教材的编写要遵循一些基本的指导原则。

（一）科学系统性原则

1. 科学性、正确性、发展性

教材的内容必须将科学性、正确性放在首位，这是教材编写的基本要求，即所介绍的知识、传输的理念应该是有科学依据、比较成熟的。教材编写的指导思想要关注“以人为本、全面发展”的理念，注重发展性，即心理健康教育课程的内容和活动形式要有利于学生的全面发展和长远发展。心理健康教育的教材应从积极的人性观出发，重视人的生命和生活，关怀人的价值和使命，关照人的精神和信仰，着眼于学生心理的整体发展和发展中的每一个学生的整体提升。心理健康教育课程的教学要引导学生关注自己生理和心理发展特点，主动进行心理调适，做积极、乐观的人；以长远发展的眼光来组织和实施教学活动，帮助学生正确认识和处理学习、生活、就业和成长中遇到的心理行为问题，追求身心的全面协调发展，达到自助助人的教学目的。

2. 系统性、层次性、针对性

系统性指教材通篇结构的合理性，在目标、内容和要求等方面应该有完整的体系，使知识内容成为一个有机联系的整体。同时，教学内容和教学要求应体现循序渐进的原则，注意层次性。教材编写可以根据不同年龄学生的心理特点与要求，按照学生在不同时期容易面临的典型问题来组织。例如，设计有关自我意识、情绪情感、人际关系、学习策略、异性交往、生涯发展等方面内容，采用由简到繁、由低到高、由浅入深的编排方式，依据学生心理发展特点整体规划，有所侧重、相互渗透、相互支持，使心理健康教育目标分层次地重复出现、逐步拓展，从而使学生在学习过程中自然地跨过一个个台阶，不断提升知识结构、发展能力。

尤其要注意的是，教学内容应具有针对性。教材所谓的系统和层次并非“面面俱到”，以往有些教材刻意追求知识体系结构的逻辑完整性，学科化、知识化倾向比较严重，在实际问题讨论时却又“点到为止”，学生会因此感觉课程枯燥乏味，且脱离实际生活。所以，教材编写应有所侧重，关注学生的生活经验，关注他们的认知方式与思维品质，关注他们的多元需要与兴趣爱好，从学生面临的社会和自身的热点问题着手，从中选择典型事例作为教材的基本内容，引起学生的兴趣，进而深入探讨某些跟学生实际生活紧密相关的问题，设计相关的活动方案，提供心理互动、心理体验与心理建构的场景，因材施教，使学生通过学习和活动增进自我认识、学会自我调适。

（二）灵活开放性原则

1. 精选活动，重视时代性

学生心理的发展，良好心理品质的养成，并不是仅仅通过心理学知识的学习就可以达到，而是要让学生在丰富多彩、形式多样的体验性活动和环境中，通过参与游戏、情境体验、角色扮演、行为训练、讨论分析等方式，自己去体悟和感受，自我教育。因此，教材需要充分考虑到心理健康教育课程的特点，根据学生不同年龄段的心理需求，创设大量丰富的活动。

但要注意的是，心理健康教育课程的活动内容应精练科学，组织形式应精巧细致。从学生的实际出发，选取更贴近学生生活需求的主题（如学生情绪的调节、悦纳自我、青春期成长、人际关系、学习策略、求职就业、创业创新等），进行单元设计，组织相适应的活动。切记不可追求活动数量，使一堂课成为各种游戏的堆叠，而应精选最能激发学生参与热情、产生情感共鸣的形式，更多地关注活动过程的引导和活动结束后的启发、感悟与总结。

另外，活动内容和形式的时代性也不容忽视。与一般学科课程不同，心理健康教育课程的内容是基于学生自我健康成长而设计和展开的，需要学生参与课程内容的商定、建构和运作的整个过程。因此，选取的活动应具有时代性，富有变化，根据学科的发展不断更新教学内容，使其能够跟上学生的关注点和思维变化，与时代发展和学生的成长联系更紧密。

2. 开放教学，留有伸缩性

教材内容、教学活动和教学方法应具有较大的灵活性和开放性，尤其强调自主创新。在不违背整体教学思路的前提下，教材应该具有一定的弹性和伸缩性，允许使用者根据学生的实际需要，对教材内容进行适当的取舍和补充。根据教学过程的感悟和教学后的评价讨论，适当调整课程结构、增减课程内容、改变课程教学形式，还可以向学生提供一定的自读材料，供感兴趣的学生自己阅读和学习。

（三）操作适用性原则

1. 适教宜学

首先，心理健康教育的教材应当是可读的。教材不是本学科知识的简单的缩写本，而是从教育目的出发，在吃透学科内容体系及其内在联系的基础上，遵循教育教学规律特别是学生的认知规律，从整体上对学科知识内容进行选择、组织、编排并科学表达的再创造过程。教材编写应注重利用通俗易懂的案例、生动有趣的故事来组织内容，而不只是简单堆砌知识。教学的内容、分量和难度是学生能够接受的，但又要有一定的难度，以充分调动学生学习的积极性并激发学习的潜能。从学习者的角度看，高质量的教材应该好用、易读，方便学习，容易激发学习兴趣，有利于调动学习的主动性。

其次，心理健康教育教材的编写应注重生活化，内容来源于生活，应用于生活。学生心理问题来源于学习、生活的方方面面，教材提供与学生经历类似的故事，在生活世界中选择适合学生心理特点的典型材料，注重心理生活场景的设计和情境的渲染，在具有生活化的活动情境中，学生的自主认知、体验、反省与思考能够增进其心理素质发展，更有利于心理健康教育知识的迁移，学习效果得以提高。

最后，教材不仅要符合学生的知识水平、认知水平和心理发展水平，还要有一定的趣味性。尽可能选择学生感兴趣的题材加以修改利用，紧密联系学生的实际生活，尽量淡化纯心理学概念，通过图文并茂、生动形象的内容资料，趣味性较强的活动互动，激发学生参与的兴趣和热情，引发学生的积极思考和自觉实践，鼓励和促进学生个性的发展。

2. 适用务实

突出心理健康教育课程的适用性，是当前学生心理健康教育的重点。适用务实是指课堂上要讲授学生最关心、最迫切希望、最需要解决的心理发展问题，联系实际、体现实用、突出实践、注重实效，以提高学生的综合素质和能力。可以重点介绍一些技巧、方法等，添加应用性的知识和活动环节，注重引导学生了解心理健康的基本常识，掌握调适心理健康的基本方法与技术，增强维护自身心理健康、促进心理和谐发展的自助意识与实践能力。

二、具体方法

心理健康教育课程主要是通过教师与学生共同活动来进行的，所以可以把这些共同活动的方式看成心理健康教育课程教学的方式或方法。活动的组织是课程设计的重要组成部分。根据教材编写遵循的指导原则，下面主要从内容选择、课程设计、教学评价等方面介绍一些具体的方法供参考。

（一）精选教材内容

心理健康教育教材的编写应突破学科体系构建的传统模式，整合相关知识和材料并提炼概括，最终形成若干学习的主题，展现不同的学习视角和问题视角，使之有利于促进学生的情感、态度、能力、价值观在相互联系中得到和谐发展，即教材呈现出主题系列单元活动的特点。这就涉及如何选择和确定教学主题，以及如何筛选操作性强、课堂效果好又富有意义的活动这两方面的内容。

1. 联系学生实际和需求，确定课程主题

从学生生活实际切入，以学生以往的经验为起点，有针对性地确定教学主题，使教材内容适应学生的身心发展规律，能够解决学生面临的困惑和难题，满足其需要。在心理健康教育中，关注学生的心理需求，特别是自我价值需要的满足，具有重要的意义。在编写教材前，必须通过大量的调查、访谈，必要时还要运用心理测验等对学生作全面的了解。具体有以下途径：通过学校心理咨询室来访学生的情况及记录资料，了解学生的普遍困惑和个别问题；重视班级学生的日记、周记及作文等记录其日常学习、生活和思想的资料；平时注意多留心观察学生的思想动态和行为表现；对各班级学生进行调查，让学生提出希望在心理课上听到的主题，并对收集来的信息进行分类总结；等等。

心理健康教育课的教学不是为了让学生掌握心理学方面的专业知识，而是围绕学生中普遍存在的心理和成长问题，选择切入点，帮助学生解决实际问题，达到互助自助的目的。因此，教材编写要特别注意从学生生活和社会实际切入，选择贴近学生生活的素材和开放性的内容，并考虑不同地区和学生的特点，这样有利于教学过程中学生的主动参与和自主学习，同时也使学生对社会形成比较全面、客观的认识。具体可以从以下方面选择合适的主题供组织教学参考。

（1）自我探索。帮助学生认识自己，建立自信，克服自卑，认识自己的社会价值，选准自己的发展前途与人生目标，形成成熟的自我意识。

（2）自我调适。培养学生形成更为完善的意志品质，增强自觉性、果断性和自制力，进一步完善人格，掌握情绪调节的技巧，合理应对压力。

（3）学会学习。向学生解释学习的一些规律，以及学习中遇到的一些问题，比如如何利用时间、如何提高学习效率、正确看待考试、适应学习环境与学习要求等，帮助其做好职业和生涯规划。

（4）人际交往。增强学生集体意识和人际交往能力，让其学会与他人共处。让学生懂得如何处理同学之间的交往，包括交往技巧、交友、恋爱等，还有师生关系、父母与孩子之间的关系。

（5）青春期困惑。因青春期学生心理障碍而引发的事故屡见不鲜。教师感到学生难教，因为学生的问题是多种多样的，而这些问题普遍存在于青春期学生中的。因此，要重视学生的青春期困惑，做好青春期心理健康教育，帮助学生解决问题，防治生理和心理疾病，促进学生心理健康成长。

（6）保持快乐心情。给学生强化一种理念，即快乐无时不在，无处不在，关键在于你是否善于发现，善于创造，是否能以积极乐观的心态面对生活。

（7）学会休闲。休闲并不单纯是娱乐，还承担着培养良好心理品质、维护心理健康的积极作用。独处和闲暇活动是学生实现人格和谐、平衡发展所必需的。引导学生培养积极的心态，加强自律、自我管理，正确把握休闲的内涵，坚持正确的休闲活动原则，即有理、有利、有节，要自觉遵守“游戏规则”，提高休闲能力，培养一些高雅的兴趣和爱好，学会自娱，这对维护身心健康是极为重要的。

（8）其他。如时间管理、经济攀比、娱乐消费等主题。

下面的例子可供参考：

> 七年级的学生处于青春期早期，这个时期，学生的心理特点主要表现为自主意识逐渐强烈，兴趣、爱好广泛，情绪不稳定，对异性的关注，等等。
>
> 我们可以这样确定心理健康教育课程的主题：①正确辨识自己的优缺点，建立积极的自我形象，客观悦纳自己；②正确对待成长

中的烦恼和压力，增强心理自助的能力；③了解情绪，学会管理和调节自己的情绪；④学会沟通，发展自己良好的人际关系；⑤养成竞争中的健康心态，学会欣赏他人的成功，培养合作的价值观念，学会取长补短；⑥培养正确的学习策略；⑦树立感恩意识，学会关心父母；⑧正确认识和处理男女生之间的关系，顺利度过青春期早期。具体可以设计诸如“我的情绪我做主”、“为同学的成功而喝彩”、“学习路上手拉手”、“爸爸妈妈辛苦了”等课题。

2. 精选形式多样的活动，建构教学模块

心理健康教育课程以学生的体验为主，这就要求教材编写时要设计形式多样的活动来建构教学主题的每一个具体模块。但要注意，活动并非越多越好，而是要精致巧妙，既要达到教学目的，又要能活跃课堂气氛，促使学生积极参加并融入其中。衡量一堂课程中的活动设计是否得当，可以考虑以下几点：

（1）是否有明确的、适当的目标。如要求学生“消除不良情绪”就不是一个适当的目标，因为任何情绪都有其存在的合理性，要消除所谓“不良情绪”是不可能的，也是做不到的。

（2）是否符合该年龄段学生的生活实际。

（3）是否包含冲突或者能引起学生情感共鸣的情境。

（4）是否有利于学生扩展认识范围，获得有益的人生体验。

（5）是否为学生扩展思维、倾诉内心忧虑、实践自己的承诺提供了机会。

（6）一堂课所包含的几个活动目标之间是否有一定的独立性、连贯性、递进性。如“学会倾听”这一心理健康教育主题，就可以设计成几个活动，如体验别人不愿倾听自己时的心情，讨论倾听的意义和技巧，运用所学的策略去增进与他人的沟通和理解。

（7）活动方式是否多样化。心理健康教育课程中，常见的问题大多是书面练习和讨论，活动方式单一。其实可以采用的活动形式是多种多样的，如书写练习、身体运动、阅读练习、反馈练习、信任游戏、角色扮演、自我肯定练习、道德两难推理、价值澄清游戏、行为训练、竞赛活动等。

总体来看，教材中的活动是贯穿教学始终的，每一课至少应设计两个活动。选择的活动一定要注意覆盖面大、参与个体广，这样既照顾了比较活跃的学生，也不冷落那些腼腆、害羞的孩子。下面的例子可供参考：

一堂课可以设计以下四个活动版块来贯穿主题的讨论，让学生既了解了相关的心理知识，又通过游戏有了强烈的情感体验，同时习得了运用到实际生活中的方法。

（1）“知识竞赛”。采用专题的形式，选择与学生成长息息相关的主题作为教材编写的内容纲领，利用学生生活实际的素材向学生讲授相关背景知识，让学生在竞赛的过程中自主学习，了解一些基本的心理知识。

（2）“团体活动”。通过各种各样的活动方式，针对实际问题情境，师生共同合作，分析和解决问题，使学生对自身有更清醒的认识，转变不合理的信念。

（3）“心灵训练”。针对团体活动的内容，让学生联系实际，共同探讨一般的解决方法、技巧和策略，自我教育和成长，同时可以设计一些小游戏检验学生能否把学到的知识技能迁移到实际生活中去。

（4）“总结启发”。利用与主题内容密切相关的文章、诗句、格言、歌曲、视频等，对学生进行积极的心理暗示，总结本次课程的主题内容，情感升华，让学生感受到自己的收获。

（二）灵活设计课程

1. 运用多种方法，教学与活动结合

不同学校、不同年级的学生既有共性又有个性，即使是同一年级的学生，不同班别的情况也是不相同的，因此，课程设计要富有变化性，综合运用多种方法来组织教学活动。

心理健康教育课不是单纯的知识课，而是实际应用课。课堂中虽不

可避免要讲授一些心理学的基本知识，涉及一些理论，但是若教师过多地讲授那些高深的心理学知识，则会使学生对心理健康教育课望而生畏并失去兴趣。学生更喜欢以生活案例为线索的授课方式和开放式的讨论，讲授一些必要的理论知识、讲明基础概念和基本框架即可。教师应特别注重教学要与学生的日常生活实际相结合，如采用情景式、讨论式、模拟式、现场咨询等多种方法展示发生在学生身边的最关心的事例，这样更容易引起学生的共鸣，更有说服力，有利于学生在实际运用中去体会和理解。编写教材时可以借助团体辅导的某些游戏形式，如头脑风暴、角色扮演、行为训练、小品表演、小调查等，让学生亲身参与游戏，积极互动，多给学生体验和感悟的空间，催生与其他同学分享的情感和欲望，推动自我开放行为的产生，使心理健康教育课程真正成为一个认知、体验、合作、分享有机结合的体验式教学过程。另外，教材中的知识宜用富有感染力的语言来呈现，避免大段知识性文字的枯燥陈述，而只起引入论题、激起兴趣、强调重点的作用，且尽量采取一种平等对话的风格，增加文字和设计的亲和力，减少学生的学习负担。

教材编写时要注意体现教学与活动的结合，正确处理“教学”与“活动”的关系。心理健康教育课程活动的自主性、内容的广泛性、过程的体验性、形式的多样性等特点，决定了学生是课程的主体，教学主要以“活动”为主，而不是以教师的“教”为主，教师的作用主要是引导、催化、建议。在开放式的课堂氛围中，学生始终处于独立探索、主动调整和自我完善的状态。具体操作时，应注意以下几点：活动一定要围绕目标设计，围绕主题展开；活动形式多样，但并非越多越好；注意全体学生的参与性和活动的实效性。

2. 注意突出重点，讲究实用性

心理健康教育教材在课程设计上应充分体现层次性，突出重点。编写时可以将教材内容设计成既有必教必学的，又有选教选学的；既有精讲内容，又有泛读内容。这样教师在教学过程中就可以在必教必学和精讲内容上多花精力，将学生成长中的共性问题讲透，培养学生形成较高的心理素质，使学生掌握一些必备的技能，提高自我调适能力。而在选教选学和泛读内容上的讲解就可以相对简单些，也无需设计过多的活动，只拎出重点让学生了解相关知识，解决部分学生的一般心理障碍。

合理把握课堂教学设计的重点还体现在实用性上。教材编写时，可以将与学生密切相关的知识介绍得详尽些，以通俗易懂的语言让学生理解，避免晦涩的专业术语，还要注意联系学生的实际生活需要，尤其应把某些实践技能的运用作为重点，设计丰富有趣的活动，让学生在情境体验、游戏互动中得到训练和提高，掌握相应的技巧和能力，从而学会在实际生活中如何面对一些类似问题和困惑。

3. 拓展相关资料，提供多种方案

教材中适当附上一些心理学的趣闻、小知识、心理测验、相关阅读材料等，这样可以使学生根据自己感兴趣的问题，有针对性地选择相应的阅读材料以解决实际的问题，提高心理上的自我认知和调节能力，同时扩充学生的心理学知识，增加教材的趣味性和可读性。

教材中的教学活动设计应尽可能地提供多种方案，供教师根据学校和学生的实际情况进行选择，灵活取用。

（三）开放教学评价

1. 注重体验分享，非评论责备

心理健康教育课以过程性评价为主，强调学生的参与性、自主性、实践性，让学生在一个个活动、一个个故事、一个个心灵体验中体会、感悟和升华。心理健康教育课是教师为学生创设一个放松心情的缓冲地带，学生在这里能够重新审视自我、认识自我、悦纳自我，为更好地发展自我奠定基础。教学效果的评价和学生成绩的评判主要是看学生在课堂上是否充分采用活动、体验、探讨和分享等多种方式学习，看其投入程度如何，获得的体验效果如何，与他人的交流互动情况如何，是否用于尝试和表现，是否大胆实践，等等。学生通过体验与分享实现感悟，再将感悟内化为自己的行为习惯，形成稳定的心理品质。

心理健康教育课程中设计的各种活动都具有开放性的特点，学生表述的观点和表现的行为并没有绝对的对错之分，因此，教学评价者需充分接纳学生，表现出理解、尊重的态度。这点在教材编写时应当有所体现。教师在教学活动过程中，要营造一个宽松的课堂氛围，尊重学生的需要和看法，承认学生的独特性，采取无批评态度，同时引导其他学生站在他人的立场上去理解他人的感受。教学设计应倡导学生把他们的想法充分表达出来，并提供新的信息、新的观察问题的视野，或对类似问题正确处理的事例，以引导学生自主探索，针对主要问题多次展开讨论，让学生自己得出合理的结论，作出合理的决策。切忌对学生的回答或表现立即做出正确与否的评价或求全责备，使学生紧张怯懦。

2. 注重突出实效，非草草过场

心理健康教育课程的活动设计，不是为活动而活动，也不仅仅是给学生提供一个集体放松的游戏的场合，它应当致力于学生知、情、意、行的全面改善。其中，一些自我心理调适能力和应用性实践能力的培养是极其重要的。对于这些方面，教材编写时应当有所侧重，课程的导入和一步步深入都必须详尽设计，要使活动的开展和教师的讲授真正有所成效，如是否使学生的视野得到了扩展，是否改变了其观察问题的方式，是否获得了有益的情感体验，是否获得了有用的生活技能，是否产生某种有意义的行为意向，等等。

（四）优化编写队伍

教材编写人员既要有从事心理健康教育研究的有关学科的专家、学者，有长期在教研部门从事教学实践研究的工作者，也要有在一线从事心理健康教育实践工作的教师。多元优化的编写队伍，可以保证教材的科学性和准确性，准确把握教学改革的最新精神及具体方案，同时增强了教材在内容的选择和文字的表达上的合理性，其形式也较符合各年龄段学生的认知水平和接受程度。

第三节　学校心理健康教育课程的教学研究

开设心理健康教育课程，目的是提高学生的心理健康素质。如何更好地利用课程教学，教授心理健康理论知识和心理调适方法与技能，最大限度地提高心理健康教育的预期教学效果，一直都是众多从事心理健康教育教学的心理学工作者和教师们十分关注并不断思考、探索、实践的课题。通过研究与探索，心理健康教育课程在教学内容、方法和形式等方面都有相应的改进与创新，并且仍在不断发展。

一、问题提出

科学研究都是从问题开始的，从事心理健康教育课程的教学研究首先要有一个选题的过程，主要任务就是提出假设，并考察选题的合理性和科学性。问题提出主要考虑教学的实际情况，可以从心理健康教育的内容、方法、实践等多个方面考虑，需要明确为什么要做这项研究（目标）、这项研究和其他研究范式之间的联系以及研究现象已具有的内容和相关理论。研究问题如果太过宽泛，可能无法决定怎么收集数据、无法确定理论问题以及研究是否达到目标；而如果太过精细，就可能让人忽略对研究目标有重要意义的内容。

研究课题的选择不仅是研究的起点，还是决定整个研究工作成败的关键。它决定了研究方向是否恰当、研究能取得什么样的成果、价值如何、是否易于得到资助，甚至还决定着研究将采用的方法。因此，要高度重视、认真做好课题选择工作。

（一）课题选择的原则

（1）需要性原则，即根据社会发展的客观需要和心理学自身发展的需要来选题。

（2）创造性原则，即课题要解决前人没有解决或没有完全解决的问题，必须有创新和独到之处。

（3）科学性原则，即选题应在一定的科学理论指导下进行，必须有一定的事实根据和科学依据。

（4）可行性原则，即根据研究者具备的主观条件和客观条件选题，以保证能按质按量地完成课题。

（二）课题选择的策略

（1）从社会实践、现实生活中选择课题。心理健康教育课题所要达到的重要目标之一就是解决社会实践、现实生活中的问题，因此，应当根据社会的需要，看清时代的潮流，选择当前社会实践中迫切需要解决的一些问题作为研究课题。

（2）从理论观点中选择课题。具体来说有：为证实他人或自己的某一理论观点而选择相应课题，根据不同理论观点之争选择课题，通过对现有理论观点进行质疑而提出研究课题。

(3) 从研究文献中选择课题。通过查阅与评价研究文献来选择课题，应特别注意和思考在已有研究文献中忽略研究的一些问题，以及研究结果中相互矛盾的地方和方法学方面存在的问题，可对现有的某些研究进行必要的重复。

(4) 在研究过程中选择课题。随着研究的进行和深入，研究者将会发现许多新的线索、已有研究存在的不足以及遇到各种意外事件，进而提出或构思出需要研究的许多新课题。

(5) 根据当代科学在理论、方法、学科交叉等方面的新进展选择课题。

二、研究方法

心理健康教育课程教学的研究方法是指研究问题所采用的各种具体途径和手段。

(一) 实验法

实验法指有目的地控制一定的条件或创设一定的情境，引起被试的某些心理活动，从而进行研究的方法。它包括实验室实验法和自然实验法。

实验室实验法是在实验室内利用一定的设施，控制一定的条件，并借助专门的实验仪器进行研究，探索自变量和因变量之间的关系。它严格控制各种因素，通过专门仪器进行测试和记录实验数据，一般具有较高的信度。通常多用于研究心理过程和某些心理活动的生理机制等方面的问题。

自然实验法是在日常生活等自然条件下，有目的、有计划地创设和控制一定的条件来进行研究。它比较接近人的生活实际，易于实施，被广泛用于研究教育心理学、儿童心理学和社会心理学的大量课题。

(二) 调查法

调查法以向被试提问的方式收集资料，可分为口头调查（访谈法）和书面调查（问卷法）。调查法能够同时收集到大量的资料，使用方便，并且效率高。

访谈法是研究人员通过与被调查者直接交谈，来探索被调查者的心理状态的研究方法。言语是人心理活动的最重要的外部表现之一。访谈调查时，研究者与被调查对象面对面的交流，针对性强、灵活、真实可靠，便于深入了解多种因素结合的内部原因，但比较费人力和时间，调查范围比较狭窄。采用这一方法研究时，首先应当根据研究的目的和谈话对象的特点拟订谈话的话题和内容，话题和内容应当是访谈对象能够回答和乐于回答的，并能从中分析出他的心理活动的；访谈时还需随机应变，随时提出足以了解对方心理状态的具有灵活性而又恰当的问题；谈话的过程和结果应当由研究者本人或共同工作者详细记录，如征得被调查者同意能用录音机记录，则更为方便、可靠。具体可以参考以下四个步骤：①访谈开始，应向被调查者说明访谈的目的和基本要求。②逐步提问，倾听回答。对于谈话要收集的内容可以用脑记，也可以做笔记，还可以征得调查者同意用录音机记录，以备以后整理分析。③访谈结束，要专门对材料作整理，形成陈述性材料，并作一定的统计性整理。④最后得出结论性的东西。例如，被调查问题的现状、性质，产生问题的原因，等等，并随之提出建议、意见。

问卷法即书面提问的方式，通过收集资料，然后作定量和定性的研究分析，归纳出调查结论。这种方法比较简单易行，且同时可以研究很多学生的状况，但有时可靠度不高，回答可能无法代表被试真正的心理状态。

（三）观察法

观察法指研究者有目的、有计划地通过感官或借助于一定的科学仪器观察被试在一般生活条件下言语和行为的变化，积累资料，并根据观察的结果判断心理健康教育教学过程中学生心理发展的特征和规律。观察的资料比较真实，具有及时的优点，能捕捉到正在发生的现象和一些无法言表的资料。但是，可能会受到时间的限制，受到观察对象和观察者本身一些因素的制约，而且也不能直接观察到事物的本质和人们的思想意识，不适用于大面积调查。

（四）测量法

测量法指采用一定的操作程序给心理和行为确定出一种数量化的价

值。包括心理量表法、测验法、心理物理法等。其中心理量表法所使用的量表根据制定量表的单位和参照点的种类不同，可分为名称量表、顺序量表、等距量表和比例量表 4 种；测验法也称心理测验，内容广泛，形式上可分为言语测验和操作测验；心理物理法研究心理量和物理量之间的对应关系，主要包括极限法、恒定刺激法和平均误差法。

（五）个案分析法

个案分析法指认定研究对象中的某一特定对象，加以调查分析，弄清其特点及其形成过程的一种研究方法。通常个案分析法研究有三种基本类型：①个人调查，即对组织中的某一个人进行调查研究；②团体调查，即对某个组织或团体进行调查研究；③问题调查，即对某个现象或问题进行调查研究。具体还包括：

（1）心理档案分析，指搜集有关被试资料（如日记、档案、图画等）的一种研究方法。可以采用大学生心理健康状况自评量表（卡特尔 16 种人格因素测验）对学生进行系统的心理健康测查，根据测查情况对学生的心理状况进行分类并建立心理档案。心理档案为有针对性开展“心理健康教育课程”教学及进行跟踪关怀提供了重要依据。

（2）学生作品分析，指通过对学生作品的分析来了解其某一方面心理活动的一种方法。如分析日记、作文、绘画、各种作业、工艺制作等。另外，还可以通过投射图来调查。“人们往往凭借图画的构思与介绍，对真实的自我进行解剖，这种剖析不会让人们感受到威胁，也不会让人们难堪。绝大多数人还会享受作画本身带来的愉悦感。”在心理健康教育课程教学研究中，学生按照心理老师的安排，画出的那些相应的图画。观察这些投射图，可以了解每个学生现在的心理成长状态、情绪水平、家庭基本氛围、以往有无重大创伤性经历、人际交往能力等重要信息，以便有针对性地开展心理健康教育。

（六）文献综述法

文献综述法指确定选题后，在对选题所涉及的研究领域的文献进行广泛阅读和理解的基础上，对该研究领域的研究现状（包括主要学术观点、前人研究成果和研究水平、争论焦点、存在的问题及可能的原因等）、新水平、新动态、新技术、新发现、发展前景等内容进行综合分析、归纳整理和评论，并提出自己的见解和研究思路。它要求研究者既要对所查阅资料的主要观点进行综合整理、陈述，还要根据自己的理解和认识，对综合整理后的文献进行比较专门的、全面的、深入的、系统的论述和相应的评价，而不仅仅是相关领域学术研究的“堆砌”。文献综述的过程可分为六步：选择主题、文献搜索、展开论证、文献研究、文献批评和综述撰写。检索和阅读文献是撰写综述的重要前提工作。一篇综述的质量如何，很大程度上取决于作者对本题相关的最新文献的掌握程度。

心理健康教育教学的研究，有时不是单独地采用一种方法，而是根据研究的需要采用综合的方法；或者以某种方法为主，以其他方法为辅；或者交错运用几种方法。例如，在个案研究中，可能是观察、调查、作品分析、鉴定材料分析、教育心理实验等各种方法互相配合运用。心理健康教育研究往往根据与被试有关的两个变量之间的相互关系来解释被试的心理和行为特征。一般说来，研究者先选定两个可测量的变量（如年龄、智力、兴趣、学习成绩等），再对被试就这两个变量的测量结果用相关法进行统计计算，然后根据得到的相关系数对研究结果作出解释。

三、论文撰写

无论研究哪种心理健康教育教学现象或采用哪种具体方法，心理学研究的基本程序都大致相同。一般包括下列步骤：①提出问题；②查阅文献；③形成假设；④制订研究方案；⑤搜集数据和资料；⑥数据和资料的统计处理；⑦结果分析；⑧作出结论。最终几乎都要以论文的形式反映该项研究的成果。

论文一般由题名、作者、摘要、关键词、正文、参考文献和附录等部分组成，其中部分组成（如附录）可有可无。

（一）论文题目

题名应简明、具体、确切，能概括论文的特定内容，有助于选定关键词，符合编制题录、索引和检索的有关原则。

（二）作　者

作者署名置于题名下方，团体作者的执笔人，也可标注于篇首页地脚位置。有时，作者姓名亦可标注于正文末尾。

（三）目　录

目录是论文中主要段落的简表（短篇论文不必列目录）。

（四）摘　要

摘要是文章主要内容的摘录，要求短、精、完整。字数少可几十字，多不超过三百字为宜。随着计算机技术和因特网的迅猛发展，网上查询、检索和下载专业数据已成为当前科技信息情报检索的重要手段，对于网上各类全文数据库或文摘数据库来说，论文摘要的索引是读者检索文献的重要工具，为科技情报文献检索数据库的建设和维护提供方便。摘要是对论文综合的介绍，帮助读者了解论文阐述的主要内容。论文发表后，文摘杂志或各种数据库对摘要可以不做修改或稍作修改而直接利用，让读者尽快了解论文的主要内容，以补充题名的不足，从而避免他人编写摘要可能产生的误解、欠缺甚至错误。因此，论文摘要的质量高低，直接影响着论文的被检索率和被引频次。

1. 摘要的规范

摘要是对论文的内容不加注释和评论的简短陈述，要求扼要地说明研究工作的目的、研究方法和最终结论等，重点是结论。它是一篇具有独立性和完整性的短文，可以引用、推广。

2. 撰写摘要注意事项

第一，不得简单重复题名中已有的信息，不得把引言中出现的内容写入摘要，不要照搬论文正文中的小标题（目录）或论文结论部分的文字，也不要诠释论文内容。

第二，尽量采用文字叙述，不要将文中的数据罗列在摘要中；文字要简洁，应排除本学科领域已成为常识的内容，删除无意义的或不必要的字眼。

第三，摘要的内容必须完整，不能遗漏论文中所阐述的主要内容或观点，应写成一篇可以独立使用的短文。

第四，摘要一般不分段。陈述要客观，对研究过程、方法和成果等不宜作主观评价，也不宜与别人的研究作对比说明。

（五）关键词

关键词是从论文的题名、摘要和正文中选取出来的，是对表述论文的中心内容有实质意义的词汇。它是用作计算机系统标引论文内容特征的词语，便于信息系统汇集，以供读者检索。

关键词是反映论文主题概念的词或词组，通常以与正文不同的字体字号编排在摘要下方。一般每篇可选 3 ~ 8 个，多个关键词之间用分号分隔，按词条的外延（概念范围）层次从大到小排列。

（六）论文正文

（1）引言。引言又称前言、序言和导言，用在论文的开头。引言一般要概括地写出作者意图，说明选题的目的和意义，并指出论文写作的范围。引言要短小精悍、紧扣主题。

（2）论文正文。正文是论文的主体，正文应包括论点、论据、论证过程和结论。主体部分包括以下内容：提出问题——论点；分析问题——论据和论证；解决问题——论证方法与步骤；结论。

（七）参考文献

将论文在研究和写作中参考或引证的主要文献资料，列于论文的末尾。著录参考文献可以反映论文作者的科学态度和论文真实、广泛的科学依据，能方便地把论文作者的成果与前人的成果区别开来，能起索引作用，有助于科技情报人员进行情报研究和文摘计量学研究。

主要参考文献

[1] [美] 巴伦 R A，伯恩 D. 社会心理学：下册 [M]. 10 版. 黄敏儿，王雪飞，等译. 上海：华东师范大学出版社，2004.

[2] [美] 戴维·迈尔斯. 社会心理学 [M]. 8 版. 侯玉波，乐国安，张智勇，译. 北京：人民邮电出版社，2006.

[3] 曹梅静，王玲. 中小学心理健康教育课程设计 [M]. 广州：广东高等教育出版社，2009.

[4] 陈家麟. 学校心理健康教育——原理与操作 [M]. 北京：教育科学出版社，2002.

[5] 戴吉，白蕾，戴嘉佳. 积极心理学视野下大学生心理健康教育课程建设探析 [J]. 兰州教育学院学报，2013 (2)：149－150.

[6] 樊富珉. 团体咨询的理论与实践 [M]. 北京：清华大学出版社，1996.

[7] 高飞. 论高校心理健康教育课程中的体验式教学 [J]. 西南交通大学学报：社会科学版，2013 (1)：91－95.

[8] 黄喜珊. 中外故事在心理课程中的应用 [M]. 广州：暨南大学出版社，2012.

[9] 蒋涛. 论心理健康教育课程改革与路径探索 [J]. 学术探索，2012 (6)：186－188.

[10] 教育部关于印发《中小学心理健康教育指导纲要 (2012 年修订)》的通知 [J]. 中国德育，2013 (1)：6－10.

[11] 经卫国，姚本先. 中小学心理健康教育目标、原则及途径研究 [J]. 教育与教学研究，2012 (10)：5－11.

[12] 课程教材研究室. 心理健康学生活动手册 [M]. 北京：人民

教育出版社，2012.

[13] 赖运成．论中小学心理健康教育教师专业成长的内在途径[J]．现代中小学教育，2013（2）：65－68.

[14] 林孟平．小组辅导与心理辅导［M］．上海：上海教育出版社，2005.

[15] 刘爱红．小学心理健康教育实践与探索［J］．学校党建与思想教育，2012（2）：53－55.

[16] 罗灵娜．学校心理健康教育实务——活动课程设计［J］．教学与管理，2013（1）：41－42.

[17] 司家栋．班级团体心理辅导课程操作实务［M］．北京：蓝天出版社，2012.

[18] 司家栋．高中班级团体心理辅导主题方案［M］．北京：蓝天出版社，2013.

[19] 苏东辉，汤礼深，戴育红．互动成长游戏心理辅导手册[M]．广州：广东教育出版社，2003.

[20] 王甦，汪安圣．认知心理学［M］．北京：北京大学出版社，2006.

[21] 王真．小学班级团体心理辅导主题方案［M］．北京：蓝天出版社，2013.

[22] 王智，张大均．学校心理健康教育教师的胜任特征研究[J]．西南大学学报：社会科学版，2012（6）：84－94.

[23] 吴增强．现代学校心理辅导［M］．上海：上海科学技术文献出版社，1998.

[24] 吴增强，蒋薇美．心理健康教育课程设计［M］．北京：中国轻工业出版社，2007.

[25] 吴增强，沈之菲．班级心理辅导［M］．上海：上海教育出版社，2001.

[26] 吴增强，沈之菲．学校心理辅导研究［M］．上海：上海科学技术文献出版社，2000.

[27] 向巍．中小学心理健康教育活动课程教学模式探析［J］．吉

林省教育学院学报，2012（12）：105－107.

［28］谢维兴，叶一舵．中小学心理健康教育课程与教学［M］．福州：福建教育出版社，2008.

［29］阳志平．积极心理学团体活动课操作指南［M］．北京：机械工业出版社，2010.

［30］姚本先．学校心理健康教育新论［M］．北京：高等教育出版社，2010.

［31］姚本先．学校心理健康教育基本概念辨析［J］．课程·教材·教法，2001（6）：64－67.

［32］姚本先，方双虎．学校心理健康教育导论［M］．合肥：中国科学技术大学出版社，2002.

［33］叶琳琳．大学生心理健康教育与心理素质训练［M］．北京：北京师范大学出版社，2012.

［34］詹丽峰．心理健康教育课堂互动实探——建构主义视角下对12例心理健康课的观察与反思［J］．教育导刊，2013（1）：36－39.

［35］赵立平．心理活动课程设计教案集［M］．北京：中国环境科学出版社，2012.

［36］钟志农．中小学心育活动课程开发指南［M］．北京：教育科学出版社，2012.